변신 · 소송

일러두기

- 이 책은 Franz Kafka,『*Die Verwandlung*』『*Der Prozess*』(The Project Gutenberg E-Book)과 영역본 『*The Metamorphosis*』『*The Trial*』(David Wyllie 역, The Project Gutenberg E-Book)을 참고했습니다.
- 이 책에 실린 단편 소설『변신』은 완역했습니다.

Die Verwandlung · Der Prozess

변신 · 소송

프란츠 카프카 지음

살림

프란츠 카프카

프란츠 카프카는 1883년 체코의 수도인 프라하에서 유대인 중산층 가정의 장남으로 태어났다.
그는 독문학을 전공하고 싶었지만 가족의 기대를 저버릴 수 없어 프라하에서 법학을 전공했다. 1905년 그는 그의 첫 작품인 「어느 투쟁의 기록」 집필을 시작했고, 1908년에 8편의 산문 소품을 발표했다. 같은 해 그는 프라하 소재 '보헤미아 왕국 노동자 재해 보험 공사'에 입사해 1922년 퇴직할 때까지 법률가로서 근무했다. 1912년 그를 유명하게 만든 『변신』 집필을 시작했으며 1914년부터 『소송』 집필에 몰두했다. 제1차 세계 대전 중 그는 직장의 요청으로 징집이 면제된 채 소설 집필을 계속하다 1915년 『변신』을 출간했다.

프란츠 카프카 기념비

체코 프라하의 스페인 회당 옆에 있는 프란츠 카프카 동상이다. 2003년에 조각가 야로슬라프 로나 (Jaroslav Róna)가 카프카의 단편 「어느 투쟁의 기록」에서 영감을 얻어 제작했다고 한다.

카프카 묘지

1917년부터 폐결핵 증세를 보이던 카프카는 프라하 북쪽에 있는 셸레젠에서 4개월간 요양 생활을 했다. 이후 병으로 은퇴할 때까지 직장에서 장기 휴가를 얻은 카프카는 1922년부터 마지막 장편소설 『성』을 집필하기 시작했고 같은 해 완료해서 체코 출신의 여기자 밀레나 예젠스카에게 넘겨주었다. 그는 1924년 6월 3일 호프만 요양소에서 마흔 살의 나이로 사망해 6월 11일에 프라하의 신유대인 공동묘지에 안장되었다.

변신·소송 **차례**

변신

소송

변신

제1장

　어느 날 아침, 뒤숭숭한 꿈에서 깨어난 그레고르 잠자는 자신이 침대 안에서 흉측한 벌레로 변해 있는 것을 발견했다. 그는 갑옷처럼 딱딱한 등을 바닥에 대고 누워 있었으며 고개를 조금 들자 활 모양의 각질의 선들에 의해 나누어진 약간 불룩한 배가 보였다. 이불은 언제고 흘러내릴 것처럼 간신히 걸쳐져 있었다. 몸뚱이에 비해 형편없이 가느다란 수많은 다리가 그의 눈앞에서 하릴없이 물결치고 있었다.

　'어떻게 된 일이지?'라고 그는 생각했다. 꿈이 아니었다. 자신의 방, 너무 작기는 해도 분명 제대로 된 사람의 방이 친근한 네 벽에 둘러싸여 온전히 그곳에 있었다. 옷감 샘플들이 책상 위에 펼쳐져 있었고—잠자는 외판원이었다—그 위에는 그가 최근에 어떤 화보 잡지에서 오려내어 멋진 도금 액자에 넣어둔 그림이 걸려 있었다. 털모자를 쓰고 털목도리를 두른 채 꼿꼿이 앉아 있는 여자의 모습으로서, 팔 아랫부분을 온통 감싸고 있는 묵직한 털토시를 보는 이의 눈앞에 치켜들고 있었다.

그레고르는 창문 쪽으로 눈길을 돌렸다. 흐린 날씨였다. 빗방울이 함석지붕을 때리는 소리가 들렸고 그 소리에 그는 매우 우울해졌다. 그는 '좀 더 잠을 자면 이런 말도 안 되는 일은 잊을 수 있을 거야'라고 생각했다. 그러나 그렇게 할 수 없었다. 그에게는 늘 오른쪽으로 누워서 자는 습성이 있었는데 지금 상황에서는 그런 자세를 취할 수가 없었던 것이다. 오른쪽으로 몸을 돌리려고 온 힘을 다해 아무리 애를 써봐도 번번이 벌렁 자빠진 자세로 되돌아올 뿐이었다. 그는 백 번 이상 그런 시도를 해보았다. 그때마다 그는 버둥거리는 다리들을 보지 않으려고 눈을 감았다. 그러나 허리에서 이전에 한 번도 느껴보지 못했던 약간 묵직한 통증을 느끼자 그는 그 시도를 그만두었다.

그는 생각했다.

'제길, 도대체 나는 얼마나 고된 직업을 택한 거란 말인가! 날이면 날마다 떠돌아다녀야만 하다니! 자기 집에 앉아 이런 일을 하는 것보다 훨씬 힘이 드는 데다, 어디 그뿐인가, 여행을

제1장

한다는 게 얼마나 고달픈가! 기차 시간표 살피랴, 불규칙한 식사에, 매번 다른 사람을 만나니 누구와 깊이 사귈 수도 없고 친하게 지낼 수도 없잖아! 제길! 전부 지옥으로 쓸어버려라!'

그는 배에서 가벼운 가려움증을 느꼈다. 그는 누운 채 침대 머리 판을 향해 천천히 몸을 밀었다. 그러자 고개를 좀 더 잘 치켜들 수 있었고 어디가 가려운지 볼 수 있었다. 그곳은 도대체 정체를 알 수 없는 수많은 하얀 작은 반점들로 뒤덮여 있었다. 그는 다리 하나로 그곳을 더듬어보려다가 이내 거두어들였다. 그곳을 건드리자마자 오싹 소름이 끼쳤던 것이다.

그는 다시 원래 자세로 미끄러져 내려왔다. 그는 생각했다.

'매번 이렇게 일찍 일어나야 하다니. 그러니 사람이 멍청해지는 거지. 잠을 잘 자야 해. 다른 외판원들은 늘어진 생활을 하고 있잖아. 예컨대, 내가 계약한 것을 기록하기 위해 아침에 여관으로 돌아올 때면 그들은 느긋하게 아침 식사를 들고 있단 말이야. 나도 그런 식으로 하겠다고 사장에게 말해보라지. 당장에 쫓겨나고 말걸. 하지만 그렇게 하는 게 내게 최선인지도 몰라. 부모님 생각만 하지 않았다면 벌써 오래전에 사표를 냈을 거야. 사장에게 올라가서 내가 생각하고 있는 걸 말했을 거고, 내가 어떻게 할 것인지, 내가 무엇을 느끼고 있는지 다 말했을 거야. 그러면 그는 책상에서 떨어졌을 거야! 자기 자리에 높이 앉아서 부하들을 내려다보며 이야기를 한다는 건 우스운 일이지. 게다가 사장은 귀가 어두워서 그에게 바싹 다가가야만 하잖아. 그래, 하지만 아직 희망은 있어. 부모님 빚을 갚을 돈을 모으기만 하면—아직 한 5, 6년은 걸리겠지—다 잘될 거야. 그리고 그건 꼭 해낼 거야. 그러면 뭔가 큰 변화가 있겠지. 어쨌든 우선은 어서 일어나야 해. 5시에 기차가 떠나니까.'

그는 궤짝 위에서 째깍거리고 있는 자명종 시계를 올려보았다. '맙소사!' 그는 생각했다. 6시 반이었고 시계 바늘은 천천히 앞으로 움직이고 있었다. 6시 반보다는 6시 45분에 가까웠다. 자명종이 울리지 않았단 말인가? 그는 침대에 누워 자명종 바늘이 평소처럼 4시를 가리키고 있는 것을 볼 수 있었다. 그렇다면 자명종은 분명 울렸을 것이다. 그렇다면 가구를 온통 뒤흔드는 그 소리에도 어떻게 편히 잠을 잘 수 있었단 말인가? 그래, 편안한 잠을 이루지 못했으니 바로 그 때문에 더 깊이 잠들었었나 보다. 이제 어떻게 한다? 다음 기차는 7시에 온다. 그 기차를 잡으려면 미친 듯 서둘러야 하는데 아직 샘플 꾸러미도 챙기지 못했다. 게다가 몸이 영 개운치 않았고 기운도 없었다. 그리고 그 기차를 잡아탄다고 해도 사장의 노여움을 피할 도리는 없었다. 사무실 급사가 5시 기차가 떠나버린 것을 보았을 것이고, 내가 그 기차에 타지 않았다고 사장에게 보고할 것이 틀림없었다. 급사는 사장의 심복이었고 줏대도 없는 데다 속도 좁은 위인이었다. 몸이 아프다고 하면 어떨까? 하지만 그레고르가 5년 동안 일해 오면서 단 한 번도 아픈 적이 없었으니 아주 거북한 핑계가 될 게 뻔했고 의심을 살 게 틀림없었다. 사장은 분명 의료 보험회사 소속 의사와 함께 와서 게으른 아들을 두었다고 자신의 부모를 비난할 것이다. 그리고 그의 그 어떤 권리도 인정할 수 없다는 의사의 주장을 받아들일 것이다. 의료 보험회사 소속 의사는 세상에 아픈 사람은 없고 다만 일하기를 싫어하는 사람만 있을 뿐이라고 믿고 있는 사람이었으니 말이다. 게다가 이번 경우 그가 완전히 틀렸다고 말하기도 힘들다. 실제로 그레고르는 잠을 실컷 자고 난 다음에도 다시 졸음이 오는 것만 제외하면 언제나 자신이 건강하다고 느끼고 있었으며, 지금은 다른 날보다 더 배가 고프기까지 했다.

그가 침대를 떠날 것인가 말 것인가 결정하지 못한 채 순식간에 이 모든 것들에 대해 생각하고 있을 때, 시계가 6시 45분을 알렸다. 이어서 머리맡 가까이 있는 문을 조심스럽게 두드리는 소리가 들렸다. 어머니였다.

"6시 45분이야. 가봐야 하지 않니?"

저 상냥한 목소리! 그레고르는 그에 대답하는 자신의 목소리를 듣고 깜짝 놀랐다. 도대체 이전의 자기 목소리라고 할 수 없었다. 마치 저 깊은 곳에서 나오는 듯, 고통스럽고 억제하기 어려운 끼끽 소리가 섞여 있었다. 처음에는 단어라고 할 만한 것이 나왔지만 일종의 메아리 같은 울림 때문에 불분명해져서 듣는 이가 제대로 들었는지 아닌지 알 수 없게 되어버렸다. 그레고르는 제대로 대답하고 모든 것을 상세히 설명하고 싶었다. 하지만 사정이 이렇다 보니 "네, 네, 어머니 고마워요. 지금 일어나고 있어요"라고 말하는 것으로 만족했다. 어머니가 그의 설명에 안심하고 신발을 끌며 가버린 것으로 보아, 나무로 된 문밖에서는 그레고르의 목소리가 변한 것을 알아차리지 못한 것 같았다. 하지만 그 짧은 대화를 들은 다른 식구들이 그레고르가 그들의 예상과는 달리 아직 집 안에 있다는 것을 알게 되었다. 곧이어 아버지가 와서 주먹으로 약하게 문을 두드렸다.

"그레고르, 무슨 일이 있는 거니?"

그리고 잠시 후 아버지는 약간 경고성이 담긴 음성으로 그를 다시 재촉했다.

"그레고르! 그레고르!"

다른 쪽 옆문에서 누이동생이 불평하듯 물었다.

"오빠, 어디 아파요? 뭐 필요한 게 있어요?"

그레고르는 동시에 둘에게 "다 괜찮아요"라고 대답했다. 그는 자기 목소리에서 귀에 거슬리는 부분을 없애기 위해 각 단어 사이에 띄엄띄엄 뜸을 들이며 분명하게 발음하려고 애를 썼다. 아버지는 식탁으로 갔지만, 누이동생이 속삭였다.

"오빠, 제발 문 열어줘."

그러나 그레고르는 문을 열 생각이 없었다. 그리고 늘 여행을 하다 보니 집에 있을 때도 밤이면 문을 잠그는 조심스런 버릇이 몸에 배어 있던 것을 다행으로 여겼다.

그는 우선 조용히 방해받지 않은 채 자리에서 일어나 옷을 입고, 무엇보다 아침을 먹고 싶었다. 그런 다음에 무슨 생각이든 해보려고 했다. 이렇게 침대에 누워서야 무슨 신통한 결말이 나지 않으리라는 것을 잘 알고 있던 때문이었다. 그는 이전에도 가끔 침대에 누워 있을 때 가벼운 통증을 느꼈던 적이 있음을 기억해냈다. 아마 불편한 자세로 잠을 자서 그랬을 것이다. 그러나 일어나보면 언제나 멀쩡했고, 몸이 아프다고 느낀건 단순한 상상이었다. 그는 오늘 아침의 이 상상이 어떤 식으로 풀려나갈 것인지 궁금했다. 그의 목소리가 변한 건 가벼운 감기 증상일 뿐이며 그건 외판 사원이라는 직업에 따른 위험일 뿐이리라는 것을 추호도 의심하지 않았다.

이불을 벗어 던지는 것은 아주 쉬웠다. 숨을 들이마셔 배를 부풀리자 이불은 저절로 흘러내렸다. 하지만 그다음이 어려웠는데 특히 그의 몸이 지나치게 넓적했기 때문이었다. 또한 자기 몸을 일으키려면 당연히 손발을 사용해야 했는데, 그에게는 팔다리 대신 제멋대로 온갖 방향으로 움직여대는 수많은 다리들만 있을 뿐이었다. 그것들 중 하나를 구부리려고 하면 그 다리는 그의 의사와는 반대쪽으로 쭉 뻗어버렸으며, 겨우겨우 그 다리를 마음먹은 대로 구부릴 수 있게 되면 다른 다리들은 마치 해방이라도 된 듯 제멋대로 고통스럽게 움직여댔다.

그레고르는 '침대에서는 속수무책이야. 더 이상 여기서 이럴 필요 없어'라고 생각했다.

그는 우선 하반신을 침대 밖으로 내보내려 했다. 하지만 그는 자신의 하반신을 본 적이 없었고, 그게 어떻게 생겼을지 상상할 수도 없었다. 그리고 막상 하반신을 움직이려 해보니 너무 힘이 들었다. 너무나 천천히 움직였던 것이다. 마침내 그는 거의 격분한 상태에서 젖 먹던 힘까지 다 모아 거칠게 아래로 몸을 밀어붙였다. 그러나 방향을 잘못 잡아 침대 발치의 쇠 파이프에 부딪혔고 격심한 통증을 느꼈다. 그 덕분에 그는 지금 자신의 몸에서 가장 예민한 부분은 하반신이라는 것을 알게 되었다.

그는 우선 상반신을 침대 밖으로 내보내려고 애를 쓰면서 조심스럽게 머리를 침대 옆쪽으로 돌렸다. 이 작업은 그래도 쉬웠다. 몸뚱이가 넓고 무거웠지만, 그가 머리를 돌리자 함께 몸이 돌았던 것이다. 하지만 마침내 머리가 침대 밖으로 나와 허공에 떠 있게 되자, 이대로 떨어지게 되면 기적이 일어나지 않는 한 머리를 다치고 말리라는 생각이 그에게 떠올랐고 그는 더 이상 움직임을 계속하기가 겁이 났다. 어떤 일이 있어도 스스로 자기 몸에 위해(危害)를 가할 수는 없는 노릇이었다. 정신을 잃어버리기보다는 침대에 누워 있는 게 나을 거야.

좀 전의 자세로 돌아가는 데는 똑같은 노력이 필요했다. 하지만 누워서 한숨을 쉬면서 전보다 더 심하게 서로 얽혀 싸우는 것 같은 꼴을 하고 있는 자신의 다리들을 다시 바라보고 있자니 무슨 수를 써도 그 혼란을 진정시킬 수 없으리라는 생각이 들었다. 그는 이대로 침대 안에 있을 수는 없다고, 어떤 희생을 치르더라도, 어떤 수를 써서건 침대로부터 자유로워지는 게 가장 현명한 일이리라고 생각했다. 그렇지만 그와 동시에 그는 자포자기식으로 결정을 내리기보다는 조용히 심사숙고하는 것이 훨씬 낫다는 것을 잊지 않았다. 그런 생각이 들자 그는 눈을 창가로 향하고 가능한 한 분명하게 바깥을 바라보려 했다. 하지만 불행히도 좁은 길 건너편조차 보이지 않을 정도로 짙은 아침 안개가 끼어 있어서, 그 어떤 확신을 주거나 기분 전환을 해주지는 못했다.

시계가 다시 울리자 그는 "벌써 7시네"라고 중얼거렸다. "7시인데 아직도 저렇게 안개가 끼어 있군."

그는 잠시 그렇게 약하게 숨을 쉬며 조용히 누워 있었다. 마치 완벽한 정적이 모든 것들을 현실적이고 자연스러운 상태로 되돌려 놓기를 바라는 것 같았다.

그러나 그는 곧 생각했다.

'7시 15분이 되기 전까지는 무슨 일이 있어도 완전히 침대에서 벗어나야 해. 그때가 되면 내게 무슨 일이라도 있는지 물어보려고 회사에서 누군가 오게 될 거야. 7시 전에 사무실 문이 열리니까.'

그 생각을 하면서 그는 자신의 긴 몸 전체를 동시에 그네처럼 흔들어 침대 밖으로 내보내기로 마음먹었다. 그런 식으로 침대 밖으로 떨어지는 데 성공하는 순간 머리를 번쩍 치켜든다면 아마도 머리를 다치지는 않을 것이다. 등은 아주 딱딱해 보이니 카펫 위에 떨어져도 말짱할 것이다. 그가 가장 염려하는 것은 떨어질 때 나게 될 요란한 소리였다. 그 소리가 모든 방에 다 들려 놀라움까지는 아니더라도 걱정을 끼칠 게 틀림없었다. 하지만 그 정도는 감수할 수밖에 없었다.

그레고르의 몸이 어느새 반쯤 침대 밖으로 나갔을 때—새로운 방법은 힘든 일이라기보다는 재미있는 놀이 같았다. 그는 그저 몸을 좌우로 흔들기만 하면 되었던 것이다—누군가 와서 도와준다면 일이 얼마나 쉬울까 하는 생각을 했다. 두 명의 힘이 센 사람이라면 —그는 아버지와 하녀를 생각했다—충분할 텐데. 둘이 자기의 둥근 등 밑으로 손을 넣고 침대에서 들어낸 다음, 허리를 굽혀 자기가 몸을 완전히 뒤집을 수 있도록 조심스럽게 마루에 내려놓으면 될 텐데. 그러면 자기의 작은 다리들이 제 구실을 할 수 있을 텐데. 문들이 잠겨 있다는 사실을 제쳐 놓는다 하더라도, 자기가 정말 도와달라고 소리를 쳤을까? 그 생각을 하니 어려운 처지에 처해 있음에도 불구하고 그는 웃음이 나왔다.

얼마 후 그는 몸을 더 세게 흔들었다가 균형을 잃을 만큼 침대 밖으로 몸을 내밀고 있었다. 벌써 7시 10분을 지나고 있었고 그는 지체 없이 최후의 결단을 내려야 했다. 바로 그때 현관에서 초인종 소리가 났다.

'사무실에서 누가 왔나 보군'이라고 생각하며 그의 몸이 굳어졌지만, 그의 작은 다리들은 마치 원무(圓舞)라도 추는 듯 더욱 활발하게 움직여 댔다. 얼마 동안 아무 소리 없이 조용했다. 그레고르는 '문을 안 열어주나 보네'라고 잠시 말도 안 되는 희망에 사로잡혀 중얼거렸다. 하지만 언제나처럼 하녀가 힘찬 걸음걸이로 현관으로 가서 문을 열어주었음은 물론이다. 그레고르는 방문객의 첫 마디 인사를 듣고도 그가 누구인지 알았다. 회사 지배인이 직접 온 것이었다. 어찌하여 그레고르 자신은 조금만 지각을 해도 큰 의심을 받는 회사에서 일을 하게 되었단 말인가? 도대체 모든 직원들은 죄다 농땡이란 말인가? 아침 몇 시간 회사 일을 하지 못했기에 양심의 가책으로 너무 가슴이 아파서 침대에서 일어나지 못하는 충직하고 헌신적인 직원이 있을 수도 있지 않은가? 이런 조사를 하려면—도대체 이 따위 조사가 필요하다면—사환 한 명 보내는 것만으로도 충분하지 않은가? 굳이 지배인이 직접 와서, 지배인이 직접 조사해야만 믿을 수 있을 정도로 의심스러운 일이라는 것을 아무 죄 없는 가족들 모두에게 광고해야만 한단 말인가?

제1장

21

스스로의 결심에 의해서라기보다는 이런 생각들에 화가 난 나머지 그레고르는 있는 힘을 다해 침대에서 몸을 날렸다. 쿵 하는 소리가 났지만 그다지 큰 소리는 아니었다. 카펫이 떨어지는 충격을 완화해준 데다, 그레고르의 등이 그가 생각했던 것보다 탄력이 있어 그다지 요란하지 않은 둔탁한 소리가 났던 것이다. 하지만 머리를 충분히 조심스럽게 가누지 못해서 떨어지면서 바닥에 부딪혔다. 화가 나는 데다 아프기도 해서 그는 머리를 돌려 카펫에 비벼댔다.

"저 안에서 뭔가 떨어졌군요."

왼쪽 옆방에서 지배인이 말했다. 그레고르는 오늘 자신에게 일어난 것과 비슷한 일이 지배인에게도 일어날 수 있을지 상상해보려 애썼다. '그래, 그런 일은 언제고 일어날 수 있어.' 그런데 마치 그레고르의 질문에 퉁명스럽게 대답이라도 하는 듯, 옆방에서 지배인의 번쩍번쩍 윤이 나는 장화의 힘찬 발걸음 소리가 들렸다. 오른편에 있는 방에서 그레고르의 누이가 그에게 알리려는 듯 속삭였다.

"오빠, 지배인님이 오셨어요."

"알고 있어"라고 그레고르는 혼잣말을 하듯 중얼거렸다. 하지만 누이동생이 들을 수 있을 만큼 감히 목소리를 높이지는 못했다.

"그레고르" 아버지가 왼쪽 옆방에서 말했다. "지배인님이 오셔서 네가 왜 새벽 기차로 떠나지 않았는지 물으신다. 뭐라고 말씀드려야 할지 모르겠구나. 어쨌든 너와 직접 이야기를 나누고 싶어 하신다. 그러니 제발 문 좀 열어라. 네 방이 지저분한 것쯤은 너그럽게 봐주실 게다."

그러자 지배인이 말했다.

"밤새 안녕하시오, 잠자 씨."

그레고르의 아버지가 문가에서 문을 열라고 계속 말하고 있는 사이 어머니가 지배인에게 말했다.

"저 애는 정말 몸이 안 좋아요. 지배인님, 제 말을 믿어주세요. 그렇지 않다면 그레고르가 왜 기차를 놓쳤겠어요! 정말로 오직 일만 생각하는 아이인데요. 저녁에 외출도 하지 않아 제가 화를 낼 정도랍니다. 요즘 일주일 내내 시내에 갔었는데도 저녁에는 내내 집에만 있었답니다. 우리랑 함께 식탁에 앉아 신문을 읽거나 기차 시간표를 연구하지요. 심심풀이라고는 실톱을 갖고 일하는 것뿐이랍니다. 그렇게 해서 예를 들어 액자틀 같은 걸 만들지요. 이삼일 저녁이면 거뜬히 하나를 만들어 낸답니다. 보시면 얼마나 예쁜지 놀라실 거예요. 저 방 안에 걸려 있어요. 그레고르가 문을 열면 보실 수 있을 거예요. 암튼 지배인님이 오셔서 다행이에요. 우리들만으로는 저 방문을 열게 할 수 없었을 거예요. 워낙 고집이 세거든요. 어쨌든 저 애는 오늘 아침 어딘가 아픈 게 틀림없어요. 제게 아니라고 했지만 분명히 어딘가 불편해요."

그레고르는 "곧 나갑니다"라고 천천히 조심스럽게 말하면서도 대화를 한 마디도 놓치지 않으려고 꼼짝 않고 있었다.

지배인이 말했다.

"부인, 저도 그 외에는 달리 설명할 길이 없다고 생각합니다. 심각하지 않기만 바랄 뿐입니다. 하지만 유감으로 생각하시건 아니시건 이 말씀은 드려야겠습니다. 우리 장사꾼들은 약간 몸이 불편하더라도 사업을 생각해서 그냥 참고 넘어가는 일이 자주 있습니다."

그러자 초조해진 아버지가 다시 문을 두드리며 말했다.

"그레고르, 이제 지배인님이 안으로 들어가셔서 너를 봐도 되겠지?"

"안돼요"라고 그레고르가 대답했다. 왼쪽 옆방에서는 어색한 정적이 흘렀고 오른쪽 옆방에서는 누이동생이 훌쩍거리기 시작했다.

왜 누이동생은 남들 곁으로 가지 않고 혼자 있는 걸까? 아마 이제야 일어나서 아직 옷을 입지 않은 모양이지. 그런데 왜 훌쩍거리는 거지? 그가 일어나지 않고, 지배인을 들여보내지 않아서? 그가 일자리를 잃을 위험에 처해 있고, 그렇게 되면 사장이 다시 전처럼 빚을 독촉하면서 부모님을 못살게 굴까봐? 하지만 아직 그런 걸 생각하기에는 이르다. 그레고르는 아직 엄연히 그곳에 있었고, 그에게는 가족을 내팽개칠 생각이 추호도 없었다. 하지만 지금 그는 카펫에 누워 있는 형편이고, 그가 처한 상황을 아는 사람이라면 아무도 그가 지배인을 들여보내리라는 기대는 하지 않았을 것이다. 그렇지만 그를 들여보내지 않는 건 사소한 결례일 뿐이고, 나중에 적절한 변명을 할 수 있게 될 것이며 그로 인해 그레고르가 당장에 해고당하는 일은 없을 것이다. 그레고르가 보기에 자기에게 저렇게 말을 걸고 울고불고 하면서 성가시게 구는 것보다는 그냥 조용히 내버려두는 게 훨씬 현명한 일인 것 같았다. 하지만 다른 사람들은 지금 무슨 일이 벌어지고 있는지 상황을 몰라서 걱정하고 있는 것이며 그렇기에 그들의 행동도 나름대로 일리가 있었다.

이제 지배인이 목소리를 높여 그의 이름을 외치며 말했다.

"잠자 씨, 도대체 무슨 일이요? 바리케이드를 친 것처럼 방 안에 처박혀 묻는 말에 예나 아니오, 라고만 하고 있으니. 당신은 부모님께 쓸데없는 걱정만 끼치고 있으며 또, 이건 그냥 지나가는 말이지만, 듣도 보도 못한 이유로 직업상의 의무를 소홀히 하고 있단 말이오. 내 당신 부모님과 사장님 이름으로 분명히 말하는데, 즉시 명확한 해명을 해주길 바라오. 정말 놀랍고도 놀랍군. 나는 당신이 차분하고 합리적인 사람이라고 생각해왔는데, 이렇게 갑작스럽게 이상한 변덕을 보이다니. 오늘 아침 사장님이 당신이 나타나지 않은 이유에 대해 넌지시 언질을 주시긴 했어. 최근에 수금한 돈을 당신에게 맡겼다고 하시더군. 나는 그런 해석은 당치도 않다고 한사코 말씀드렸소. 그런데 도저히 이해할 수 없는 당신의 고집을 이렇게 보고나니 당신 행동을 옹호하고 싶은 마음이 싹 가시는군. 게다가 당신 지위도 그렇게 안전한 것은 아니오. 사실 이런 이야기는 당신과 단둘이 하려고 했는데, 당신이 내게 이렇게 쓸데없는 시간을 낭비하게 만들고 있으니, 굳이 당신 부모님이 듣지 않는 데서 이야기할 필요성을 못 느끼겠군. 최근 당신의 실적은 대단히 만족스럽지 못해요. 물론 지금 장사가 썩 잘 되는 철이 아니긴 하지. 나도 그 점은 인정해요. 하지만 잠자 씨, 장사가 전혀 안 되는 철이라는 건 없고, 또 있어서도 안 되는 법이야."

그레고르는 흥분해서 다른 모든 것은 잊은 채 정신없이 소리 쳤다.

"네, 지배인님! 즉시 문을 열겠습니다. 잠시만! 조금 몸이 불편했고 현기증이 나서 일어날 수 없었을 뿐입니다. 아직 침대에 누워 있습니다. 그렇지만 이제 아주 거뜬해졌습니다. 이제막 침대에서 나왔습니다. 잠시만, 잠시만 기다려주십시오! 생각대로 쉽지는 않군요. 하지만 이제 아주 가뿐합니다. 도대체 어떻게 이런 일이! 어제저녁만 해도 멀쩡했는데……. 부모님이 잘 아실 겁니다. 어쩌면 저보다 더 잘 아실지도……. 실은 어제저녁에 이미 약간 증상을 느꼈다고 하는 게 옳을 겁니다. 아마 부모님들은 눈치를 채셨을 겁니다. 왜 제가 어제 당신께 미리 말씀드리지 않았는지! 하지만 당신은 집에 누워 있지 않더라도 병을 이겨낼 수 있다고 늘 생각하시기에……. 제발 부모님을 괴롭히지 말아주세요! 지배인님이 지금 제게 하신 비난은 정말 터무니없습니다. 저에 대해서 그런 말을 한 사람은 이제까지 아무도 없었습니다. 아마 제가 보내드린 최근의 주문서를 아직 못 보신 모양입니다. 어쨌든 8시 기차로 떠나겠습니다. 몇 시간 쉬었더니 기운이 나는군요. 지배인님, 기다리실 필요 없어요. 지배인님을 뒤따라 곧바로 사무실로 가겠습니다. 그러니 제발 사장님께 잘 좀 말씀해주십시오."

그레고르는 자기가 무슨 말을 하고 있는지도 모르는 채 그런 말들을 쏟아내면서 장롱 곁으로 다가갔다. 침대 속에서 연습을 했던 덕분이었는지 비교적 쉽게 거기까지 갈 수 있었다. 그는 장롱에 의지해 몸을 일으키려 했다. 그는 정말로 문을 열고, 정말로 그들에게 자신을 보여주고, 지배인과 이야기를 나눌 생각이었다. 저토록 강하게 문을 열라고 요구하고 있으니 그들이 자신의 모습을 보았을 때 무슨 말을 할지 정말로 궁금했다. 그들이 충격을 받는다 해도 그건 자신의 책임이 아니니 그의 마음은 편할 수 있을 것이었다. 그들이 모든 것을 아무렇지도 않게 태연히 받아들인다면 자신도 흥분할 필요가 없을 것이니, 서두른다면 8시 기차에 맞춰 정거장에 도착할 수 있을 것이다.

처음 몇 번은 반들반들한 장롱에 기대어 서려다가 몇 번 미끄러졌으나 마침내 마지막 힘을 다해 몸을 흔들어 꼿꼿하게 설수 있었다. 하반신에 심한 통증을 느꼈지만 그는 더 이상 거기에는 신경 쓰지 않았다. 그는 가까이 있던 의자 등받이로 몸을 던져, 그 가장자리를 그의 작은 다리들로 꽉 붙잡았다. 그제야 그는 좀 진정이 되어 지배인의 말에 조용히 귀를 기울일 수 있게 되었다.

"한 마디라도 알아들으셨습니까?" 지배인이 그레고르의 부모에게 물었다. "우리를 우롱하는 건 아니겠지요?"

어머니는 이미 눈물이 글썽한 채 외쳤다.

"어머나, 정말로 몹시 아픈 게 틀림없어요. 우리가 저 애를 괴롭히고 있는 거예요."

그런 후 그녀는 "그레테! 그레테!"라고 딸을 불렀다.

다른 쪽 방에서 그녀가 "엄마, 불렀어요?"라고 소리쳤다. 모녀는 그레고르의 방을 사이에 두고 대화를 나누고 있었다.

어머니가 말했다.

"너, 지금 당장 의사 선생님에게 가봐야겠다. 그레고르가 아파. 빨리 의사 선생님에게 가봐. 방금 그레고르가 말하는 거 들었니?"

"짐승 목소리였습니다." 지배인이 어머니의 울부짖는 소리와 대비되게 차분한 목소리로 말했다.

이번에는 아버지가 현관을 통해 부엌을 향해 손뼉을 치며 소리쳤다.

"안나! 안나! 당장 가서 열쇠공을 불러와라."

그러자 두 처녀가 즉시 치맛자락을 휘날리며 마루를 가로지르더니 현관문을 열어젖히고 밖으로 나갔다. 누이동생은 어떻게 그렇게 재빨리 옷을 입을 수 있었을까? 현관문이 닫히는 소리가 나지 않은 것으로 보아 문을 열어놓은 채 나간 것 같았다. 하긴 뭔가 흉한 일이 벌어진 집에서는 흔히 있을 법한 일이긴 하다.

반대로 그레고르는 훨씬 더 침착해졌다. 그가 하는 말들을 그들은 이해할 수 없었지만, 그에게는 자신의 말들이 이전보다 훨씬 더 똑똑히 들렸다. 그의 귀가 그 소리에 익숙해진 덕분이었다. 어쨌든 그들은 그가 어딘지 정상이 아니란 것을 알고 그를 도와줄 태세였다. 그가 처한 상황에 대해 그들이 제일 먼저 보여준 태도는 신뢰와 슬기였고 그 덕분에 그는 기분이 좋아졌다. 그는 자기가 다시 인간들 사이로 되돌아온 것처럼 느꼈고, 열쇠공이건 의사이건 뭔가 놀랍고 대단한 일을—실은 그 둘을 정확히 구분한 것은 아니었지만—해주리라고 기대했다. 다음에 자신이 무슨 이야기를 하건 결정적인 이야기가 되리라는 생각에 그는 가능한 한 목청을 제대로 가다듬기 위해 밭은기침을 내뱉었다. 하지만, 스스로 판단을 할 수는 없었지만, 보통 사람들이 내는 기침 소리와는 다를 수도 있다는 생각에 가능한 한 소리를 죽였다.

그사이 옆방은 아주 조용해졌다. 부모님들은 탁자 앞에 앉아 지배인과 속삭이고 있는지도 몰랐다. 혹은 모두 문가에 귀를 기울이고 있는지도 몰랐다. 그레고르는 문 쪽으로 의자째 천천히 몸을 움직였다. 일단 문가에 이르자 그는 의자를 떠나 문으로 몸을 던진 후 다리에서 나오는 점액을 이용해서 문에 똑바로 기대어 섰다. 그는 그 자세로 잠시 숨을 고르고 기력을 회복했다.

잠시 후 그는 열쇠 구멍에 꽂힌 열쇠를 입으로 돌리려고 해보았다. 그런데 불행히도 그에게는 이빨이라고 할 만한 것이 없었다. ─도대체 무엇으로 열쇠를 잡을 수 있단 말인가!─하지만 이빨이 없더라도 단단한 턱이 있었다. 실제로 그는 턱을 이용해 열쇠를 움직이기 시작할 수 있었다. 그런데 그는 자기도 모르는 새 어딘가 상처를 입은 게 틀림없었다. 갈색 액체가 입에서 흘러나와 열쇠 위를 흐르더니 방바닥으로 뚝뚝 떨어졌던 것이다.

지배인이 옆방에서 말했다.

"들어보세요. 열쇠를 돌리고 있습니다."

그레고르는 그 소리에 크게 격려를 받았다. 하지만 아버지와 어머니도 "잘한다! 그레고르!", "조금만 더! 열쇠를 꼭 잡아!"라고 외치며 응원을 해주었다면! 어쨌든 그레고르는 모두들 자신이 애쓰는 것을 긴장한 채 지켜보고 있다는 생각에 온 힘을 다해 열쇠를 꽉 물었다. 그는 입이 아픈 것은 신경도 쓰지 않았다. 열쇠가 돌아감에 따라 그의 몸도 자물쇠를 따라 빙빙 돌았고 오로지 입만으로 몸을 가눌 수밖에 없었다. 그의 몸은 필요에 따라 열쇠에 매달리기도 했다가 몸 전체 무게로 아래로 쏟아져 내리기도 했다. 열쇠가 철컥하는 청아한 소리를 내자 그는 집중 상태에서 벗어났고 숨을 몰아쉬며 중얼거렸다.

'그래, 열쇠공 따위는 필요 없었어.'

그는 문을 활짝 열어젖히기 위해 문손잡이에 머리를 올려놓았다.

그가 그런 식으로 문을 열어야만 했기에 그의 모습이 아직 밖에서 보이기도 전에 한쪽 문은 이미 훤히 열려 있었다. 그는 다른 쪽 문 한 짝에 몸을 기댔다. 거실로 들어설 때 바닥에 나자빠지지 않기 위해서는 아주 천천히 문을 돌려야 했기에 조심해야만 했다. 그가 다른 것에는 주의를 기울일 겨를 없이 이 어려운 움직임에 몰두해 있을 때, 지배인이 큰 목소리로 "오"하고 외치는 소리가 그에게 들렸다. 그 외침은 마치 바람이 지나가는 소리 같았다. 그레고르도 마침내 그를 보았다. 그가 문에서 가장 가까이 있었던 것이다. 지배인은 벌어진 입에 손을 댄 채, 마치 보이지 않는 힘에 의해 서서히 밀리듯 뒤로 물러섰다. 어머니는 지배인이 와 있는데도 불구하고 잠자리에서 헝클어진 머리 그대로인 채 아버지를 바라보았다. 이어서 그녀는 두 팔을 펼치고 그레고르를 향해 두 걸음 정도 걸어오더니 마루에 그대로 쓰러졌다. 그녀의 치마가 넓게 펼쳐져 그녀의 머리는 마치 가슴에 묻혀버린 것같이 보이지 않게 되었다. 아버지는 마치 그레고르를 다시 방으로 처박을 것처럼 적의에 찬 표정으로 주먹을 불끈 쥐었다. 그러고는 어정쩡한 표정으로 거실을 둘러보더니 두 손으로 눈을 가리고 울기 시작했다. 그의 육중한 가슴이 들먹거렸다.

그레고르는 아직 거실 안쪽으로 들어와 있지는 않은 채, 여전히 제자리에 고정되어 있던 문 한 짝에 기대고 서 있었다. 그래서 그의 몸의 반쪽과, 바깥사람들을 물끄러미 바라보고 있는 그의 머리만 보였다. 그사이에 날은 더 밝아졌다. 길 건너편의 끝없이 이어지고 있는 회색 건물 일부가 또렷이 보였는데—그것은 병원이었다—정면에는 규칙적인 창문들이 줄지어 뚫려 있었다. 아직 비가 내리고 있었으며, 방울 하나하나 눈에 보이는 굵은 빗방울들이 한꺼번에 땅을 강타하고 있었다. 식탁 위에는 아침 식사 설거지 그릇들이 잔뜩 쌓여 있었다. 그레고르의 아버지에게는 아침 식사가 그 어떤 식사보다 중요한 때문이었다. 그가 이 신문 저 신문 읽으며 몇 시간씩 앉아 있다 보면 아침 식사는 몇 시간씩 늘어지기도 했다. 바로 정면 맞은편 벽에는 군대 시절의 그레고르 사진이 붙어 있었다. 중위 계급장을 단 그는 손에 검을 들고 있었으며 자신의 제복과 태도에 경의를 표하기를 요구하듯 태평한 웃음을 띠고 있었다. 현관 입구의 문이 열려 있었기에 층계참과 계단 첫 머리가 내다 보였다.

평정을 유지하고 있는 것은 오직 자기뿐인 것을 알게 된 그레고르가 입을 열었다.

"자, 이제 곧바로 옷을 입고 샘플을 챙긴 다음 나가겠어요. 자, 이제 떠나도 되겠지요?"

이어서 그는 지배인을 보고 말했다.

"자, 보시다시피 저는 고집불통이 아니고 일을 좋아합니다. 돌아다니며 장사한다는 게 힘들기는 해도 그러지 않고는 먹고 살 수가 없겠지요. 자, 어디로 가실 건가요? 사무실로요? 그렇지요? 그렇다면 모든 걸 정확히 보고해주시겠어요? 누구에겐들 일시적으로 일을 할 수 없는 상황이 올 수도 있겠지요. 하지만 바로 그때야말로, 과거에 그가 얼마나 많은 실적을 쌓았는지 되돌아봐야 할 때가 아니겠습니까? 그리고 일단 장애만 제

거된다면 앞으로는 더욱더 열심히 집중해서 일을 하리라는 것을 생각해야 할 때가 아니겠습니까? 지배인님은 제가 사장님께 큰 빚을 지고 있다는 것, 제가 부모님과 누이동생을 돌보아야 한다는 것, 제가 정말 어려운 처지에 놓여 있다는 것, 어쨌든 그 어려움에서 벗어나기 위해 제가 일을 해야 한다는 것을 잘 알고 계시잖습니까. 그러니 이전보다 일을 더 어렵게 만들지 말아주십시오. 사무실에서 제 편이 되어주십시오. 저는 그 누구도 외판 사원을 좋아하지 않는다는 걸 잘 알고 있습니다. 모두들 우리가 큰돈을 벌어 멋지게 살고 있다고 생각하고 있지요. 그들이 편견을 갖고 있는 게 사실이지만 그런 생각을 바꿔줄 만한 뾰족한 수단도 없지요.

그렇지만 지배인님, 지배인님은 다른 직원들과는 달리 이 문제를 큰 틀에서 전체적으로 바라보실 수 있잖습니까. 저희끼리만 하는 말입니다만, 지배인님은 사장님보다도 안목이 넓으시지요. 사장님은 경영주이니만큼 직원들에 대해 잘못 생각하실 수도 있고, 가혹한 판단을 하실 수도 있을 것 아니겠습니까. 그리고 지배인님은 우리 외판 사원들이 일 년 내내 사무실 밖에서 지낸다는 것, 그래서 자칫하면 입방아나 우연한 일들, 근거 없는 비방의 희생물이 되기 쉽다는 것, 그런 일을 당해도 변명조차 할 수 없다는 것을 잘 알고 계시잖습니까. 우리는 그런 것에 대해 들어보지도 못한 채, 여행 후 지칠 대로 지친 몸으로 돌아와서는 원인도 알 수 없는 고약한 결과를 그냥 몸으로 느끼는 게 고작인 것을 잘 아시고 계시잖습니까. 제발 그냥 가지 마세요. 최소한 제가 어느 정도 옳다는 것을 인정하시는 말 한마디라도 하신 후 가주세요."

하지만 지배인은 그레고르가 말을 시작하자마자 이미 몸을 돌리고 있었다. 그는 입술을 불쑥 내민 채 떨리는 어깨너머로 그레고르를 뒤돌아보았다. 그는 그레고르가 말을 하는 동안 잠시도 제자리에 서 있지 않았으며, 그에게서 눈길을 떼지 않은 채 천천히 현관문을 향해 갔다. 마치 그 무언가 보이지 않는 것이 그가 방을 떠나는 것을 막고 있는 듯, 그는 아주 천천히 발걸음을 옮겼다. 그러다가 현관 입구에 이르자 재빨리 발을 거실에서 빼더니 허둥대며 앞으로 달려나갔다. 그는 마치 그 어떤 초자연적인 구원의 손길이 그를 기다리기라도 하는 듯, 계단을 향하여 두 손을 뻗고 있었다.

그레고르는 회사에서의 자신의 지위가 위험에 빠지지 않게 하려면 그런 식으로 지배인을 보내서는 안 된다는 것을 깨달았다. 그의 부모들은 그 사실을 그다지 잘 이해하지 못하고 있는 것 같았다. 그들은 그레고르에게 그 직장이 평생 보장되어 있다고 오랫동안 믿어온 데다, 목전의 일에 대한 걱정에 너무 사로잡혀 있었기에 미래에 대한 생각 같은 것은 할 겨를이 없었다. 하지만 그레고르는 바로 그 미래를 걱정하고 있었다. 지배인을 붙잡아서 진정시키고 그를 설득한 후 확답을 들어야 했다. 그레고르와 가족의 미래가 거기에 달려 있는 것이다!

아아, 누이동생이 있었다면! 그 애는 영리했다. 그레고르가 침착하게 누워 있을 때 그 애는 벌써 울고 있었다. 게다가 지배인은 여자를 좋아하니 그 애라면 설득할 수 있었을 것이다. 그 애는 출입구의 문을 닫고 그를 충격에서 벗어나게 해줄 수 있을 텐데. 하지만 누이동생은 거기에 없었다. 그레고르 자신이 그 일을 떠맡아야만 했다.

그레고르는 자기가 지금 상태로 몸을 움직이는 데 아직 익숙하지 않다는 점을 고려하지도 않은 채, 또한 자기가 한 말들이 거의, 아니 완전히 이해되지 못했으리라는 점도 고려하지 않은 채, 밖으로 나가려 했다. 그는 기대고 있던 문짝에서 몸을 떼고 문틈으로 나가 지배인 쪽으로 가려고 했다. 지배인은 층계참에서 우스꽝스러운 모습으로 양손으로 난간을 꼭 잡고 있었다.

문짝에서 몸을 떼자 그레고르는 곧장 엎어졌고 그는 비명을 지르며 무언가 잡으려고 허둥댔으며 이어서 수많은 다리들을 깔고 엎어졌다. 그런데 그런 자세를 취하자마자 그레고르는 그날 처음으로 자신의 몸이 편안해진 것을 느꼈다. 작은 다리들이 그 밑에 단단한 기반을 갖게 된 것이다. 기쁘게도 다리들은 그의 말을 들었다. 심지어 그가 가고자 하는 곳까지 그를 실어 가려고 애를 쓰기까지 했다. 그는 드디어 모든 슬픔이 끝나리라고 믿게 되었다.

그는 움직이려는 충동을 억누르며 바닥에 엎드려 몸통을 좌우로 흔들었다. 그때 어머니는 바로 그의 앞쪽 가까이 있었다. 어머니는 처음에는 넋이 나간 듯했지만, 갑자기 두 팔을 뻗어 열 손가락을 펼치더니 풀쩍 뛰어오르면서 소리쳤다.

"사람 살려! 맙소사! 사람 살려!"

어머니는 그레고르를 더 잘 보려는 듯 머리를 숙이고 있었지만 몸은 정신없이 뒷걸음질치고 있었다. 그녀는 자기 뒤에 식탁이 있다는 것도 잊고 뒷걸음질을 치다가 식탁 곁에 이르자 황급히 그 위에 걸터앉았다. 그 바람에 옆에 있던 주전자를 건드려 넘어졌고 커피가 양탄자 위로 쏟아져 내렸지만 그녀는 그것을 알아차리지도 못하는 것 같았다.

"어머니, 어머니." 그레고르가 낮은 목소리로 어머니를 부르며 그녀를 쳐다보았다. 한순간 그는 지배인을 완전히 잊고 있었다. 대신 커피가 흘러내리는 것을 보자 자기도 모르게 허공을 향해 턱을 쩝쩝거릴 수밖에 없었다. 그 모습을 보자 그녀는 다시 비명을 지르며 식탁에서 뛰어내려 마침 그녀 앞으로 달려온 아버지 팔 안으로 쓰러졌다. 하지만 그레고르는 더 이상 부모님에게 신경 쓸 겨를이 없었다. 지배인이 이미 계단에 이르러 있었던 것이다. 지배인은 턱을 계단 난간에 얹은 채, 마지막으로 뒤를 돌아다보았다. 그레고르는 그를 향해 달려갔다. 그레고르는 그를 확실하게 따라잡기를 원했다. 지배인은 마치 그걸 예상하고 있었던 것 같았다. 그는 한꺼번에 몇 계단씩 뛰어내려 사라져버렸던 것이다. 그는 사라지면서 소리를 질렀고, 그 소리가 계단 전체에 울렸다.

불행하게도, 그때까지 비교적 침착하던 아버지까지도, 지배인이 황급히 도망가는 모습을 보고는 공황 상태에 빠졌다. 그는 도망가는 지배인을 뒤쫓아 가거나 아니면 최소한 그를 쫓아가는 그레고르를 막아서는 대신, 지배인이 남겨두고 간 지팡이를 오른손에―지배인은 모자, 외투와 함께 지팡이를 소파에 놓고 가버렸다―, 신문 뭉치를 왼손에 집어 들더니 지팡이와 신문을 흔들고 발을 쾅쾅 구르며 그레고르를 다시 그의 방으로 몰

아녕으려 했다. 그레고르가 아버지에게 호소를 해보아도 소용
이 없었을뿐더러, 아버지는 그가 호소하는 것인지조차 알 수
없었다. 그레고르가 고분고분 몸을 돌리려 했지만 아버지는 더
욱 거세게 발을 구를 뿐이었다. 거실 건너편에서는 쌀쌀한 날
씨임에도 불구하고 어머니가 창문을 열어젖힌 채, 창밖으로 얼
굴을 내밀고 두 손으로 얼굴을 감싸고 있었다. 세찬 바람이 거
리로부터 계단을 향해 불어와 창문 커튼이 휘날렸고 식탁 위의
신문들이 펄럭이더니 몇 장이 바닥으로 떨어졌다. 아버지는 야
만인처럼 코를 씩씩거리며 그레고르를 몰아붙였고, 아무도 그
를 말릴 수 없을 것 같았다. 그레고르는 뒷걸음질은 전혀 연습
을 해보지 않았기에 아주 천천히 물러날 수밖에 없었다.

　그레고르에게 몸을 돌릴 시간만 주었어도 그는 수월하게 방
으로 들어갈 수 있었을 것이다. 하지만 몸을 돌리려고 꾸물대
다가는 아버지가 참아낼 수 없을까 봐 두려웠다. 게다가 아버
지가 손에 들고 있는 지팡이가 언제고 그의 등이나 머리에 치
명타를 가할 위험이 도사리고 있었다. 그러나 그레고르에게는
선택의 여지가 없었다. 유감스럽게도 뒷걸음질로는 제대로 방
향조차 잡을 수 없다는 것을 알아차렸던 것이다. 따라서 아버
지를 향해 끊임없이 겁먹은 곁눈질을 보내며 가능한 한 잽싸게

몸을 틀었다. 하지만 실제로는 대단히 느린 동작이었다. 그래도 그의 아버지가 그의 선의를 알아차린 것 같았다. 아버지는 그를 방해하지 않고 멀찍이 떨어진 채 단장 끝으로 이리저리 몸을 틀 방향을 지시해주었다. 제발 아버지 입에서 슛, 슛, 하는 그 견디기 어려운 소리만 나지 않았다면! 그 소리 때문에 그레고르는 정신이 헷갈렸다. 그가 겨우 몸을 거의 다 돌렸을 때, 그 슛, 슛 하는 소리 때문에 방향을 잃고 다시 원래 위치로 돌아가곤 했던 것이다. 마침내 머리가 문 앞을 향하게 되자 그는 기뻤다. 하지만 문이 너무 좁아 그의 넓은 몸이 그 문을 통해 바로 들어갈 수 없었다. 지금과 같은 상황에서 아버지가 다른 한쪽 문을 마저 열어 그가 지나갈 수 있게 해주리라는 기대는 할 수 없었다. 아버지에게는 어서 빨리 그레고르를 방으로 몰아넣겠다는 생각밖에 없었다. 또한 그레고르가 그 방 안으로 들어갈 준비를 하기 위해 몸을 세울 시간을 주지도 않을 것이 틀림없었다. 아버지는 그레고르 앞에 아무것도 없는 듯 더욱 자주 슛, 슛 소리를 내며 더욱 거세게 그레고르를 몰아붙였다. 마치 그레고르 뒤에 아버지 한 사람이 아니라 여러 사람이 있는 것 같았다. 정말 유쾌하지 않은 경험이었다. 그레고르는 에라 하는 심정으로 몸을 밀어붙였다.

그의 몸 한쪽 편이 들렸고, 그는 문에 비스듬히 놓였다. 한쪽 옆구리가 하얀 칠을 한 문에 쏠려서 상처가 났고, 문에 흉한 갈색 얼룩을 남겼다. 그의 몸이 문에 금세 꽉 끼어버려 혼자 힘으로는 옴짝달싹할 수 없게 되었으며 한쪽 편 다리들은 높이 허공에 떠 있었고 다른 쪽 다리들은 고통스럽게 바닥에 짓눌려 있었다.

그때 그의 아버지가 뒤에서 세찬 발길질을 했고, 그는 피를 철철 흘리며 자기 방 안으로 멀리 날아 들어갔다. 곧이어 지팡이로 문이 쾅 닫혔고, 마침내 모든 것이 잠잠해졌다.

제2장

그날 저녁 어둑어둑해져서야 그레고르는 혼수상태와 같은 깊은 잠에서 깨어났다. 충분히 잠을 잔 데다 충분히 쉬었다는 느낌이 드는 걸로 보아 방해를 받지 않았더라도 얼마 지나지 않아 분명 잠에서 깨어났을 것이 틀림없었다. 하지만 뭔가 서두르는 발자국 소리와, 거실로 통하는 문이 조심스럽게 닫히는 소리에 잠에서 깨어난 것 같은 느낌을 받았다. 가로등 불빛이 천장과 가구들 꼭대기를 희미하게 비추고 있었지만 그레고르가 누워 있는 바닥 쪽은 어두웠다. 무슨 일이 일어났는지 알아보려고 그레고르는 더듬이로 가늠하며―그는 이제야 그것들을 겨우 사용할 줄 알게 되었다―문을 향해 몸을 밀고 갔다. 왼쪽 옆구리 전체가 심한 상처를 입은 것 같았으며, 좌우 두 줄 다리들을 힘겹게 절뚝거리며 겨우겨우 앞으로 나아갔다. 그날 아침 사건으로 다리 하나가 심하게 다친 것 같았고 감각도 없이 질 질 끌렸다. 그나마 다리들 중 하나만 다친 것도 기적이었다.

문 가까이 와서야 그는 자기를 그곳까지 오도록 유혹한 것이 무엇인가를 알아차렸다. 무언가 먹을 것의 냄새였다. 문 옆에는 감미로운 우유가 담긴 접시가 하나 놓여 있었고, 잘게 자른 흰 빵 조각이 적셔져 있었던 것이다. 그는 아침보다 더 배가 고팠기에 기뻐서 거의 웃을 뻔했다. 그는 거의 눈까지 잠길 정도로 곧장 머리를 우유 속에 처박았다. 하지만 그는 곧 실망해서 접시로부터 머리를 들었다. 옆구리 통증 때문에 음식을 먹는 것이 힘들었을 뿐 아니라,—몸 전체가 마치 헐떡이듯이 함께 움직여야 먹을 수 있었다—우유가 도무지 맛이 없었던 것이다. 그는 평소에 우유를 아주 좋아했고, 그래서 분명 누이가 그를 위해 들여다 놓은 것일 텐데, 그는 자신의 생각과는 달리 몸을 돌리고 접시로부터 멀어져 방 한가운데로 기어 왔다.

그레고르는 문틈을 통해 거실에 가스등이 켜진 것을 볼 수 있었다. 평소대로라면 아버지가 거실에 앉아 어머니에게, 때로는 누이동생에게 큰 소리로 신문을 읽어줄 때였다. 하지만 지금은 아무 소리도 들리지 않았다. 그레고르의 누이동생은 아버지의 그 신문 낭송 습관에 대해 자기에게 이야기를 하거나 편지로 알려주곤 했다. 하지만 아버지는 최근에 그 습관을 없앤 모양이었다. 이 집이 비어 있지 않은 게 분명했는데 사방이 너무 조용했다.

'우리 가족들은 정말 조용하게 지내고 있구나'라고 그레고르는 생각했다. 그는 어둠 속을 응시하며 누이동생과 부모님들에게 이런 멋진 집에서 이런 생활을 할 수 있게 해준 자기 자신에 대해 크나큰 자부심을 느꼈다. 그런데 이제 이 평화와 부와 안락함이 무시무시한, 그리고 놀라운 결말을 맺게 된다면? 그는 그 생각을 너무 깊이 하지 않기 위해서 방 안을 여기저기 기어 다녔다.

그 긴긴날 저녁, 방의 옆문이 딱 한 번 살짝 열렸다가 황급히 다시 닫혔다. 그리고 나중에 다른 쪽 문도 똑같이 열렸다가 닫혔다. 누군가 들어오려고 하다가 생각을 고쳐먹은 것 같았다. 그레고르는 그 소심한 방문객을 방으로 들어오게 하거나, 아니면 최소한 그가 누구인지 알아보려고 즉각 문 옆으로 가서 기다렸다. 하지만 그날 밤 문은 다시 열리지 않았고 그레고르는 헛수고를 한 셈이 되었다. 아침에 문들이 잠겨 있을 때는 다들 그 방으로 들어오려 했건만, 그가 한쪽 문을 열어놓았고, 다른

제2장

45

문은 낮 동안 열어놓았음이 분명한 지금 아무도 오지 않았다. 게다가 열쇠는 밖에 꽂혀 있었는데…….

늦은 밤이 되어서야 거실의 가스불이 꺼졌다. 그는 그때까지 그의 부모와 누이동생이 내내 깨어 있었다는 것을 쉽게 알 수 있었다. 그들이 발끝으로 걸으며 멀어져 가는 소리를 또렷하게 들을 수 있었던 것이다. 이제 아침이 될 때까지 아무도 그레고르의 방에는 오지 않을 것이다. 그렇다면 자신이 앞으로 어떻게 새로운 삶을 꾸려가야 할지 방해받지 않고 생각해볼 충분한 시간이 주어진 셈이었다. 그런데 그가 이제 홀로 남겨진 그 천장 높은 텅 빈 방, 그가 5년 동안 지내온 그 방바닥에 배를 깔고 앉아 있자니 무슨 연유에서인지 그 방이 불편하게 느껴졌다. 그는 서둘러 소파 밑으로 기어들어갔다. 물론 그는 자기가 하는 짓에 가벼운 수치심을 느꼈다. 소파가 등을 약간 짓눌렀고 머리를 조금도 들 수 없었음에도 불구하고 그는 곧 편안해졌다. 다만 그의 몸이 너무 넓적해서 그 밑에 완전히 숨을 수 없다는 것이 유감일 뿐이었다.

그레고르는 온밤 내내 그곳에 머물렀다. 때때로 그는 가벼운 잠에 빠지기도 했지만 배가 고파 놀라며 잠에서 깨어났다. 그리고 걱정과 희망이 교차하는 가운데 매번 같은 결론에 도달하곤 했다. 당분간 조용히 지내며 인내심을 보여주자. 그래야 지금 상태에서 자기가 가족들에게 유발한 불쾌감을 그들이 견뎌낼 수 있게 될 테니.

다음 날 이른 아침 그레고르는 자신의 결심을 실험해볼 기회를 갖게 되었다. 그의 누이동생이 아직 어둑어둑했을 때 옷을 다 차려입은 채 긴장한 모습으로 그의 방 안을 들여다보았다. 그녀는 처음에는 그를 곧장 발견하지 못했으나, 소파 밑에 있는 그를 발견하고는—맹세코, 그는 그 어디엔가 있어야만 하지 않겠는가! 그가 날아서 도망갈 수는 없는 노릇 아닌가!—그녀는 너무 충격을 받은 나머지 자제력을 잃고 밖에서 문을 쾅 닫아버렸다. 하지만 그녀는 자신의 행동을 후회라도 하는 듯, 곧장 다시 문을 열고 발끝으로 걸어 들어왔다. 흡사 중환자가 있는 병실이나 낯선 사람이 있는 방으로 들어오는 것 같았다. 그레고르는 소파 끝으로 머리를 바싹 내밀고 그녀를 바라보았다. 과연 그녀가, 우유가 손도 대지 않은 채 그대로 있다는 것, 하지만 그가 배가 고프지 않아 그런 게 아니라는 것을 알아차리고 그에게 맞는 다른 음식을 가져오려 할 것인가? 그녀 스스로 알아서 그렇게 하지 않는다면 그는 그녀에게 그 사실을 알려주느니 차라리 굶어버릴 심산이었다. 물론 스스로 소파 밑에서 기어 나와 누이의 발아래 몸을 던지고는 뭐든 먹을 것을 달라고 간청하고 싶은 마음이 굴뚝같았지만 말이다.

그런데 누이는 주변에 우유 몇 방울이 흘려져 있을 뿐 아직 우유가 가득 들어 있는 접시를 놀라운 눈으로 바라보았다. 그녀는 즉시 접시를 집어 들더니—맨손으로가 아니라 헝겊 조각으로—밖으로 가지고 나갔다. 그레고르는 그녀가 대신 어떤 것을 가지고 들어올 것인지 자못 궁금해서 온갖 상상을 다 해보았지만 누이가 어떤 음식을 가져올지 도무지 짐작도 할 수 없었다. 그녀는 그의 입맛을 시험해보려는 듯, 온갖 음식을 다 가져와 신문지 위에 모두 늘어놓았다. 반쯤 상하고 시든 야채, 이미 딱딱하게 굳은 화이트소스가 묻어 있는 뼈다귀(저녁 식사 후 남은 것이리라), 건포도와 아몬드 몇 개, 그레고르가 이틀 전에 맛이 없어 먹을 수 없다고 했던 치즈 한 조각, 마른 롤 케이크, 버터를 바르고 소금을 뿌린 빵 하나가 있었다. 그 모든 것들과 함께 그녀는 접시 하나를 옆에 놓고—틀림없이 그레고르 용으로 별도로 정해진 것이리라— 거기에 물을 따랐다. 그러고는 그가 그녀 앞에서는 먹지 않으리라는 것을 알고는 그레고르의 기분을 고려해서 밖으로 나가더니, 그레고르가 혼자 편히 있을 수 있다는 것을 알리려는 듯 열쇠로 문을 잠갔다. 그레고르의 작은 다리들이 부지런히 둥글게 움직였고, 드디어 그는 먹을 수 있게 되었다. 게다가 움직일 때 통증을 전혀 느끼지 않은 것으로 보아 그가 옆구리에 입은 상처는 이미 치료가 된 것 같았다. 그는 놀라며 한 달 전에 손가락에 가볍게 상처를 입었던 게 생각났다. 그 상처는 바로 그저께까지만 해도 꽤 아팠었다.

그는 생각했다.

'그렇다면 내 감각이 무뎌졌단 말인가?'

하지만 생각은 잠시뿐, 그는 어느새 다른 어떤 음식보다도 그의 구미를 강하게 당기는 치즈에 달려들었다. 그는 치즈를 탐욕스럽게 빨아먹은 후, 만족감에 눈물까지 흘리며 잇따라 야채, 소스들을 정신없이 먹어치웠다. 반면 신선한 것들은 맛이 없었다. 게다가 냄새조차 견디기 힘들어 자기가 먹고 싶은 것들을 그것들 곁에서 떨어진 곳으로 끌어다 놓기도 했다.

그가 식사를 끝낸 후 그 자리에 노곤하게 누워 있은 지 꽤 지났을 때였다. 그의 누이동생이 마치 그에게 물러가라는 신호라도 보내듯 천천히 열쇠를 돌리는 소리가 들렸다. 거의 반쯤 잠이 들어 있었지만 그는 그 소리에 깜짝 놀라 다시 소파 밑으로 기어들어갔다. 그런데 누이동생이 그 방에 있던 짧은 시간 동안 그 밑에 꼼짝 않고 있는 일은 대단한 인내력을 요구했다. 하도 실컷 먹은 탓에 몸이 둥글게 부풀어 올라 좁디좁은 그곳에서는 숨조차 쉴 수 없던 때문이었다. 반쯤 숨이 막힌 채 그는 툭 튀어나온 눈으로 누이가 거리낌 없이 빗자루를 들고 남은 음식물들을 쓸어 담는 것을 바라보았다. 그녀는 그가 손도 대지 않은 음식물들을 마치 더 이상 쓸모없다는 듯 남은 쓰레기들과 함께 담더니 얼른 통에 쏟아 붓고는 나무 뚜껑을 닫은 후 밖으로 가지고 나갔다. 그녀가 등을 돌리자마자 그레고르는 다시 소파 밑에서 나와 몸을 쭉 뻗었다.

그로부터 그레고르는 이런 식으로 하루에 두 번 식사를 했다. 한 번은 부모님과 하녀가 아직 잠들어 있을 이른 아침이었고, 두 번째는 모두 점심 식사를 하고 난 후였다. 그때면 부모들은 잠깐 눈을 붙였고, 하녀는 누이동생이 심부름을 보냈다. 물론 그레고르의 부모님은 그레고르가 굶어죽기를 바라지는 않았을 것이다. 하지만 그가 어떤 식으로 음식을 먹는지 간접적으로 이야기를 듣는 것 이상의 경험은 도저히 참아내기 힘들었을 것이다. 그리고 누이는 부모님들이 이미 큰 상심에 빠져 있는 만큼, 어떻게 해서라도 그들의 슬픔을 조금이나마 덜어주고 싶었으리라.

그날 아침 무슨 방법으로 의사와 열쇠공을 되돌려 보낼 수 있었는지, 그레고르는 알 도리가 없었다. 아무도, 심지어 그의 누이동생까지도 그의 말을 알아들을 수 없었기에 모두들 그가 자기들 말을 알아들을 수 없으리라고 생각했다. 따라서 그는 그녀의 한숨 소리, 그녀가 방 안에서 왔다 갔다 하며 성인(聖人) 들에게 호소하는 목소리를 듣는 것만으로 만족해야만 했다. 그레고르가 그녀로부터 상냥한 몇 마디 말, 혹은 최소한 그렇다고 해석될 수 있는 말을 듣게 된 것은, 그녀가 모든 일에 다소 익숙해진—물론 그녀가 이 상황에 완전히 익숙해진다는 건 있을 수도 없는 일이었지만—나중의 일이었다. 그가 주어진 음식을 남김없이 먹어치우면 "오늘은 맛있게 먹었네"라고 말했고, 그가 음식을 대부분 남기면—그런 일은 점점 더 자주 벌어졌다—그녀는 슬픈 얼굴로 "이런, 또 전부 다 남겼네"라고 말하곤 했다.

그레고르는 직접 새로운 소식을 들을 수는 없었지만 옆방에서 오가는 대부분의 이야기는 들을 수 있었다. 누군가의 목소리가 들리기만 하면 그레고르는 얼른 그 방문으로 달려가 온몸을 그 문에 바싹 갖다 댔다. 거의 모든 대화, 특히 초기의 대화들은 아무리 은밀한 대화라도 어떤 식으로건 그와 관련되지 않은 것이 거의 없었다. 처음 이틀 동안은 식사 때마다 이제 모두들 어

떻게 해야 할 것인지 이야기가 오갔다. 하지만 식사 시간 외에
도 집에는 최소한 두 명이 항상 함께 있었기에 똑같은 이야기
를 나누었다. 아무도 혼자 집에 있으려 하지 않았고 온 가족이
모두 집을 비운다는 것은 생각도 할 수 없는 일인 때문이었다.

　하녀는 그 일이 있던 바로 첫날, 그레고르의 어머니 앞에 무
릎을 꿇고 당장 자기를 내보내달라고 빌었다. 그녀가 벌어진
일의 실상을 어느 정도 알고 있는지는 알 수 없었지만, 15분 후
그녀는 집을 떠나면서 자기를 해고해준 어머니에게, 마치 어마
어마한 적선이라도 받은 듯 눈물을 흘리며 고마워했다. 심지어
그녀는 그 누구도 요구하지 않았건만 이 집에서 일어난 일은
눈곱만큼도 누설하지 않겠다고 힘주어 맹세하기도 했다.

　이제는 그레고르의 누이동생이 어머니를 도와 함께 요리를
해야 했다. 하지만 그 누구도 별로 음식을 먹지 않았기에 그 일
이 그다지 힘들지는 않았다. 그레고르는 식구들이 서로에게 뭣
좀 먹으라고 권하는 소리를 종종 들었다. 하지만 아무 소용이
없었다. 되돌아오는 대답이라고는 "아니 괜찮아, 됐어"라는 소
리뿐이었던 것이다. 또한 아무도 음료를 별로 드는 것 같지도
않았다. 가끔 누이동생이 아버지에게 맥주를 드시고 싶지 않
으시냐고 묻기도 했다. 아버지가 아무 대답이 없어 누이동생이

관리실 아줌마를 심부름 보낼 수도 있다고 말하면 아버지는 큰 소리로 "됐어!"라고 대답해서 더 이상 이야기를 꺼내지 못하게 했다.

첫날부터 아버지는 그레고르의 어머니와 누이에게 집안의 재정 상태와 앞으로의 대책에 대해 설명을 했다. 이따금 아버지는 테이블에서 일어나 5년 전에 사업이 망했을 때 건져낸 작은 금고에서 이런저런 증서나 장부 같은 것을 가져오기도 했다. 그레고르에게는 아버지가 복잡한 자물쇠를 열고 필요한 것을 꺼낸 후 다시 금고를 닫는 소리가 들렸다. 아버지의 입에서 나온 말은 그레고르가 그 방에 갇힌 이후 들은 이야기 중 처음으로 듣는 좋은 소식이었다. 그레고르는 아버지 사업에서 남은 것은 하나도 없다고 생각하고 있었다. 적어도 아버지는 사업 실패 이야기 외에 다른 이야기는 한 적이 없었고 그레고르도 물은 적이 없었다. 아버지의 사업 실패는 가족 전체를 절망으로 몰아넣었고, 당시 그레고르는 가족 전부가 그 불행을 되도록 빨리 잊을 수 있도록 사태를 수습하는 데 온 힘을 다 기울이고 있었다. 그래서 그는 곧바로 힘든 일에 열의를 다해 뛰어들었고, 그 결과 거의 하루 만에 보조 점원에서 정식 외판원이 될 수 있었으며 아주 다양한 방식으로 돈을 벌 수 있게 되었다.

그는 일의 성과를 즉시 현금으로 바꾸어 집 탁자 위에 올려놓았다. 그러면 식구들은 모두 놀라고 기뻐했다.

그때가 식구들에게는 정말 좋은 시절이었다. 하지만 그레고르가 더 많은 돈을 벌어 온 식구가 쓸 돈을 감당할 수 있게 되었지만 그런 좋은 시절이, 적어도 비슷한 광채를 발하며 다시 오지는 않았다. 그레고르와 가족 모두 그 일에 익숙해진 때문이었다. 가족들은 돈을 감사히 받았고 그레고르는 기꺼이 그 돈을 제공했지만 더 이상 따뜻한 애정이 되돌아오지는 않았다.

이제 그레고르는 그의 누이동생에게만 애틋함을 간직하고 있었다. 그와는 달리 누이동생은 음악을 좋아했고 바이올린에 재능이 있었다. 그는 내년에 동생을 음악 학교에 보내겠다는 은밀한 계획을 세우고 있었다. 비용이 많이 들겠지만 어떤 방식으로건 그 돈을 마련하겠다는 생각이었다.

그레고르가 짧게나마 도심지에 머무는 기간이면 누이와의 대화는 종종 음악 학교에 대한 이야기로 옮겨가곤 했다. 하지만 누이 입장에서는 결코 실현될 수 없는 아름다운 꿈에 대해 이야기하는 것과 같았다. 부모들은 그런 순진하기 짝이 없는 이야기를 듣는 것을 별로 좋아하지 않았지만 그레고르는 그 문제에 대해 진지하게 생각했고, 자신의 계획을 크리스마스 날 저녁에 엄숙하게 발표할 계획이었다.

문에 몸을 바짝 붙이고 귀를 기울이고 있는 동안, 지금 그의 상황에서는 아무런 의미도 없는 그런 생각들이 그의 머리를 스쳐갔다. 가끔 그가 듣는 데도 지칠 때가 있었다. 그럴 때면 그의 머리가 힘없이 문에 부딪혔는데 그러면 그는 즉시 다시 머리를 꼿꼿이 쳐들었다. 그가 내는 아주 가벼운 소리도 옆방에 들려서 모두 입을 다물었기 때문이었다. 그러면 잠시 후 아버지가 "또 무슨 짓인가 하고 있군"이라고 분명히 문 쪽을 향해서 말했고 그런 후에야 끊어졌던 대화가 다시 이어졌다.

아버지가 뭔가 상황을 설명할 때면 여러 번 반복해야만 했다. 우선 아버지 스스로 그런 일을 오랫동안 해보지 않았기 때문이기도 했으며 다른 한편으로는 어머니가 한 번만으로는 무슨 말인지 알아듣지 못했기 때문이었다. 이 반복되는 설명을 통해 그레고르는 온갖 불행에도 불구하고 옛날부터 남겨둔 돈이 어느 정도 남아 있었다는 사실을 알게 되어 기뻤다. 그렇게 많은 돈은 아니었지만 그동안 손을 대지 않았기에 이자도 약간 늘어나 있었다. 게다가 그레고르가 매달 집으로 가져오는 돈도 몽땅 써버리지 않고—그레고르는 자신 몫으로는 아주 적은 돈만 챙겼었다—저축을 해놓았던 것이다. 그레고르는 방문 뒤에서 이 예기치 않던 절약과 배려에 대해 너무 기뻐서 열광적으로 고개를 끄덕였다. 만일 아버지가 남는 그 돈들을 사장에게 진 자신의 빚을 갚는 데 사용했더라면 그레고르가 직장으로부터 자유로워지는 날이 훨씬 앞당겨졌으리라. 그러나 지금으로서는 아버지가 일을 처리한 방식이 훨씬 더 나았던 게 틀림없었다.

그러나 그 돈의 이자만으로 가족들이 생활을 꾸리기에는 충분하지 않았다. 아마 1년이나 2년 정도는 식구들이 먹고 살 수 있겠지만 그 이상은 아니었다. 말하자면 그 돈은 실제로 손을 대기보다는 비상시에 대비해서 남겨놓아야 할 돈이었고 생계를 위한 돈은 따로 벌어야만 했다. 아버지는 건강했지만 나이가 들었고 자신도 없었다. 아버지는 5년 전부터 일을 하지 않았다. 힘들여 노력했지만 아무 성과도 없었던 그의 삶에서 처음 맞이한 휴가인 셈이었다. 그사이 그는 너무 뚱뚱해져서 뒤뚱거렸고 당연히 행동도 굼뜨게 되었다. 그렇다면 어머니가 돈을 벌려고 나서야만 하나? 하지만 어머니는 천식으로 고생하고 있었고, 집 안을 돌아다니는 것도 힘이 들어 하루걸러 한 번씩은 창문을 연 채 소파에 앉아 숨을 가다듬어야만 했다. 그렇다면 누이동생이 돈을 벌려고 나서야 하나? 하지만 그녀는 아직 열일곱 살 어린 소녀였다. 이제까지 그녀는 좋은 옷을 입고, 늦잠을 자고, 집안일을 거들고, 소박한 즐거움에 빠져들고, 무엇보다 바이올린 켜는 것을 좋아하는 그런 삶을 살아왔다. 가족들이 돈을 벌어야만 한다는 이야기를 시작하면 그레고르는 문가를 떠나 그 옆에 있는 차가운 가죽 소파에 몸을 던졌다. 부끄러움과 후회로 몸이 달아올랐기 때문이었다.

그는 종종 소파에 한순간도 잠을 이루지 못하고 몸을 웅크린 채 누워 있곤 했다. 혹은 온 힘을 다해 의자를 창가로 밀어다 놓고 벽을 기어올라 의자에 버티고 서서 창문에 기댄 채 밖을 내다보곤 했다. 이전에 그는 그렇게 밖을 내다보면서 일종의 해방감을 느꼈었다. 하지만 지금 그런 행동을 통해 그가 맛보는 것은 실제의 해방감이 아니라 이전에 느꼈던 해방감에 대한 일종의 회상이었다. 그도 그럴 것이 매일 시력이 약해져서 아무리 가까운 곳에 있는 것도 흐릿하게 보였기 때문이었다.

길 맞은편에서 늘 모습을 보이고 있는 병원 건물에 대해서도 그는 악담을 퍼부었었지만 지금은 그 건물이 전혀 보이지 않았다. 그리고 자신이 도시 한복판이면서도 아주 조용한 샤로텐가에 살고 있다는 것을 알고 있지 못했다면 창밖으로는 잿빛 하늘과 잿빛 땅덩어리가 구별되지도 않은 채 뒤엉겨 있는 황무지만 보인다고 했을 것이다. 그의 주의 깊은 누이가, 의자가 그 자리에 있는 것을 두 번 발견하고는, 방을 치운 다음 늘 의자를 다시 창가에 갖다 놓았으며, 안쪽 창문을 열어놓기까지 했다.

그레고르가 그의 누이동생에게 말을 걸고, 그녀가 자신을 위해 해준 모든 일에 대해 고맙다고 할 수만 있었더라도 그는 그 모든 걸 묵묵히 받아들일 수 있었으리라. 하지만 그럴 수 없었기에 그는 고통스러웠다. 그의 누이는 당연히, 그 일이 조금도 귀찮지 않은 척하려 애썼으며 시간이 지날수록 그녀는 점점 더 자연스럽게 모든 일들을 할 수 있게 된 것 같았다. 하지만 시간이 지남에 따라 그레고르는 점점 더 누이의 속을 정확히 꿰뚫어 볼 수 있게 되었다. 심지어 그레고르는 이제 그녀가 방으로 들어올 때마다 기분이 나빠졌다.

그녀는 방으로 들어오자마자 그 누구도 그레고르의 방 안을 들여다보지 못하게 하려는 듯 재빨리 방문을 닫았다. 그런 후 그녀는 곧장 창가로 가서 마치 숨이 막힌다는 듯 황급히 창문을 열었다. 날씨가 추운 날에도 그녀는 창가에 서서 잠시 깊은숨을 들이마셨다. 그녀는 하루에 두 번씩 이렇게 뛰어다니며 소란을 떨어 그레고르를 놀라게 했다. 그사이 그는 소파 아래에서 몸을 벌벌 떨며 머물러 있었다. 그녀가 되도록 그가 그런

호된 시련을 겪지 않게 하려고 마음 쓰고 있다는 것을 그는 잘 알고 있었다. 하지만 그녀가 창문을 닫은 채 한 방에 그와 함께 있는 것은 불가능했다.

그레고르의 몸이 변신한지도 한 달이 지나 이제 그의 누이가 그의 모습을 보고도 질겁할 이유 같은 것은 없어진 어느 날이었다. 그녀가 평소보다 일찍 방에 들어와서 그가 꼼짝 않고 밖을 내다보는 모습을 보게 되었다. 아마 그가 보인 가장 무서운 모습이었을 것이다. 그가 창문 가까이 서 있었기에 그녀가 즉시 창문을 열기 힘들었으니 그녀가 방 안으로 들어오지 않았더라도 그레고르는 당연하게 생각했을 뿐 별로 놀라지 않았을 것이다. 그런데 그녀는 방 안으로 들어오지 않았을 뿐 아니라 곧바로 뒤로 물러나더니 문을 닫아버렸다. 누군가 보았다면 그가 누이를 위협하면서 물려고 했다고 생각했을 것이다. 그레고르는 물론 얼른 소파 밑으로 몸을 숨겼다. 하지만 누이가 정오가 되어서야 다시 방으로 들어올 때까지 그는 한참을 숨어 기다려야 했다. 누이는 여느 때보다 훨씬 불안한 모습이었다. 그 일을 겪고 그레고르는 누이에게는 아직 자기 모습을 보는 게 견딜 수 없는 일이라는 것, 언제까지고 그럴 것이라는 것, 누이가 소파 밑에 있는 자신의 모습을 비록 흘낏 보더라도 도망가지 않으려고 무진 애를 쓰고 있다는 것을 알 수 있었다.

어느 날 그는 누이에게 자신의 모습을 온통 감추기 위해 침대 시트를 소파 밑까지 끌고 가서 온몸을 가릴 수 있게 해놓았다. 그의 누이가 몸을 굽히더라도 자신의 몸을 볼 수 없게 해주기 위해서였다. 그 일을 하는 데 꼬박 네 시간이 걸렸다.

만일 누이가 이 시트가 불필요하다고 생각했다면 그녀는 곧 그 시트를 치워버렸을 것이다. 그레고르에게 자신의 몸을 그렇게 완전히 가리는 일이 즐거울 리 없다는 것은 너무나 명확했으니 말이다. 그녀는 시트를 있는 그대로 놔두었다. 그녀가 이 새로운 장치에 대해 어떻게 생각하는지 궁금해서 그레고르가 살짝 시트를 쳐들고 내다보았을 때, 그레고르는 그녀에게서 고마워하는 눈길을 본 것 같기도 했다.

처음 두 주일 동안 그레고르의 부모는 그를 보러 방으로 들어올 엄두를 내지 못했다. 그레고르는 그의 누이가 새롭게 이 일을 떠맡은 데 대해서 부모들이 고마워하는 말을 가끔 들을 수 있었다. 이제까지 부모들은 딸을 쓸모없는 계집아이로만 여겼었고, 자주 그녀에게 화를 내곤 했었는데 말이다. 하지만 이제 둘은 딸이 그레고르의 방을 청소하는 동안 문밖에서 기다렸으며, 딸은 밖으로 나오자마자 방이 어떠했는지, 그레고르가 무엇을 먹었는지, 이번에는 그의 행동이 어땠는지, 혹시 조금 나아진 기미는 없었는지 자세히 이야기해주어야 했다.

어머니도 딸과 함께 그레고르의 모습을 비교적 빨리 보고 싶어 했으나 아버지와 딸이 그녀를 설득하며 만류했다. 귀를 기울이고 있던 그레고르는 그들의 말이 옳다고 생각했다. 하지만 나중에 힘으로 말리는 데도 불구하고 어머니가 "그레고르를 보게 해줘요! 그 애는 내 불쌍한 아들이란 말이에요. 대체 왜 내가 그 애를 볼 수 없단 말이에요!"라고 외치는 소리를 듣고 그레고르는 매일은 아니더라도 어머니가 일주일에 한 번 정도 들어오는 것도 괜찮을 거라는 생각을 했다. 누이가 아무리 용기가 있다지만 결국은 아직 어린아이이고, 자기가 떠맡은 일을 어른 입장에서 받아들일 태세는 안 되어 있을 테니, 어머니가 누이보다는 모든 것을 더 잘 이해할 수 있을 것 아닌가?

어머니를 만나보겠다는 그레고르의 바람은 곧 이루어졌다. 그레고르는 부모님 생각을 해서 낮 동안 창가에 있는 모습을 보이고 싶지 않았고, 몇 제곱미터밖에 되지 않는 방은 기어 다니기에는 너무 좁았으며, 밤새 조용히 누워 있는 것도 힘든 데다 음식은 더 이상 그를 즐겁게 하지 않았기에, 그는 심심풀이로 벽과 천장을 기어서 오르락내리락하는 습관을 들였다. 그는 특히 천장에 매달리는 것을 좋아했다. 그건 마루에 누워 있는 것과는 너무 달랐다. 한결 가볍게 숨을 쉴 수 있었고 그의 몸은 숨을 쉴 때마다 가볍게 흔들렸다. 그리고 그렇게 기분 좋은 상태에 있다 보면 방심하다가 철석 소리를 내며 천장으로부터 바닥에 떨어져 스스로도 깜짝 놀라는 일이 있었다. 그러나 물론 이제는 전보다 몸을 훨씬 자유롭게 가눌 수 있게 되어서 그런 식으로 떨어져도 별로 큰 부상을 입지 않았다. 그의 누이는 그레고르가 스스로 찾아낸 새로운 오락을 금세 알아차렸다. 그가 이리저리 기어 다니면서 다리에서 나오는 점액질 흔적을 여기저기 남겼던 것이다. 그녀는 그가 기어 다니는 데 방해가 되는 가구를 치워야겠다는 생각을 곧 하게 되었다. 그녀는 특히 장롱과 책상을 치워야겠다고 생각했다.

하지만 그 일은 그녀 혼자 할 수 있는 일이 아니었다. 아버지에게 도움을 요청할 수도 없었다. 요리사 하녀가 떠난 이후 열여섯 살짜리 하녀가 용감하게 그 일을 이어받았지만, 그녀가 이 일을 도울 리 만무했다. 그 하녀는 내내 부엌문을 걸어 잠그고 있어도 되며, 정말 중요한 일이 아니면 절대로 부엌문을 열지 않아도 된다는 허락을 받은 상태였다. 결국 아버지가 집에 안 계신 틈을 이용해 어머니의 도움을 받을 수밖에 없었다.

방으로 다가오면서 어머니가 지르는 기쁨의 탄성을 그레고르는 들을 수 있었다. 하지만 일단 문 앞에 이르자 그녀는 조용해졌다. 물론 그의 누이가 먼저 방에 들어왔다. 그리고 방에 이상이 없는지 살펴본 후에야 그녀는 어머니를 방에 들어오게 했다. 그레고르는 황급히 시트를 더 아래로 끌어당겼고, 그러자 시트에 잔뜩 주름이 잡혀 마치 아무렇게나 그곳에 던져 놓은 것 같았다. 그레고르는 이번에는 시트 안에서 밖을 훔쳐보는 것을 자제했다. 어머니를 볼 기회는 다음으로 미루기로 하고 이번에는 어머니가 들어오셨다는 것을 반가워하는 것에서 그치기로 한 것이다.

"엄마, 들어와요. 안 보여요." 누이가 말했다. 분명 누이가 어머니 손을 잡고 이끄는 것 같았다.

낡은 장롱은 힘이 약한 두 여자가 들어올리기에는 너무 무거웠다. 하지만 그레고르는 그들이 장롱을 제자리에서 밀어내는 소리를 들을 수 있었다. 누이동생은 너무 무리가 아니냐는 어머니의 경고도 아랑곳하지 않고 거의 혼자 어려운 일을 도맡아 끙끙거리며 작업을 했다. 하지만 매우 오래 걸릴 수밖에 없었다. 15분 혹은 그 이상 작업을 했을 때 어머니는 장롱을 있던 자리에 그대로 두는 게 낫겠다고 말했다. 우선 장롱이 너무 무거워 아버지가 돌아오시기 전에 일을 끝낼 수 없으리라는 것이었다. 이러다 장롱이 방 한가운데 있다 보면 그레고르가 오가는 데 더 방해가 될 것이 첫 번째 이유이고, 가구를 이렇게 치워버리는 게 정말로 그레고르에게 도움이 될지 어쩔지 모른다는 것이 그다음 이유였다. 어머니는 누이와 정반대의 생각을 하고 있었다. 이렇게 텅 빈 벽을 보고 있자니 곧바로 마음이 슬퍼지는데 그레고르인들 마찬가지 느낌을 갖지 않겠느냐, 이 방 안 가구에 오랫동안 익숙해 있었는데 이렇게 빈방에 있다 보면 버려진 것 같은 느낌을 받지 않겠느냐는 것이었다. 이어서 어머니는 아주 조용히 거의 속삭이다시피 덧붙였다. 마치, 아예 목소리 톤까지 그레고르가 듣지 못하도록 감추려는 것 같았다. (그녀는 그레고르가 자신들의 말을 알아듣지 못한다고 생각하고 있었다.)

"가구들을 치워버리면 그 애가 나아질 수 있다는 모든 희망을 포기하는 것 같지 않겠니? 걔 혼자 이겨내라고 내팽개치는 것 같지 않겠니? 내 생각엔 방을 이전과 똑같이 놔두는 게 최선인 것 같구나. 그래야 그레고르가 다시 우리에게 돌아왔을 때 아무것도 변한 게 없는 걸 보고 그동안의 일을 더 쉽게 잊을 수 있을 것 아니니?"

어머니 입에서 나온 그 이야기들을 듣고서 그레고르는, 최근

두 달 동안 그들 가족이 이끌어 온 단조로운 생활 때문에, 또한 그들과 직접적인 의사소통이 없었기에 자신이 혼동에 빠졌었다는 것을 알아차렸다. 도대체 자신이 왜 그토록 자신의 방이 텅 비기를 원했었는지 도무지 스스로에게 설명할 길이 없었다. 정말 자신이 자신의 방이 동굴처럼 변하길 원했었단 말인가? 그가 물려받은 멋진 가구들로 잘 꾸며진 이 따뜻한 방을? 그렇게 하면 어느 방향으로건 방해를 받지 않고 다닐 수는 있을 것이다. 하지만 그렇게 되면 그는 자신이 아직 인간이었을 때의 과거를 쉽게 잊어버리게 될 것이다. 그는 거의 그렇게 될 뻔했다. 그런데 바로 어머니의 목소리, 오랫동안 듣지 못했던 어머니의 목소리가 그를 흔들어 거기서 빠져나오게 했다. 그 어느 것도 치우면 안 된다. 모든 것이 그대로 있어야 한다. 가구들이 그의 상황에 미치는 좋은 영향을 포기해서는 안 된다. 가구들이 마음 놓고 돌아다니는 데 방해가 된다 할지라도 그것은 손해가 아니라 이익이다.

그러나 불행히도 누이동생은 어머니 의견에 동의하지 않았다. 누이동생은 자기가 그레고르에 관한 일에서는 대변인이라는 생각에 익숙해져 있었으며, 일리가 없는 것도 아니었다. 바로 그 때문에 어머니의 충고는 누이동생이 애당초 치우려고 했던 장롱과 책상뿐 아니라 소파만 제외하고는 가구들을 모두 치워야 한다고 주장할 만한 충분한 빌미가 되어버렸다. 물론 그녀가 그런 주장을 한 것은 어린애다운 외고집이나 그녀가 최근에 어렵사리 획득한 자신감 때문만은 아니었다. 그녀는 그레고르가 방 안을 기어 다니려면 정말로 넓은 공간이 필요하다는 것, 반면에 많은 공간을 차지하고 있는 가구들은 적어도 겉으로 보기에는 아무런 쓸모가 없다는 것을 알아차렸던 것이다. 그 또래의 소녀들이란 매사에 열광적이 되기 쉬워서 무슨 일이건 할 수 있는 데까지 해야 성이 차는 법이다. 바로 그런 것들 때문에 그레테는 그레고르의 상황을 실제보다 더 충격적인 것으로 바꾸어, 자신만이 그를 위해 무언가 더 해줄 수 있으며 그렇게 해야 한다는 유혹을 받았는지 모른다. 그레고르 혼자 남아 기어 다니는 텅 빈 방에 그녀 말고는 도대체 누가 감히 발을 들여놓으려 하겠는가?

그 때문에 그레테는 어머니의 주장에 꺾이지 않았다. 어머니는 금세 이 방에 있는 것이 불편하게 여겨졌고 곧 입을 다물고는 누이동생이 장롱을 내가는 것을 힘껏 도왔다. 그레고르에게는 장롱이야 꼭 그래야만 한다면 없이 지낼 수도 있었지만 책상만은 꼭 거기 있어야 했다. 두 여자가 낑낑거리며 장롱을 밖으로 내가자마자 그레고르는 자기가 할 수 있는 일이 어떤 게 있을까 알아보려고 소파 밑에서 머리를 빠끔히 내밀었다. 그는 될 수 있는 한 조심스럽게, 그리고 신중하게 행동하려고 애썼다. 그러나 불행하게도 방으로 먼저 들어온 것은 어머니였다. 그레테는 옆방에서 장롱을 부둥켜안은 채 혼자서 이리저리 밀고 당기고 하는 중이었다. 물론 장롱은 꼼짝도 하지 않았다.

자신의 모습에 익숙하지 않은 어머니 마음을 상하게 해드릴까 봐 그레고르는 서둘러 뒷걸음질해서 소파 끄트머리로 물러났다. 하지만 시트가 흔들리는 것을 막을 수는 없었고, 그것은 어머니의 주의를 끌기에 충분했다. 그녀는 멈칫, 잠시 가만히 서 있더니 그레테에게로 돌아갔다.

그레고르는 뭐, 별 일이 벌어지고 있는 게 아니다, 결국 가구 몇 점을 옮겨놓을 뿐 아니냐, 라며 스스로를 위안하려고 애썼다. 하지만 들락날락하는 여자들, 그녀들이 서로 부르는 소리, 가구들이 바닥에 끌리는 소리 등, 그 모든 것들이 마치 자신이 사방으로부터 공격받고 있는 것처럼 느껴지게 만든다는 것을 인정할 수밖에 없었다. 그는 머리와 다리들을 한껏 오그리고 몸을 바닥에 바싹 붙였지만 이 모든 것들을 오래 견디지는 못할 것임을 자인해야만 했다.

제2장

67

마침내 그녀들은 그의 방을 완전히 비워버렸다. 그에게 소중하던 것을 모두 앗아가버린 것이다. 그녀들은 톱과 연장들이 들어 있는 장롱은 이미 실어 내간 뒤였다. 그리고 지금은 마루에 굳건히 박혀 있던 책상, 그가 고등학교에서 직업 훈련생으로서 숙제를 하던 그 책상, 심지어 초등학교 때부터 숙제를 하던 그 책상을 내가고 있는 중이었다. 이제 그는 더 이상 그 두 여자의 의도가 선한 것인지 아닌지 생각해볼 겨를조차 없었다. 게다가 그녀들은 일을 하면서 너무 지쳐 있어서 아무 말이 없었고 다만 무거운 발걸음 소리만 들리고 있었기에 그는 그녀들이 그곳에 있다는 것조차 거의 잊어버렸다.

그리하여 그는, 여자들이 옆방에서 숨을 고르느라 책상에 기대어 있을 때, 결연히 소파 밑에서 나왔다. 그는 방향을 네 번이나 바꾸었다. 어떤 걸 먼저 구해야 할지 알 수 없었기 때문이었다. 그때 그의 시선이 갑자기 벽에 걸린 그림에 멈추었다. 이미 그곳에 걸려 있던 모든 것이 치워져 비워버린 벽에 홀로 남은, 온통 털옷에 감싸인 여자의 그림이었다. 그는 황급히 그림 위로 올라가 액자 유리에 몸을 찰싹 붙였다. 유리는 그를 단단하게 밀착시켰고 그의 뜨거운 배에 기분 좋은 느낌을 주었다. 최소한 이 그림만은, 지금 그레고르가 완벽하게 막고 있는 이 그림만은 그 누구도 빼앗아가지 못하리라. 그는 거실 쪽으로 고 개를 돌리고 여자들이 들어오는지 살펴보았다.

그녀들은 그다지 오래 쉬지 않고 곧 돌아왔다. 그레테가 팔로 어머니를 두르고 있어서 마치 그녀를 나르고 있는 것 같았다. 그레테는 주위를 둘러보며 "이제 뭘 내 가지?"라고 말했다. 그 녀의 시선이 벽에 있는 그레고르의 시선과 마주쳤다. 아마, 어 머니가 거기 있었다는 이유만으로 그녀는 겨우 평정을 유지한 것이리라. 그녀는 어머니가 둘러보지 못하게끔 어머니 쪽으로 얼굴을 돌리고 서둘러 말했다. 목소리가 약간 떨리고 있었다.

"엄마, 잠깐 거실로 되돌아가는 게 좋겠어요."

그레고르는 그레테의 의도가 뭔지 알 수 있었다. 어머니를 어딘가 안전한 곳에 데려다 놓은 뒤에 그를 벽에서 끌어내리려 는 것이었다. '그래, 어디 해보시지!' 그는 그림 위에 결연히 앉 아 있었다. '차라리 그레테의 얼굴로 뛰어내리지, 뭐!'

그런데 그레테의 말은 어머니를 매우 불안하게 만들었고 어 머니는 옆으로 비켜서면서 꽃무늬 벽지 위에 있는 커다란 갈색 얼룩 같은 것을 발견했다. 그녀는 그가 그레고르인 것을 알아 보기도 전에 "오, 하느님 맙소사!"라고 비명을 질렀다. 그녀는 두 팔을 활짝 펼친 채, 마치 모든 것을 포기한 듯 소파 위에 쓰러지더니 꼼짝도 하지 않았다.

누이동생이 "오빠!"라고 소리치더니 주먹을 흔들며 그를 날카롭게 쏘아보았다. 그것은 그가 변신한 이후에 그녀가 그를 향하여 직접 건넨 최초의 말이었다. 그녀는 실신한 어머니를 깨우기 위해 각성제가 될 만한 것을 찾으려고 옆방으로 달려갔다. 그도 돕고 싶었다. 그림은 나중에 구할 수도 있을 것이다. 유리에 단단히 달라붙어 있었기에 그는 힘을 들여 몸을 떼어내야 했다. 그러고는 이전처럼 누이에게 뭔가 충고를 해주기 위해서 옆방으로 달려갔다. 하지만 막상 옆방으로 가보니 그녀 뒤에 가만히 서 있는 것 외에는 할 수 있는 일이라곤 없었다. 누이는 이런저런 약병을 뒤지다가 뒤를 돌아보고는 놀라서 약병 하나를 땅에 떨어뜨렸고 약병이 깨졌다. 깨진 유리 조각에 그레고르의 얼굴에 상처가 났고 뭔가 부식성 약물이 온통 그의 주변에 흘렀다.

그레테는 잠시도 지체하지 않고 약병들을 잔뜩 집어 들더니 어머니가 있는 곳으로 달려 들어갔다. 그리고 그녀는 발로 문을 쾅 닫아버렸다. 그는 자기 때문에 사경을 헤매고 있을지도 모르는 어머니 곁으로 갈 수 없게끔 차단되어 버린 것이었다. 누이를 쫓아낼 작정이 아니라면 그는 문을 열면 안 되었고, 그의 누이는 어머니 곁에 있어야만 했다. 그로서는 기다리는 수밖에 달리 할 일이 없었다. 불안과 자책감으로 그는 이리저리 기어 다니기 시작했다. 벽, 가구, 천장 할 것 없이 온통 기어 다니다가 너무 혼란스러워 자기 주변의 모든 것이 빙빙 도는 것처럼 느껴졌을 때 그는 식탁 한복판에 툭 떨어져버렸다.

그는 잠시 동안 기운이 빠져 그대로 조용히 누워 있었다. 주변이 온통 조용했으며 아마도 좋은 징조인 것 같았다. 그때 초인종이 울렸다. 하녀는 물론 부엌에서 빗장을 걸어 잠그고 있었으니 그레테가 문을 열러 가야만 했다.

아버지가 오셨다. 그가 꺼낸 첫마디 말은 "무슨 일이냐?"라는 질문이었다. 그레테의 모습을 보고 사태를 알아차린 모양이었다. 그레테는 아버지 가슴에 얼굴을 묻으며 낮은 목소리로 대답했다.

"어머니가 기절하셨어요. 하지만 지금은 나아지셨어요. 그레고르가 방 밖으로 나갔어요."

"내 그럴 줄 알았다." 아버지가 말했다. "내가 늘 말했지만 너희 여자들은 들으려 하지 않았어."

그레고르가 보기에 그레테는 충분한 설명을 하지 않았고 아버지는 그녀의 말을 뭔가 나쁜 일이 벌어졌다고, 그레고르가 뭔가 폭력적인 짓을 저질러 일이 벌어졌다는 뜻으로 해석한 것이 분명했다. 그 말은 이제 그레고르 자신이 아버지를 진정시켜야 한다는 것을 뜻했다. 하지만 설사 그가 설명을 할 수 있었다고 할지라도 그럴 시간이 없었다. 그는 자기 방문 앞으로 얼른 기어가 문에 몸을 바싹 붙였다. 아버지가 안으로 들어섰을 때, 그레고르가 선의를 품고 있으며 지체 없이 방 안으로 들어가려 한다는 것, 그를 방으로 쫓아 보낼 필요도 없이 그냥 문만 열어주면 된다는 것을 즉각적으로 알아차릴 수 있게 하기 위해서였다.

하지만 그의 아버지는 그렇게 섬세한 것을 알아차릴 기분이 아니었다. 그는 집 안으로 들어오자 "아" 하고 소리쳤다. 화가 난 동시에 기쁘기도 하다는 듯한 소리였다. 그레고르는 문으로부터 고개를 돌려 아버지를 향해 머리를 쳐들었다. 그는 정말이지 거기 그렇게 서 있는 모습의 아버지를 상상해본 적이 없었다. 최근에 그는 여기저기 기어 다니는 새로운 습관 때문에, 이전처럼 집 안에서 무슨 일이 벌어지고 있는지 주의를 기울이는 것을 소홀히 했었다. 그는 당연히 집 안에 변화가 있으리라는 것을 예상했어야만 했다.

하지만, 하지만, 아무리 그렇더라도, 저 사람이 정말 자신의 아버지란 말인가? 그레고르가 업무 여행에서 돌아오면 지친 채 침대에 누워 있던 사람, 그가 저녁에 집으로 돌아오면 의자에 앉아 가운을 입은 채 그를 맞이하던 사람, 일어날 기운도 없어 반갑다는 표시로 두 손을 들어 올리던 사람, 일 년에 몇 번 안 되게 일요일이나 공휴일에 가족끼리 산책을 나가면 코트를 단단히 여민 채 그레고르와 어머니 사이에서 걷던 사람, 그들보다는 언제나 좀 더 천천히 걷던 사람, 언제나 지팡이를 조심스럽게 디디며 걷던 사람, 무슨 말이라도 하고 싶으면 그 자리에 멈춰서서 함께 가던 사람들을 곁으로 부르던 바로 그 사람이란 말인가?

그런데 지금 아버지는 똑바로 꼿꼿하게 서 있었다. 아버지는 은행 종업원이 입는 황금색 단추가 달린 말쑥한 푸른 제복을 입고 있었다. 높고 빳빳한 외투 깃 위로 그의 강인한 두 겹 턱이 솟아 있었고, 수북한 눈썹 아래로는 찌르는 듯한 검은 눈이 생기 있게 빛나고 있었다. 또한 텁수룩했던 백발은 단정하게 빗질이 되어 머리에 납작 붙어 있었다. 아버지는 은행의 금빛 모노그램이 박힌 모자를 방을 가로질러 소파 위로 던지더니 두 손을 주머니에 찌른 채 긴 유니폼 코트의 끝을 뒤로 제치고 결연한 표정으로 그레고르를 향해 다가왔다. 아마 아버지 자신도 뭘 어떻게 할 작정인지 모르는 것 같았지만 어쨌든 두 발을 유난히 높이 들어 올리며 걸었다. 그레고르는 아버지의 장화 밑창이 엄청나게 큰 것을 보고 놀랐다. 하지만 그는 더 이상 거기에는 신경 쓰지 않았다. 새로운 생활이 시작된 첫날부터 아버지는 자신에게 엄격하게 대하는 것이 최선이라고 생각하고 있음을 그는 십분 잘 알고 있었던 것이다. 그래서 그는 아버지와 일정한 거리를 두었다. 아버지가 멈추면 멈추고 아버지가 가볍게 움직이기라도 하면 다시 앞으로 달렸다. 그런 식으로 그들은 방을 몇 바퀴 돌았다. 아무런 결정적인 일도 일어나지 않았으며 추적의 느낌도 주지 않을 만큼 모든 게 느리게 진행되었다. 그동안 그레고르는 내내 바닥에만 있었다. 그가 벽이나 천장으로 도망치는 것을 보면 아버지가 자극을 받을까 봐 겁이 난 때문이었다. 어쨌든 그레고르는 이런 식의 달리기를 결코 길게 해낼 수 없으리라는 것을 인정해야 했다. 아버지가 한 발자국 내디딜 때마다 그는 수없이 다리를 움직여야만 했던 것이다. 어릴 때부터 그의 폐는 별로 튼튼하지 못했기에 그는 눈에 띄게 숨을 헐떡거렸다. 그는 온 힘을 다해 비틀거리며 달리고만 있었기에 거의 눈도 뜨지 못했다. 생각이 멍해져서 그저 달리는 것 외에는 달리 자신을 구할 방법을 떠올리지도 못했고,

비록 정성스레 각진 모서리와 뾰족한 곳이 많은 가구들에 의해 가려져 있긴 했지만, 그곳에 그래도 그가 이용할 수 있는 벽들이 있다는 것도 잊고 있었다.

그때 바로 그의 곁에서 무언가가 가볍게 떨어지더니 그의 눈앞으로 굴러왔다. 그것은 사과였다. 이어서 곧바로 또 하나의 사과가 날아왔다. 그레고르는 충격을 받아 몸이 얼어버렸다. 아버지가 그에게 사과 폭격을 하기로 결심한 이상 더 이상 도망갈 곳은 없었다. 찬장 속 바구니에 있던 사과를 주머니에 가득 채운 아버지는 별로 겨냥도 하지 않은 채 사과를 하나씩 하나씩 던졌다. 작고 붉은 사과들이 마치 전기 모터라도 달린 듯 마루 위를 구르며 서로 부딪혔다. 별로 힘을 주지 않고 던진 사과 하나가 그레고르의 등을 스치더니 상처를 입히지 않고 미끄러져 떨어졌다. 하지만 즉시 뒤이어 날아온 사과가 그의 등을 정확하게 맞춰서 그대로 등에 박혀버렸다.

그레고르는 마치 자리를 옮기기라도 하면 불시에 당한 믿을 수 없는 그 고통을 없앨 수 있다는 듯 어떻게 해서라도 몸을 질질 끌어 앞으로 나아가려 했다. 하지만 자신이 그 자리에 못 박혀 있다는 느낌이 들면서 모든 감각이 혼란에 빠진 채 그는 그 자리에 쭉 뻗고 말았다. 그가 마지막으로 본 것은 자기 방문이

화다닥 열리며 그의 누이가 비명을 지르는 모습, 그리고 그에 앞서 어머니가 속옷 바람인 채 달려 나오는 모습이었다. 어머니가 숨을 잘 쉴 수 있도록 누이가 옷을 벗겼던 것이다. 어머니는 아버지를 향해 달려갔고, 풀어져 있던 치마들이 하나씩 잇달아 바닥에 흘러내렸다. 어머니는 흘러내린 치마들을 밟으며 비틀비틀 아버지에게 달려가 팔을 두르더니 아버지를 꽉 껴안았다.—이때, 이미 그레고르는 시력을 완전히 잃었다—어머니는 두 손을 아버지의 뒷머리에 감고 그레고르의 목숨을 살려달라고 애원했다.

제3장

그레고르의 살 속에 박혀 있는 사과를 아무도 제거하려 하지 않았고, 그건 마치 그가 입은 상처를 눈으로 상기시켜주는 역할을 하는 것 같았다. 그레고르는 한 달 이상 그 부상에 시달렸고 그의 상태는 매우 심각해 보였다. 그로 인해 그의 아버지까지도 그레고르가 지금 비록 슬프고 역겨운 모양을 하고 있지만 그는 한 가족이니 적으로 대해서는 안 된다고, 그 반대로 그를 향한 혐오감을 눌러 삼키고 참고 또 참는 것이 한 가족으로서의 의무라고 생각하게 되었다.

그 부상으로 인해 그레고르는 움직일 수 있는 능력을 대부분—어쩌면 영원히—상실했다. 그는 방을 가로질러 기어가는 데도—천장으로 기어 올라간다는 것은 꿈도 꾸지 못했다—마치 늙은 지체부자유자처럼 아주 천천히 시간을 들여야만 했다. 하지만 이렇게 악화된 상황은 충분히—물론 그의 의견이었지만—보상을 받았다. 거실 문이 매일 저녁 활짝 열려 있게 된 것이다. 그는 문이 열리기 한두 시간 전부터 문 가까이에서 밖을 관찰하는 습관을 갖게 되었고, 거실에서는 보이지 않는 방 안 어두운 곳에 앉아 식탁에 앉아 있는 식구들을 바라보며 그들의 대화를 들을 수 있게 되었다. 전과는 달리 모두 어느 정도 그것을 용납하고 있었던 것이다.

물론 그것은 저 옛날 그레고르가 작은 여관방에서 피곤에 지쳐 축축한 침대에 들며 약간 그리움에 젖어 생각하곤 했던 그런 활기찬 대화가 아니었다. 지금은 그들 모두가 대개 조용히 있을 뿐이었다. 저녁을 들고 나면 아버지는 의자에 앉아 잠이 들었고 어머니와 누이동생은 서로서로 조용히 하라고 주의를 주었다. 어머니는 램프를 향해 몸을 깊숙이 숙인 채 패션 가게에서 맡아온 내의(內衣) 일감 바느질을 했으며 점원 자리를 얻은 누이동생은 나중에 좀 더 좋은 자리를 얻기 위해 저녁이면 속기와 프랑스어를 공부했다. 이따금 아버지가 잠에서 깨어 그사이 자기가 잠들었다는 것을 전혀 모르는 양, "당신, 오늘도 바느질을 참 많이 하는구려"라고 말한 후 다시 잠이 들었고, 어머니와 딸은 지친 미소를 주고받았다.

　일종의 아집으로 그레고르의 아버지는 집에 있을 때조차 제복 벗기를 거부했다. 그의 잠옷은 그냥 옷걸이에 걸려 있었고, 아버지는 옷을 완벽하게 차려입은 채 그가 있던 자리에서 졸고 있었다. 마치 언제나 일할 태세가 되어 있고, 여기서도 상사의 목소리를 기다리고 있는 것 같았다. 제복은 처음에도 새것은 아니었지만, 그의 그런 버릇 때문에 그레고르의 어머니와 누이가 그 옷을 보살피려고 무척 애를 썼음에도 불구하고 서서히 추레해졌다. 그레고르는, 금단추는 여전히 잘 닦여 빛나고 있지만 온통 얼룩이 진 코트에 감싸여 노인이 아주 불편한 자세로, 하지만 고요히 잠자고 있는 모습을 저녁 내내 자주 볼 수 있었다.

　시계가 10시를 울리면 그레고르의 어머니는 조용한 목소리로 아버지를 깨워, 침대로 가서 자라고 애를 써서 설득했다. 이런 식으로 어떻게 제대로 잠을 잘 수 있느냐, 내일 아침 일하러 가기 위해 아침 6시에 일어나려면 제대로 잠을 자야 할 것 아니냐, 라고 아버지를 설득했다. 하지만 일을 시작한 이래 아버지는 더 고집불통이 되어버렸다. 그런 식으로 잠에 빠져드는 버릇이 몸에 배어들면서 아버지는 식탁 곁에 더 머물러 있겠다고 우겼고 아버지를 의자에서 침대로 옮아가도록 설득하는 일은 점점 더 힘이 들었다. 그러면 어머니와 누이동생은 아버지에게 가볍게 비난도 하고 경고도 하면서 끈덕지게 그를 졸랐다. 하지만 아버지는 고개를 천천히 저으며 약 15분 동안 눈을 감은 채 일어나기를 거부했다. 어머니가 아버지 옷소매를 잡아당기며 살살 달래고 누이동생은 할 일을 제쳐 놓은 채 어머니를 거들었지만 아무런 효과가 없었고 그는 더욱더 소파에 깊숙이 몸을 묻었다. 여자들이 그의 겨드랑이에 손을 넣을 때가 되어서야 그는 갑자기 눈을 뜨고 "도대체 산다는 게 뭔지! 다 늙어서 얻은 평화가 겨우 이런 거라니!"라고 말했다. 그런 후 그는 두 여자의 부축을 받아 마치 자기 자신이 무거운 짐을 옮기듯 조심스럽게 자리에서 일어나 여자들에게 이끌려 문까지 간 후 물러가라는 손짓을 하고는 스스로 걸어 들어갔다.

이렇게 지치고 과로에 시달리는 가족들 중 누가 그레고르에게 최소한도의 필요 이상의 주의를 기울일 시간이 있었겠는가? 가계가 점점 빠듯해졌다. 하녀는 내보냈고, 대신 뼈대가 굵고 백발이 성성한 거구의 파출부가 매일 아침저녁으로 와서 힘든 일들을 처리했다. 그 외의 집안일들은 어머니가 많은 바느질 일을 하면서 함께 해냈다. 그레고르는 가족들이 저녁 대화에서 "얼마를 받아야 했었지?"라는 이야기를 하는 것을 듣고,

대물림해온 몇몇 보석 장신구들을 팔았다는 사실까지 알게 되었다. 그것들은 어머니와 누이동생이 행사가 있거나 축제 때면 즐겨 달았던 것들이었다.

　하지만 그들의 대화 중 가장 큰 이슈는 집을 옮기는 문제였다. 그들은 이 집이 지금 형편상 너무 커서 이사를 가야 하겠는데, 도무지 그레고르를 어떻게 옮겨야 할지 아무리 궁리해도 방법이 떠오르지 않는다고 한탄했다. 하지만 그레고르는 가족들이 이사를 하지 않는 이유는 자기 때문만이 아니라는 것을 너무나 잘 알 수 있었다. 적당한 상자에 공기구멍만 뚫어 놓으면 자기를 옮기는 것은 쉬울 터였다. 그들이 이사하겠다는 결정을 못 하는 주된 이유는 그들이 완전히 절망해 있기 때문이었고, 그들이 알고 있거나 관계를 맺고 있는 그 어떤 사람들이 결코 겪어보지 않은 불행을 자신들이 겪고 있다고 생각하고 있던 때문이었다. 그들은 이 세상이 가난한 사람들에게서 기대하는 모든 일을 완벽하게 수행하고 있었다. 그레고르의 아버지는 은행 종업원들에게 아침 식사를 날라다주었으며 어머니는 모르는 사람들의 속옷을 세탁하기 위해 몸을 바쳤고 누이동생은 손님의 요구에 따라 판매대 뒤에서 이리저리 뛰어다녔지만, 그들이 지닌 힘은 거기까지일 뿐이었다. 아버지를 침대로 모신 후 그레고르의 어머니와 누이는 일거리를 그대로 놓아둔 채, 뺨을 맞대고 가까이 앉았다. 어머니는 그레고르의 방을 가리키며 "문을 닫으렴, 그레테야"라고 말했다. 그런 후 그가 다시 어둠 속에 잠겨 있을 때 그들은 옆방에 앉아 함께 눈물을 섞거나 아니면 눈물조차 없이 식탁을 응시하고 있는지도 몰랐다. 그레고르의 등은 마치 처음에 상처를 입었을 때처럼 다시 아파왔다.

그레고르는 밤이건 낮이건 잠을 제대로 이루지 못했다. 가끔 그는 다음번에 문이 열리면 전처럼 자기가 집안 문제를 모두 떠맡으리는 생각을 했다. 그는 오랫동안 사장과 지배인을 잊고 있었다. 그런데 그들이 다시 그의 생각 속에 떠올랐다. 사장과 지배인뿐 아니라, 영업사원들과 견습생들, 그 아둔한 사환, 다른 회사에서 일하는 두세 명의 친구, 지방 여관의 하녀, 잠깐 떠올랐다 사라지는 다정한 추억들, 그가 진지하게 관심을 기울였지만 너무 뜸을 들이기만 했던 모자 가게 경리 여사원 등이 낯선 사람들, 혹은 그에게 잊힌 사람들과 뒤섞여 나타났다. 하지만 그들은 모두 그와 그의 가족들을 돕기는커녕 가 닿을 수조차 없는 사람들이었다. 그들이 머리에서 사라지자 그는 기뻤다.

하지만 그럴 때는 잠깐이었다. 평시에 그는 가족들을 돌보겠다는 기분이 아니었다. 그는 가족들이 자신에게 보이는 무관심에 대해 분노에 가득 차 있었다. 그는 자신이 지금 무엇을 먹고 싶은지 생각조차 못한 채로, 어떻게 하면 식료품 저장고로 들어가서 배가 고프건 말건 모든 것을 마음대로 먹을 수 있을까 궁리를 하기도 했다. 그레고르의 누이는 어떤 음식을 그에게 주면 좋을지 이제 더 이상 신경 쓰지 않았다. 그 대신 그녀는 아무 음식이건 되는 대로 그레고르의 방에 발로 황급히 밀어 넣고는 가게로 달려갔다. 그리고 저녁이 되면 그가 음식을 먹었는지, 아니면 손도 대지 않았는지―아주 자주 그랬다―궁금해하지도 않은 채 음식들을 빗자루로 휙 쓸어 담았다.

그녀는 물론 저녁에 방을 치웠다. 하지만 그렇게 금세 해치워버릴 수가 없었다. 벽에는 더러운 얼룩이 덕지덕지했고, 여기저기 먼지 덩어리와 쓰레기 뭉치가 널려 있었다. 처음에 그레고르는 누이가 들어올 때쯤이면 일부러 쓰레기가 널려 있는 곳으로 가서 있었다. 누이동생을 책망하기 위해서였다. 하지만 그가 몇 주일을 그곳에 머물러 있었다 하더라도 누이동생은 뭔가 조치를 취하지 않았을 것이다. 그녀도 그와 마찬가지로 더러운 것을 볼 수 있었을 것이고, 다만 그를 그냥 그 상태로 내버려두기로 결심한 것이었다. 동시에 그녀는 전에 없이 예민해졌으며 가족들은 모두 그레고르의 방을 치우는 일은 오로지 그녀의 몫이라는 것을 양해했다.

한 번인가 어머니가 그레고르의 방을 대청소한 적이 있었다. 그녀는 몇 양동이의 물을 썼고 그레고르는 축축함 때문에 몸이 아프고 괴로워서 소파 위에 꼼짝하지 않고 엎드려 있어야만 했다. 하지만 어머니는 그 일로 인해 더 큰 벌을 받았다. 그의 누이는 저녁에 집에 도착하자마자 그레고르의 방이 변한 것을 알고는 극도로 마음이 상해서 거실로 달려갔고, 어머니가 두 손을 들고 진정시키려 했음에도 불구하고 갑자기 울음을 터뜨렸다. 놀란 아버지는 앉아 있던 의자에서 벌떡 일어났고, 부모들은 어찌할 바를 모르고 서로 바라보고만 있었다. 이윽고 그들도 흥분했다. 그레고르의 아버지는 어머니 오른쪽에 서서 그레고르의 방을 그레테가 청소하게 내버려두지 그랬느냐고 어머니를 책망했고, 그레고르의 누이는 어머니 왼편에서 다시는 그 방 청소를 하지 않겠다고 고래고래 고함을 질렀다. 어머니는, 화가 나서 제정신이 아닌 아버지를 침실로 억지로 끌고 갔고 누이는 흐느낌에 몸을 덜덜 떨며 작은 두 주먹으로 식탁을 쳤다. 그레고르는 문을 닫아 이 광경과 소음으로부터 자신을 보호해줄 사람이 아무도 없다는 사실에 화가 나서 씩씩거렸다.

그레고르의 누이동생은 직장 일로 기진맥진해서 그전처럼

그레고르를 돌보는 게 너무 힘이 들었지만 그렇다 하더라도 그의 어머니가 그녀의 일을 대신하면 절대로 안 되었다. 그렇다고 그레고르가 완전히 무시될 수는 없었다. 그리고 이제 파출부가 있었다. 이 늙은 과부는 긴긴 생애 동안 자신의 튼튼한 뼈 덕분에 아무리 어려운 일이라도 다 견뎌온 듯, 그레고르를 보고도 물러나지 않았다. 어느 날 호기심에서라기보다는 우연히 그녀는 그레고르의 방문을 열었고, 그레고르와 마주치게 되었다. 너무나 놀란 그레고르는 아무도 몰아내는 사람이 없는데도 이리저리 내달리기 시작했고, 그녀는 팔짱을 낀 채 놀란 표정으로 그 자리에 서 있었다.

그날 이후 그녀는 매일 아침저녁 그의 방문을 살짝 열고 그레고르를 들여다보았다. 그녀는 처음에는 "이리 와봐, 쇠똥구리야"라든지 "저 늙은 쇠똥구리 좀 보게"라는 등 제 딴에는 친근하다고 여겨지는 단어들을 쓰며 그를 자기 곁으로 오라고 부르기도 했다. 그런 식으로 그녀가 말을 걸면 그레고르는 마치 문이 열리지도 않은 듯 제자리에 꼼짝 않고 있었다. 그렇게 아무 이유 없이 그녀가 자기 마음 내키는 대로 그를 방해하게 내버려두느니 차라리 그녀에게 그 방 청소라도 시켜주었으면!

어느 날, 마치 봄이 오고 있다는 것을 알리는 듯 세찬 비가 창문을 두드리고 있을 때, 그녀가 다시 한번 그런 식으로 그에게 말을 걸었다. 그레고르는 화가 나서 그녀를 향해 움직이기 시작했다. 비록 느린 데다 힘도 없었지만 그건 일종의 공격 같았다. 파출부는 겁을 집어먹는 대신 문 가까이 있던 의자를 집어 들더니 입을 벌린 채 서 있었다. 두 손에 치켜든 의자를 그레고르 등에 내리치고야 입을 다물겠다는 뜻이 역력했다. 그레고르가 다시 몸을 돌리자 그녀는 "그래, 더 가까이는 못 오겠지?"라고 말하면서 의자를 얌전하게 구석에 다시 놓았다.

이제 그레고르는 거의 아무것도 먹지 않다시피 했다. 어쩌다 자기를 위해 갖다 놓은 음식 곁을 지나칠 때면 그는 장난삼아 한 입 집어 물고는 몇 시간이고 입에 물고 있다가 대개는 도로 뱉어 놓았다. 처음에는 방이 너무 지저분한 게 슬퍼서 식욕이 달아난 것으로 생각했지만, 그는 곧 자기 방의 변화에도 익숙해졌다. 가족들은 달리 둘 데가 없는 물건들을 그의 방에 들여다 놓기 시작했다. 곧이어 그런 물건들이 매우 많아졌는데, 집의 방 하나를 세 명의 신사에게 세를 놓았기 때문이었다. 이 진지한 하숙인 신사들은—어느 날 그레고르가 문틈으로 내다보니 세 명 모두 턱수염이 덥수룩했다—집이 깨끗하게 정돈되어 있어야 한다고 성가실 정도로 주장했다. 자기들이 이 집의 방 하나에 하숙을 들어 있는 만큼, 자신들이 세 들어 사는 방뿐 아니라 집 안 전체, 특히 부엌이 깨끗해야 한다는 것이었다. 불필요한 잡동사니들이 흩어져 있는 것을 그들은 참아내지 못했고, 그것들이 더러울 때는 더욱 심했다. 게다가 그들은 자신들이 쓸 가구와 집기들을 가지고 왔다. 그렇다 보니 팔아치울 수도 없고 그렇다고 버리고 싶지는 않은 물건들이 많이 남아돌게 되었다. 그런 것들은 이제 모두 그레고르의 방으로 올 수밖에 없었고 부엌의 쓰레기통까지도 마찬가지 신세였다. 파출부는 신이 난 듯 그 일을 서둘러 해치웠고, 당장 쓸모가 없어 보이는 것은 무조건 그레고르의 방으로 처넣었다. 그래도 다행인 것은 그레고르에게 그 물건들과 그것들을 나르는 손밖에 보이지 않았다는 사실이었다. 파출부는 다시 그 물건들을 내가거나, 언제고 시간과 기회가 나면 모든 것을 한꺼번에 내다 버릴 심산인 것 같았다. 하지만 실제로 그 물건들은 처음에 던져 놓은 그 자리에 그대로 있었다. 다만 그레고르가 그 잡동사니들 사이를 헤집고 들어가 그것들을 움직여 놓은 것이 변화라면 변화였다. 그레고르는 애당초 자기가 기어 다닐 자리가 없었기에 물건들을 움직일 수밖에 없었던 것이었지만 나중에는 그 일을 즐기게 되었다. 비록 그런 식으로 돌아다니고 나면 죽고 싶을 정도로

제3장

슬프고 피곤해서 몇 시간이고 꼼짝도 할 수 없었던 것이 사실이었지만.

하숙인들이 이따금 거실에서 저녁 식사를 했기에 저녁에 거실로 통하는 문이 닫혀 있는 일이 종종 있었다. 하지만 그레고르는 문이 열리지 않는 것에 대해 쉽사리 체념할 수 있었다. 사실은 문이 열려 있다 할지라도 그는 종종 그 기회를 이용하지 못했다. 식구들이 알아차리지 못했지만 그는 자기 방 어두운 구석에 꼼짝 않고 누워 있었던 것이다.

그런데 한번은 파출부가 거실로 통하는 문을 약간 열어놓은 적이 있었다. 그 문은 하숙인들이 저녁에 돌아와서 불을 켤 때까지 열려 있었다. 그들은 이전에 그레고르가 부모님과 함께 식사를 했던 식탁에 앉았다. 그들은 냅킨을 펼치고 포크와 나이프를 들었다. 곧이어 그레고르의 어머니가 고기 접시를 들고 문에 나타났으며 감자가 수북이 쌓인 접시를 든 누이가 바로 그 뒤를 따랐다. 음식에서 김이 무럭무럭 났으며 온 집 안이 음식 냄새로 가득 찼다. 신사들은 마치 입에 넣기 전에 검사라도 하듯, 그들 앞에 놓인 접시 위로 몸을 숙였고, 실제로 세 명 중 가장 권위가 있어 보이는, 가운데 앉은 사람이 아직 접시 위에 놓여 있는 고기 한 점을 잘라 보았다. 분명히 고기가 잘 익었는지, 아니면 부엌으로 되돌려 보내야 할지 판단하기 위한 행동이었다. 그는 만족스럽다는 표시를 했고, 긴장한 채 그 모습을 보고 있던 어머니와 누이는 그제야 한숨을 내쉬며 미소를 지었다.

그레고르의 가족들은 부엌에서 식사를 했다. 하지만 아버지는 부엌으로 가기 전에 손에 모자를 든 채 그들에게 고개 숙여 인사한 후, 식탁을 한 바퀴 돌았다. 하숙인들은 모두 일어나 턱수염 달린 입으로 뭐라고 중얼거렸다. 그들만이 남게 되자 그들은 거의 말없이 식사를 했다. 그레고르에게는 그들이 음식을 먹으면서 내는 여러 소리들 중에 유독 음식을 씹는 소리만이 들려오는 것이 이상했다. 마치 그들이 그레고르에게 뭔가 먹으려면 이가 필요하며, 아무리 훌륭한 턱을 지니고 있다 하더라도 이가 없으면 아무것도 해낼 수 없다는 것을 보여주려 하는 것 같았다.

그레고르는 걱정스럽게 혼잣말을 했다.

'나도 뭔가 먹고 싶다. 하지만 저들이 먹는 식으로는 아무것도 먹지 못한다. 저들은 스스로 음식을 먹는다. 그런데 나는 이렇게, 죽어가고 있다.'

그레고르는 요즘 얼마 동안 바이올린 연주 소리가 들렸었는지 아닌지를 기억하지는 못했다. 그런데 바로 그날 저녁 부엌

제3장

89

으로부터 바이올린 연주 소리가 들려왔다. 세 명의 신사들은 이미 식사를 끝냈고, 그중 한 명이 신문을 꺼내어 다른 두 명에게 한 장씩 나누어주었다. 그들은 의자에 기대어 담배를 피우며 신문을 읽으려던 참이었다. 바이올린 연주 소리가 들리자 그들은 주의를 기울여 듣더니 자리에서 일어난 후 발끝으로 문 앞으로 가서 서로 몸을 붙이고 서 있었다. 부엌에 있던 사람들 중에 누군가 그들의 기척을 들었는지, 그레고르의 아버지가 외치는 소리가 들렸다.

"연주 소리에 불쾌하셨나 보군요. 바로 그만하라고 하겠습니다."

그러자 한가운데 있던 신사가 대답했다.

"그 반대입니다. 혹시 따님께서 거실로 오셔서 저희들 앞에서 연주해주실 수는 없는지요? 그편이 한결 아늑하고 편하지 않겠습니까?"

그러자 그레고르의 아버지가 마치 자신이 바이올린 연주자인 것처럼 "물론이지요. 그렇게 하겠습니다"라고 대답했다.

신사들은 거실로 돌아와 기다렸다. 곧이어 그레고르의 아버지는 악보 받침대를, 어머니는 악보를, 누이는 바이올린을 들고 부엌에서 나왔다. 누이동생은 연주를 하기 위해 조용히 모든 것을 준비했다. 전에 한 번도 방을 세놓아 본 적이 없는 부모들은 세 명의 신사들에게 지나칠 정도로 공손해서 엄연히 자기들 의자인데도 감히 앉지 못했다. 아버지는 오른손을 제복 코트의 두 단추 사이에 집어넣은 채 문에 기대어 서 있었다. 그래도 어머니는 신사 한 명이 의자를 권한 덕에 앉을 수 있었다. 하지만 신사가 그 의자를 무심코 외진 구석에 놓는 바람에 그 구석에 꼼짝 않고 그대로 앉아 있을 수밖에 없었다.

누이동생이 연주를 시작했고 아버지와 어머니는 각자의 자리에서 그녀의 손의 움직임을 주의 깊게 바라보고 있었다. 그레고르는 연주에 이끌려 약간 앞으로 나아가 감히 거실에 머리를 내밀고 있었다. 전에는 자신이 남들을 신경 써서 배려한다는 사실이 그의 큰 자랑거리였지만 이제는 자신이 남들 생각을 거의 하지 않는다는 사실조차 그는 의식하지 못했다. 그에게는 몸을 숨겨야만 할 충분한 이유가 있었다. 그는 그가 조금이라도 움직이면 사방으로 풀풀 날리는 방 안 먼지를 온통 뒤집어쓰고 있었으며 등과 옆구리에 실오라기, 머리카락, 음식 찌꺼기들을 질질 끌고 돌아다니고 있었던 것이다. 이제 그는 매사에 너무 무관심해져서 전에 하루에도 몇 번 그랬듯이, 카펫 위에 누워 몸을 뒹굴며 몸을 닦아내지도 않았다. 그렇기에 그는 자신이 그런 상태임에도 불구하고 깨끗한 거실 마루 위로 별 부끄럼 없이 나서게 된 것이었다.

하지만 아무도 그를 눈여겨보지 않았다. 식구들은 온통 바이올린 연주에 정신이 팔려 있었다. 세 명의 신사는 처음에는 주머니에 손을 찌른 채, 연주되고 있는 악보를 보기 위해 악보 받침대 앞으로 지나치게 바싹 다가왔고, 그런 그들은 분명히 연주에 방해가 되었다. 하지만 그들은 금세 창문가로 물러나 고개를 숙인 채 낮은 목소리로 이야기를 나누었고, 그레고르의 아버지는 근심 어린 눈길로 그들을 바라보았다. 그들은 아름답고 즐거운 바이올린 연주를 기대했다가 실망했고, 연주를 지겹게 여기는 것이 너무나 분명했다. 다만, 예의상 자신들의 평화를 깨뜨리는 그 소리를 참아내고 있을 뿐이었다. 그들은 코와 입으로 담배 연기를 뿜어대고 있었다.

그래도 그레고르의 누이는 아주 아름답게 연주했다. 그녀는 고개를 옆으로 기울인 채, 조심스럽고 슬픈 표정으로 악보의 행을 좇고 있었다. 그레고르는 조금 더 앞으로 나아갔다. 그리고 기회가 온다면 누이와 눈을 맞추려고 머리를 바닥에 바싹 붙였다. 음악이 자기를 그토록 사로잡는데, 자신이 정녕 짐승이란 말인가? 그가 그토록 갈망하던 보이지 않는 양식(糧食)에 이르는 길이 그에게 나타난 것 같았다. 그는 누이에게 더 가까이

가서 그녀의 치마를 건드려, 이곳에는 자기만큼 그녀의 연주를 제대로 감상하는 사람이 없으니 바이올린을 들고 자기 방으로 가자는 뜻을 전해야겠다고 결심했다. 적어도 자기가 살아 있는 한 결코 누이를 자기 방에서 내보내지 않으리라. 그러면 자신의 끔찍한 모습이 처음으로 단 한 번 쓸모 있게 되리라. 방의 모든 문을 지키면서 공격자들에 맞서 쉭쉭 소리를 내고 으르렁거리리라. 하지만 누이를 억지로 방에 머물게 하면 안 된다. 그녀의 자유의사로 내 방에 있어야 한다. 그녀는 소파 위, 그의 옆에 앉아 그를 향해 고개를 숙인 채, 그가 늘 그녀를 음악 학교에 보내겠다는 마음을 품고 있었다는, 이런 불행한 일만 벌어지지 않았다면 지난 크리스마스에 모두에게 그 이야기를 할 참이었다는,—그런데 정말 크리스마스는 벌써 지나간 건가?—그 어떤 반대도 무릅쓸 참이었다는 그의 이야기에 귀를 기울일 것이다. 그 모든 이야기를 듣고 나면 누이동생은 감동해서 눈물을 쏟으리라. 그러면 그레고르는 그녀의 어깨까지 몸을 일으켜 그녀의 목덜미, 그녀가 가게에 나가고부터 목걸이나 칼라를 하지 않은 그 맨 목덜미에 입을 맞추리라.

"잠자 씨!"

가운데 있던 신사가 천천히 앞으로 나아가고 있는 그레고르를 집게손가락으로 가리키며 소리쳤고, 더 이상 말을 잇지 못했다. 바이올린 소리가 그쳤고, 가운데 신사가 머리를 흔들며 두 친구를 번갈아 바라보고 웃더니 다시 그레고르를 돌아보았다. 그의 아버지는, 그들이 전혀 당황하지 않았고 바이올린 연주보다 그레고르를 더 흥미롭게 여기는 것 같았는데도, 그레고르를 쫓아내기 전에 세 명의 신사를 진정시키는 게 급선무라고 생각한 것 같았다. 아버지는 두 팔을 벌린 채 그들에게 달려들더니 그들을 그들의 방으로 몰아넣음과 동시에 그들의 시선을 그레고르로부터 차단하려 했다.

그들은 이제 약간 화가 났다. 하지만 그레고르의 아버지의 태도 때문에 화가 난 것인지, 아니면 자신들이 모르는 채 옆방에 그레고르 같은 이웃이 있었다는 것을 이제야 알게 된 것 때문에 화가 난 것인지는 분명하지 않았다. 그들은 아버지에게 해명을 요구했고 흥분한 듯 손을 들어 턱수염을 잡아당기며 아주 천천히 자기들 방 쪽으로 물러갔다. 누이동생은 갑자기 연주를 방해받았을 때 빠져들었던 절망 상태에서 어렵게 벗어났다. 그녀는 두 손을 떨군 채 두 손에 여전히 바이올린과 활을 들고 마치 여전히 연주가 이어지고 있는 듯 계속 악보를 들여다보고 있었다. 그러나 그녀는 갑자기 정신을 차리더니 악기들을 아직 숨을 헐떡이고 있는 어머니 무릎 위에 올려놓고, 하숙인들의 방으로 달려 들어갔다. 하숙인들은 아버지가 밀어대는 바람에 좀 더 빠르게 그 방 쪽으로 움직이고 있었다. 누이동생의 숙련된 손길에 베개들과 침대 커버들이 휙휙 날아다니더니 금세 정돈되었고, 그녀는 세 명의 신사가 방에 도착하기 전에 침대 정리를 마치고 방에서 빠져나왔다. 아버지는 자신이 지금 하고 있는 일에 너무 사로잡혀 있어서 그가 하숙인들에 대해 품고 있던 존경심을 잊은 것 같았다. 아버지는 그들을 밀어붙이고 또 밀어붙였고, 그들이 문 가까이 이르러 마침내 한가운데 신사가 발을 구르며 천둥처럼 소리를 질러서야 동작을 멈추었다.

그 신사는 손을 들고 마치 주의를 끌려는 듯 그레고르의 어머니와 딸 쪽으로 시선을 향하며 말했다.

"내 이 자리에서 분명히 말하건대, 이 집과 이 집 식구들을 지배하고 있는 혐오스러운 상황을 고려하여—여기서 그는 짧게, 그러나 단호하게 마룻바닥을 내려다보았다—즉각적으로 방을 비우겠소. 물론 이제까지 이곳에 머문 비용은 조금도 지불하지 않을 것이오. 반대로 당신에게 손해 배상을 받기 위한 행동을 취해야 할 것인지 심각하게 고려해볼 작정이오. 그런 행동의 근거를 마련하는 건 아주 쉽다는 걸 알려주겠소."

말을 마친 그는 마치 무언가 기다리는 듯 앞쪽을 똑바로 바라보았다. 그러자 실제로 그의 두 친구가 그에게 합세했다.

"우리도 즉각 이 집에서 나갈 것이오."

그 말이 끝나자 그는 문손잡이를 잡더니 요란한 소리와 함께 문을 닫아버렸다.

아버지는 두 손으로 앞을 더듬으며 휘청휘청 자리로 돌아오더니 털썩 주저앉았다. 그는 평소대로 저녁잠을 자려는 듯 기지개를 켰지만 머리가 제멋대로 끄덕이는 것으로 보아 그가 전혀 잠이 들지 않았다는 것을 알 수 있었다. 그 모든 일이 벌어지는 동안에도 그레고르는 세 명의 신사가 처음 그를 발견했던 자리에 꼼짝 않고 있었다. 자기 계획이 실패한 데 대해 실망한데다 굶주림 때문에 몸이 허약해졌기에 그는 몸을 움직일 수가 없었다. 그는 어느 순간 누군가 자기를 향해 눈길을 돌리리라 확신하고 기다리고 있었다. 바이올린이 어머니의 떨리는 손가락에서 빠져나와 무릎으로부터 바닥에 떨어져 큰 소리를 냈지만 그는 놀라지 않고 그 상태 그대로 있었다.

누이동생이 마치 서두(序頭)인 듯 탁자를 치며 말했다.

"아버지, 어머니! 계속 이렇게 지낼 수는 없어요. 아버지 어머니는 눈치 못 채셨겠지만 나는 알아요. 나는 이 괴물을 오빠라고 부르고 싶지 않아요. 나는 우리 모두 노력해서 저걸 치워버려야 한다는 말밖에 못하겠어요. 저걸 돌보고 참아내느라 사람으로서 할 도리는 다했어요. 아무도 우리가 못된 짓을 했다고 비난할 수는 없을 거예요."

그러자 그레고르의 아버지가 중얼거렸다.

"저 애 말이 백번 옳아."

아직 충분히 숨을 돌리지 못한 어머니는 앞쪽으로 손을 내밀고 갈피를 잡을 수 없다는 표정으로 소리 죽여 기침을 하기 시작했다.

누이가 어머니에게 달려가서 어머니의 이마에 손을 댔다. 그녀의 말에 아버지는 뭔가 확신이 선 듯했다. 그는 꼿꼿이 앉더니 신사들이 저녁 식사 후 남겨놓고 간 접시 사이로 모자를 굴리며 여전히 그 자리에 움직이지 않고 있는 그레고르를 이따금 바라보았다.

"우리 모두 노력해서 저걸 치워버려야 해요."

어머니가 기침을 해대느라 말을 듣지 못했기에 누이동생은 아버지에게만 말했다.

"이게 두 분을 돌아가시게 만들 거예요. 그럴 게 뻔해요. 죽어라 일을 하고 나서 집에 와서도 이렇게 고통을 받을 수는 없어요. 우리는 더 이상 견딜 수 없어요. 저는 더 이상 견딜 수 없어요."

그 말과 함께 그녀는 펑펑 울음을 터뜨렸고 눈물이 어머니 얼굴에까지 흘러내렸다. 어머니는 기계적인 동작으로 눈물을 훔쳐냈다.

"얘야, 우리가 어떻게 해야 하지?" 아버지가 동정에 가득 찬 목소리로 다 이해하겠다는 듯 말했다.

누이동생은 단호했던 좀 전과는 달리, 눈물에 젖은 채 어찌할 바 모르겠다는 표시로 어깨를 움찔했을 뿐이었다.

그러자 아버지가 그것이 불가능하다는 딸의 확신을 인정하듯 눈을 감으며 말했다.

"저 애가, 우리말을 알아듣기만 해도……. 그렇기만 해도 저 애와 의논이라도 할 수 있으련만……. 그런데 저 모양이니……."

그러자 누이동생이 소리쳤다.

"내보내야 해요! 그게 유일한 방법이에요, 아버지! 저게 오빠라는 생각은 버리셔야 해요. 저게 오빠라고 너무 오래 믿었기 때문에 우리는 이렇게 된 거예요. 저게 어떻게 오빠일 수 있어요? 만일 저게 오빠라면 사람이 저런 짐승과 살 수 없다는 걸 벌써 알고 자기 발로 집을 나갔을 거예요. 그렇게 되면 우리에게 더 이상 오빠는 없었겠지요. 그래도 우리는 우리의 생활을 이어갈 수 있었을 거고 오빠에 대한 존경심은 간직할 수 있었겠지요. 그런데 이 짐승은 우리를 못살게 굴고 하숙인들도 쫓아내고 온 집을 독차지한 다음, 우리를 길바닥에서 지내게 만들려는 거예요."

그녀가 말을 하다가 갑자기 소리쳤다.

"아버지, 저걸 보세요. 저걸 보시라고요. 다시 시작하잖아요."

그레고르로서는 도무지 영문을 알 수 없었지만 누이는 마치 그레고르 가까이 있으니 어머니를 희생시키는 게 낫다는 듯 의자에서 몸을 벌떡 일으키고는 어머니를 팽개쳐 두었다. 그녀는 아버지 뒤로 달려갔고 오로지 딸의 행동 때문에 덩달아 흥분한 아버지는 몸을 일으키더니 마치 그레고르의 누이동생을 보호하려는 듯 두 팔을 쳐들었다.

그러나 그레고르에게는 그 누구도 놀라게 할 생각이 추호도 없었고 누이동생은 더더욱 아니었다. 그가 한 행동이라야 방으로 돌아가려고 몸을 돌리기 시작한 것뿐이었다. 다만 너무 괴로운 상황이어서 몸을 돌리기가 너무 힘이 들었기 때문에 머리의 힘을 빌리기 위해 머리를 여러 번 들었다가 내리찧기를 반복했을 뿐이었다. 그는 동작을 멈추고 주위를 둘러보았다. 식구들은 그저 짧게 놀랐을 뿐 그의 선의를 알아차린 것 같았다. 이제 모두가 말없이 슬픈 얼굴로 그를 바라보았다. 어머니는 두 다리를 뻗어 가지런히 모은 채 앉아 있었으며 두 눈은 피로로 거의 감겨 있었다. 누이동생은 아버지 목에 팔을 두르고 곁에 앉아 있었다.

그레고르는 '이제는 몸을 틀어도 되겠군'이라고 생각하며 다시 작업에 들어갔다. 그는 숨을 헐떡거릴 수밖에 없었고, 이따금 동작을 멈추고 쉬어야만 했다. 아무도 그를 몰아대지 않았고 모든 일은 오로지 그 자신에게 내맡겨져 있었다. 그는 자기 방과의 거리가 너무 먼 것을 보고 놀랐다. 어떻게 방금 전에 그렇게 허약한 몸으로 그 먼 거리를 의식도 하지 못한 채 기어올 수 있었는지 도무지 이해할 수 없었다. 그는 가능한 한 빨리 기어가는 데 집중해 있었기에 그의 정신을 흩뜨려 놓을 만한 말한 마디나 비명이 가족들 누구에게서도 나오지 않았다는 사실조차 알아채지 못했다. 그는 자기 방 문 앞에 이르러서야 고개를 돌렸다. 목이 뻣뻣해서 완전히 돌리지는 못했지만 누이동생이 자리에서 일어나 있을 뿐 아무것도 변한 것이 없음을 알 수 있었다. 마지막 눈길로 그는 어머니가 완전히 잠들어 있는 것을 볼 수 있었다.

그가 방으로 들어서자마자 뒤에서 문이 급히 닫히더니 빗장이 걸리고 자물쇠로 잠겼다. 갑자기 등 뒤에서 들리는 소리에 그는 놀랐고 그 바람에 그의 작은 다리들이 내려앉아버렸다. 그렇게 서두른 것은 바로 누이동생이었다. 그녀는 똑바로 일어선 채 기다리다가 가볍게 앞으로 튀어 나왔기에 그레고르는 그녀가 오는 소리를 전혀 들을 수 없었다. 그녀는 자물쇠 안에 꽂힌 열쇠를 돌려 문을 잠근 후 "이제 됐어요!"라고 큰 소리로 부모를 향해 소리쳤다.

"이제 어쩌지?"라고 자문하며 그레고르는 어둠 속을 둘러보았다. 그는 이내 자신이 꼼짝도 할 수 없다는 것을 알게 되었다. 그건 그에게 별로 놀라운 일도 아니었다. 오히려 그토록 작고 가느다란 다리로 이제까지 움직일 수 있었다는 것이 부자연스럽게 여겨졌다. 또한 그는 비교적 편안함을 느꼈다. 사실상 온몸이 아프다가 통증이 점점 더 약해지면서 마침내 아예 사라져버린 것이었다. 그는 등에 박힌 썩은 사과와 하얀 먼지로 뒤덮여 곪아가는 그 언저리도 거의 느끼지 못했다. 그는 감동과 사랑에 젖어 가족들을 회상했다. 가능하기만 하다면 멀리 가버려야 한다고 그는 누이동생보다 더 강하게 느꼈다. 시계가 새벽 3시를 알릴 때까지 그는 그렇게 텅 비고 평화로운 묵상에 잠긴 상태로 있었다. 그는 창밖이 온통 천천히 밝아지기 시작하는 것도 볼 수 있었다. 그리고 그의 의지와는 상관없이 그의 머리가 완전히 밑으로 떨어졌고, 그의 콧구멍에서 마지막 숨이 약하게 흘러나왔다.

이른 아침 파출부가 왔을 때—가족들은 문을 제발 쾅 여닫지 말아달라고 그녀에게 자주 부탁을 했다. 하지만 힘이 넘치는 데다 성급한 그녀는 여전히 그렇게 했고 집안사람들은 모두 그녀가 왔음을 알 수 있었으며 그때부터 아무도 편안하게 잠을 잘 수 없었다—그녀는 언제나처럼 그레고르의 방을 흘낏 들여다보았지만 별다른 점은 발견하지 못했다. 그녀는 그가 일부러 그렇게 꼼짝 않고 엎드려서 몹시 아픈 척하고 있다고 생각했다. 그녀는 그에게 온갖 이해력이 있다고 생각하고 있었던 것이다. 그녀는 마침 기다란 빗자루를 손에 들고 있었기에 문 앞에 선 채 그것으로 그레고르를 간질여 보려고 했다. 그래도 그레고르가 아무 반응이 없자 그녀는 기분이 상해서 그레고르를 약간 찔러보았다. 그리고 그가 아무런 저항도 없이 바닥을 미끄러지는 것을 보고 비로소 그녀는 그를 유심히 살펴보았다. 그녀는 금세 사태를 알아차리고는 눈을 크게 뜨고 휘파람 소리를 냈다. 그런 후 그녀는 지체 없이 침실로 달려가 문을 획 열어젖히고는 어둠 속에 대고 큰소리로 외쳤다.

"어서 와봐요! 그게 죽었어요! 저기 뻗어 있어요! 정말로 죽었다니까요!"

잠자 부부는 침대에서 벌떡 일어나 앉아 파출부가 한 말의 내용보다는 그녀의 행동에서 받은 충격을 우선 삭여야 했다. 하지만 얼마 후 그들은 나름대로 서둘러 침대에서 나왔다. 잠자 씨는 이불을 어깨에 걸친 채로, 잠자 부인은 잠옷 바람으로 방 밖으로 나왔다. 그들은 그 모습 그대로 그레고르의 방으로 갔다. 그들은 그 방으로 오는 사이에, 하숙인들이 들어온 이후로 그레테가 잠을 자고 있는 거실의 문도 열었다. 그녀는 마치 잠을 자지 않고 있었던 듯 옷을 입고 있었고, 창백한 얼굴이 그 사실을 증명해주는 것 같았다.

잠자 부인은 자기 스스로 살펴볼 수도 있었고, 또 살펴보지 않아도 알 수 있었음에도 불구하고 파출부를 미심쩍은 눈으로 바라보며 물었다.

"죽었다고요?"

제3장

103

"그렇다니까요." 파출부는 대답과 함께 증명이라도 하듯이 그레고르의 시신을 빗자루로 더 멀리 밀어냈다. 잠자 부인은 빗자루를 빼앗으려는 듯한 시늉을 했지만 그렇게 하지는 않았다.

잠자 씨가 말했다.

"자, 이제 하느님께 감사드리자."

그는 성호를 그었고 남은 세 여인이 따라 했다. 시체에서 눈을 떼고 있지 않던 그레테가 말했다.

"얼마나 말랐는지 좀 보세요. 오랫동안 아무것도 먹지 않았어요. 음식이 들어갈 때 그대로 나왔어요."

그레고르의 몸은 정말로 완전히 납작하게 말라 있었다. 그들은 이제까지 그 사실을 눈치채지 못했었다. 하지만 지금은 그의 몸이 작은 다리들에 받쳐서 들려 있지도 않았고, 딱히 달리 시선을 돌릴 곳도 없었다.

"그레테야, 잠시 우리 방으로 가자." 잠자 부인이 쓰디쓴 웃음을 띠며 말했고 그레테는 시체를 돌아보지 않은 채 그들 뒤를 따라 침실로 들어갔다. 가정부는 방문을 닫고 창문을 활짝 열어젖혔다. 아직 이른 아침이었지만 신선한 공기에는 따뜻한 기운이 섞여 있었다. 어쨌든 벌써 3월 말이었다.

자기 방에서 나온 세 명의 하숙인들은 놀란 눈으로 자기들 아침 식사를 찾았다. 모두 그들의 존재를 완전히 잊고 있었던 것이다.

그들 중, 가운데 신사가 파출부에게 투덜거리며 물었다.

"우리들 아침 식사 어디 있지요?"

파출부는 입술에 손가락을 대더니 신사들에게 그레고르의 방으로 들어가보라고 말없이 손짓했다. 그들은 그대로 했다. 그들은 낡은 외투 주머니에 손을 넣은 채 그레고르의 시신 주변에 서 있었다. 이제 방 안은 훤하게 밝아져 있었다.

그때였다. 침실 문이 열리더니 잠자 씨가 유니폼을 입은 채, 한쪽 팔에는 부인을, 다른 한쪽 팔에는 딸을 거느린 채 나타났다. 모두들 얼마간 운 얼굴이었다. 그레테는 이따금 그녀의 얼굴을 아버지의 팔에 묻었다.

"즉시 내 집에서 나가시오!" 잠자 씨가 여자들을 곁에서 떼어놓지 않은 채 문을 가리키며 말했다.

"무슨 말씀이신지?" 세 명의 신사 중 한가운데 사람이 약간 당황해서 되물었다. 그는 부드러운 웃음을 띠고 있었다. 다른 두 명은 두 손을 등 뒤로 돌려 비비면서, 틀림없이 자기들에게 유리하게 끝이 날 이 싸움의 결말을 기다리고 있었다.

"내가 말한 그대로요." 잠자 씨는 대답과 동시에 두 명의 동반자와 함께 그 사내를 향해 똑바로 걸어갔다. 그 사내는 마치 자신의 머릿속 내용들을 새롭게 조합하고 있는 듯 바닥을 내려다보며 말없이 서 있었다.

그는 마침내 말했다.

"좋습니다. 저희가 가겠습니다."

그러면서 그는 잠자 씨를 올려다보았는데, 갑자기 겸손에 사로잡힌 것 같았고 심지어 자신의 결정을 잠자 씨가 허락해주길 바라는 것 같았다.

잠자 씨는 단지 눈을 크게 뜨고 그에게 몇 번 고개를 끄덕여주었을 뿐이었다. 그러자 그 신사는 지체 없이 현관을 향하여 성큼성큼 걸어갔고, 방금 전에 이미 두 손 비비기를 그치고 그들의 대화에 귀를 기울이고 있던 그의 두 친구는 곧장 성큼성큼 그를 뒤따랐다. 마치 잠자 씨가 현관으로 가 그들 앞을 가로막고 그들의 지도자와의 관계를 끊어버릴까 봐 갑자기 겁에 질린 것 같았다. 현관에 이르자 셋은 옷걸이에 걸린 모자를 집어들고 지팡이 통에서 지팡이를 빼낸 후 말없이 꾸벅 인사를 한 후 집을 떠났다.

잠자 씨와 두 여자는 층계참까지 그들을 따라갔다. 하지만 그 신사들의 의도를 의심할 이유는 하나도 없었으니, 그들이 충계참에서 고개를 내밀어 아래를 내려다보자 세 신사가 느리긴 하나 꾸준히 계단을 걸어 내려가는 모습이 보였던 것이다. 그들이 매 층 구석을 돌 때마다 그들은 시야에서 사라졌다가 다시 나타나곤 했다. 그들이 밑으로 내려가면 갈수록 그들에 대한 잠자 가족의 관심은 줄어들었다. 머리에 들것을 인 정육점 점원이 당당한 자세로 그들을 지나쳐 올라오자 잠자 씨와 여자들은 마치 이제 안도했다는 듯 충계참을 떠나 집 안으로 들어갔다.

그들은 그날 하루를 가장 알차게 보내는 방법은 휴식을 취하는 것이라고 결정하고 산책을 가기로 했다. 그들에게는 당연히 일을 쉴 자격이 있었을 뿐 아니라 휴식이 정말로 필요하기도 했다. 그들은 테이블에 앉아 각자 결근계를 썼다. 잠자 씨는 상사(上司)에게, 잠자 부인은 고객에게, 그레테는 상점 주인에게 편지를 썼다.

그들이 편지를 쓰고 있을 때 파출부가 아침 일이 끝났으니 가보겠다는 말을 하러 들어왔다. 세 사람은 편지로부터 눈을 떼지 않은 채 고개를 끄덕였다. 그런데 고개를 들어보니 가정부가 아직 가고 있지 않은 것을 보고 잠자 씨가 약간 화가 나서 물었다.

"그래서?"

파출부는 마치 그들에게 알려줄 좋은 소식이 있으며, 분명하게 물어야만 알려주겠다는 듯, 웃으며 문간에 서 있었다. 그녀의 모자에 거의 수직으로 꽂아놓은 타조 깃털, 그녀가 일하는 내내 잠자 씨가 화를 내게 만들었던 그 깃털이 사방으로 가볍게 흔들렸다.

"무슨 일인데요?" 파출부가 그나마 가장 존경심을 품고 있는 잠자 부인이 물었다.

"그래요." 파출부는 대답을 하려 했지만 갑자기 친근한 웃음을 띠는 바람에 얼른 말을 잇지 못했다. 잠시 뜸을 들인 후 그녀가 말했다.

"저, 저기 있던 저거 말이에요, 그걸 어떻게 치울까 걱정 안 하셔도 돼요. 깨끗이 해치웠으니까요."

잠자 부인과 그레테는 편지를 마저 쓰려는 듯 고개를 숙였고, 잠자 씨는 상세한 이야기를 하려는 파출부에게 손을 뻗쳐 단호하게 그러지 못하도록 막았다. 그들에게 이야기를 늘어놓을 기회가 사라지자 파출부는 자기가 얼마나 바쁜지 생각났으며, 분명 마음이 상해서 "모두들 안녕히 계세요"라고 소리친 후 거칠게 돌아서더니 문을 쾅 닫고는 집을 떠나버렸다.

"오늘 저녁 저 여자를 내보냅시다." 잠자 씨가 말했지만 겨우 얻은 그들의 평온을 파출부가 다시 뒤흔들어 놓은 듯 부인이나 딸로부터 아무런 답도 듣지 못했다. 그녀들은 창가로 가서 서로 껴안은 채 서 있었다. 잠자 씨는 의자에 몸을 묻은 채 고개를 돌려 잠시 가만히 그들을 바라보았다. 그러더니 그가 외쳤다.

"자, 이리들 와요. 지난 일은 다 잊자고. 내 생각도 좀 해줘야지."

두 여자는 즉각 그의 말을 따랐다. 그녀들은 그에게로 서둘러 와서 키스를 하더니 얼른 편지를 마저 끝냈다.

편지를 마친 후 셋은 함께 집을 떠났다. 이미 여러 달 전부터 하지 못했던 일이었다. 그들은 전차를 타고 교외로 향했다. 그들이 탄 전차 칸에는 그들 모두에게 따뜻한 햇볕이 내리쪼이고 있었다. 의자에 편히 기대고 앉아 그들은 그들의 미래에 대해 의논했다. 그리고 좀 더 자세히 살펴보니 그들이 그다지 나쁜 상황에 처해 있지 않음을 알게 되었다. 이제까지 그들은 각자가 하는 일에 대해 서로 물은 적이 없었다. 하지만 셋 다 나름대로 좋은 일자리를 얻고 있는 셈이며 장래 희망도 밝다는 것이 밝혀졌다. 물론 지금으로서는 집을 바꿔야만 쉽사리 상황이 크게 개선될 수 있었다. 그들이 이제부터 필요로 하는 집은 그레고르가 고른 지금의 집보다는 작고 싼 집, 위치도 더 좋고 무엇보다 실용적인 집이었다.

　그사이 그레테는 점차 생기를 되찾았다. 최근에 겪은 힘든 일들 때문에 그녀의 뺨은 창백했다. 하지만 그들이 이야기를 나누는 동안 잠자 부부는 자기 딸이 얼마나 몸매가 훌륭하고 아름다운 처녀로 꽃 피어나고 있는가 하는 생각에 거의 동시에 충격을 받았다. 그들은 말없이 조용히 있었다. 하지만 그들은 눈길을 마주치며 이제 곧 딸에게 좋은 남자를 구해줄 때가 되었다는 사실에 거의 무의식적으로 동의했다. 그리고 그들이 목적지에 도착하자마지 마치 그들의 꿈과 좋은 의도를 확인이나 해주는 듯, 그레테가 제일 먼저 일어나서 젊은 몸을 쭉 뻗었다.

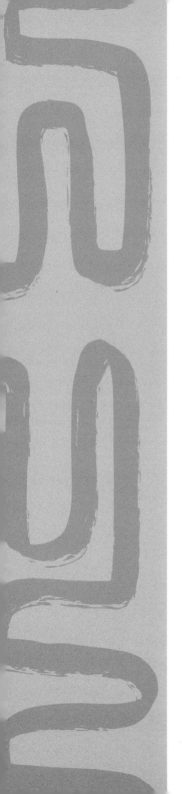

제1장 체포

그루바흐 부인과의 대화, 이어서 뷔르스트너 양

누군가 요제프 K를 모함한 것이 틀림없었다. 그는 자신이 그 어떤 나쁜 짓도 저지르지 않았음을 알고 있었는데도 불구하고 어느 날 아침 체포된 것이다. 매일 아침 8시에 하숙집 여주인 그루바흐 부인의 가정부인 안나가 아침 식사를 갖다주었는데 오늘은 그녀가 나타나지 않았다. 전에는 없던 일이었다. K는 조금 더 기다려보리라 작정하고 베개를 베고 누운 채 창문을 통해 건너편에 살고 있는 노파를 바라보았다. 노파는 평소와 달리 호기심에 가득 찬 눈으로 그를 바라보고 있었다. 그는 기분도 언짢고 배도 고파서 벨을 눌렀다. 그러자 즉시 노크 소리가 나더니 한 사내가 방으로 들어왔다. 전에는 이 집에서 한 번도 본 적이 없던 사내였다. 사내는 호리호리한 몸매였지만 건장해 보였다. 그는 몸에 꼭 맞는 검은 옷을 입고 있었는데 여기저기 주름이 잡히고 주머니가 여럿 달려 있었으며 버클과 단추와 벨트까지 갖추고 있어 매우 실용적으로 보였다. 하지만 정작 그것들의 용도는 분명치 않았다.

"누구시죠?" K가 침대에서 몸을 반쯤 일으키며 물었다. 하지만 사내는 자신이 이 방에 들어온 것을 당연하게 받아들여야 한다는 듯 그의 질문을 무시하고 말했다.

"벨을 울렸소?"

"안나에게 아침 식사를 가져오라고 울린 겁니다." K가 대답했다.

K는 도대체 사내의 정체가 무엇인지 알아보려는 듯 사내를 주의 깊게 바라보았다. 하지만 사내는 K의 시선을 받는 둥 마는 둥 문 쪽으로 가서 문을 살짝 열더니 문 뒤에 서 있는 것이 분명해 보이는 누군가에게 말했다.

"안나가 아침 식사를 가져왔으면 한다는군."

옆방에서 가벼운 웃음소리가 들렸다. 그 웃음소리에 뭔가 모르던 사실을 새롭게 알게 된 것이 아님이 분명한데도 불구하고 사내는 마치 뭔가 들은 사실을 전하듯 "안 될 것 같소"라고 K에게 말했다. K는 "별일이로군"이라고 중얼거리며 침대에서 내려와 재빨리 바지를 입고 말했다. "저 방에 누가 있는지 봐야겠소. 그루바흐 부인에게 도대체 무슨 일인지도 물어봐야겠소."

그러자 사내가 말했다.

"여기 그냥 있는 게 나을 거요."

"난 여기에 있고 싶지도 않고, 자신이 누구인지 밝히지도 않은 당신 말을 듣고 싶지도 않소."

사내는 "그러는 편이 당신에게 좋으리라는 뜻으로 한 말인데"라고 말하며 자진해서 문을 열었다.

K는 시내와 함께 천천히 옆방으로 들어갔다. 그루바흐 부인의 거실이었으며 전날 저녁과 별로 달라진 것이 없어 보였다. 방에는 웬 낯선 남자가 창문 앞에 앉아 책을 읽고 있다가 고개를 들었다.

"당신, 당신 방에 그대로 있어야 해! 프란츠가 말해주지 않았소?"

"아니, 대체 왜 이러는 거요?" K는 이 새로운 사내와 문가에 서 있는 프란츠라는 사내를 번갈아 보며 말했다.

열린 창문을 통해 길 건너편 노파의 모습이 다시 보였다. 그녀는 모든 사태를 지켜보겠다는 듯 아예 창가 가까이 옮겨 앉아 있었다.

"그루바흐 부인을 좀 만나봐야겠소." K가 마치 멀찍이 떨어져 있는 사내들에게서 빠져나가려는 듯한 몸짓을 하며 말했다.

"안 되오." 창가에 앉은 사내가 책을 탁자 위에 놓고 일어나며 말했다. "당신은 체포되었으니 여기서 나갈 수 없소."

"그런 것 같군요. 그런데 내가 왜 체포된 겁니까?"

"그건 우리가 말해줄 수 없소. 자, 방에 가서 기다리시오. 소송 절차가 시작되었으니 때가 되면 모든 것을 다 알게 될 거요. 당신에게 이렇게 친절을 베푸는 건 내 직무에서 벗어나는 일이오."

K는 앉고 싶었지만 창가의 의자 외에는 앉을 곳이 없었다.

"이 모든 게 사실임을 알게 될 기회가 있을 거요." 프란츠가 말했다.

이어서 두 사내가 함께 K에게 다가왔다. 그들은 둘 다 K보다 훨씬 키가 컸는데, 특히 창가에 있던 사내가 더 컸다. 그 사내는 K의 어깨를 툭 하고 건드렸다. 두 사람은 K의 잠옷을 만져보더니 앞으로 K는 훨씬 나쁜 옷을 입게 될 것이다, 자기들이 이 옷을 보관해두었다가 사건이 잘 해결되고 나면 돌려주겠다고 말했다. 보관소에 맡겼다가는 슬쩍 빼돌리는 경우가 많으니 이편이 안전하다는 것이었다.

K는 이들의 말에 거의 귀를 기울이지 않았다. 그는 자신이

지금 어떤 상황에 처해 있는 것인지 보다 분명히 파악하고 싶을 뿐이었다. 하지만 이들 앞에서는 머리가 제대로 돌아가지 않았다. 이들은 대체 누구일까? 이들은 도대체 무슨 이야기를 하고 있는 것일까? 이들은 어디 속한 자들일까?

K는 분명 자유 국가에 살고 있었다. 모든 것이 평화로우며 버젓이 법이 존재하고 지켜지고 있다. 그런데도 이들이 이런 식으로 자기 집으로 찾아와 자기에게 감히 이런 말을 할 수 있단 말인가? 그는 늘 매사를 가능한 한 가볍게 여기는 편이었고 당장 코앞에 일이 닥치기 전까지는 미리 걱정하는 스타일이 아니었으며 상황이 심각해 보여도 앞날에 대한 염려를 별로 하지 않는 편이었다. 하지만 이번 경우는 그럴 상황이 아닌 것 같았다. 그는 이번 일을 은행 동료들이 무슨 이유에선가 꾸민 심한 장난으로 여길 수도 있었다. 혹은 오늘이 바로 그의 서른 번째 생일이기에 꾸민 장난으로 여길 수도 있었다. 아마도 저 경찰인 척하는 자들의 면전에서 웃음을 터뜨리면 저들도 따라 웃을지도 모른다. 하지만 그는 자신이 경솔하게 행동했다가 낭패를 보았던 사소한 일들을 몇 가지 떠올렸다. 그런 일이 절대로 다시 일어나서는 곤란하다. 특히 이번 경우에는 더욱 그렇다. 저들이 연기를 하는 것이라면 그들과 함께 연기를 해주리라.

아직은 시간이 있었다. 그는 "실례합니다"라고 말하며 두 명의 경관 사이를 지나 황급히 자기 방으로 들어갔다. 등 뒤에서 "지각 있는 사람인 것 같군"이라는 그들 중 한 명의 말소리가 들렸다. 방으로 들어서자 그는 책상 서랍을 열었다. 신분증명서를 찾기 위해서였다. 서랍 안은 잘 정리되어 있었지만 흥분해 있던 탓에 찾고 있는 증명서가 곧바로 눈에 띄지 않았다. 마침내 그는 자전거 운전 증명서를 찾아내곤 그것을 경찰들에게 가져가려 했다. 하지만 그 증명서는 너무 빈약해 보여 그는 다른 증명서를 찾았고 결국 출생 증명서를 찾을 수 있었다.

그가 옆방으로 들어서려는 순간 옆방의 맞은편 문이 열리며 그루바흐 부인이 막 방으로 들어서고 있었다. 하지만 그녀의 모습을 본 것은 한순간이었다. 그녀가 K를 알아본 순간 당황한 모습을 보이며 실례한다는 말만 남긴 채 조심스레 문을 닫고는 모습을 감춘 것이다. K가 "이리 들어와 봐요"라고 겨우 입을 뗄 수 있었지만 문은 다시 열리지 않았다. 그는 문 쪽을 멍한 표정으로 바라보고 있다가 경찰이 그를 부르는 소리에 화들짝 놀랐다. 그가 그들 쪽으로 고개를 돌리니 그들은 창가의 작은 탁자 옆에 앉아 K의 아침 식사를 먹어치우고 있었다.

"저 여자가 왜 안 들어오는 겁니까?" K가 물었다.

"그러면 안 되니까요." 키 큰 경찰이 말했다. "당신은 체포되지 않았소?"

"아니, 내가 어떻게 체포되었다는 겁니까? 게다가 이런 식으로 말이요."

"또 시작이로군." 경관 한 명이 버터 빵을 꿀단지에 담그며 말했다. "우린 그런 질문에는 대답하지 않소."

"아니, 대답해야 할 거요." K가 말했다. "여기 내 신분증명서가 있소. 자, 이제 당신들 신분증을 보여주시오. 체포 영장도 좀 봅시다."

"이런!" 경관이 말했다. "아니, 당신 처지에 무슨 요구를 할 수 있다고 생각하는 건가? 우리를 난처하게 해서 득이 될 게 없을 텐데. 지금 당신에게는 우리가 그 누구보다 가까운 사람이란 말이오."

"맞아요. 이 친구 말을 믿는 게 좋을 거요." 프란츠가 말했다.

그러거나 말거나 K는 손으로 신분증명서를 탁탁 치면서 말했다.

"여기 내 신분증명서가 있소."

"그래서 어쨌다는 거요?" 키 큰 경관이 큰 소리로 반박했다. "어린애만도 못하게 구는군. 대체 뭘 원하는 거요? 그래, 신분증명서니 체포 영장이니 하는 걸 갖고 우리와 티격태격한다고 해서 당신의 이 엄청나게 살벌한 소송 사건이 쉽게 끝날 것 같소? 우리는 그냥 순경일 뿐이고 그 이상도 그 이하도 아니오. 우리 같은 말단들은 신분증명서 같은 것에 대해서는 아는 게 아무것도 없소. 우리는 당신을 하루에 열 시간씩 감시한다는 임무만 부여받았단 말이오. 하지만 우리에게 이런 명령을 내린 상부에서는 이미 체포 대상자의 신원과 체포 사유에 대해 소상히 파악하고 있으리라는 것은 알고 있소. 거기에는 착오가 있을 리 없지. 나야 지엽적인 말단 일밖에는 모르지만, 당국이 주민들 사이에서 죄를 찾아내려 나서지는 않는다는 것쯤은 알고 있소. 법에 나와 있듯이 죄에 이끌릴 뿐이지. 그래서 우리를 이렇게 보낸 거요. 그게 바로 법이라는 거요. 자, 거기에 무슨 잘못된 게 있소?"

"난 그런 법은 모릅니다." K가 말했다.

"그렇다면 당신에겐 더 안 된 일이로군."

"그런 건 당신들 머릿속에나 있겠군요." K가 말했다.

그러자 프란츠가 말했다.

"이보게, 빌렘. 이 사람은 자기가 법을 모른다고 인정하면서도 자기가 무죄라고 주장하고 있군."

"자네 말이 맞아. 하지만 이 사람을 납득시킬 방법이 없어."

K는 더 이상 대꾸하지 않았다. 그는 생각했다. '내가 저런 말 단들하고 티격태격하면서 공연히 심란해질 필요가 있을까? 스스로 아무것도 모르는 말단이라고 하잖아. 어쨌든 저들은 자기들이 무슨 말을 하는지도 모르면서 떠들어대고 있는 거야. 아는 게 없으니 저렇게 더 확신하듯 떠들어대고 있는 거고. 내 신분에 걸맞은 사람과 한두 마디만 나누면 저런 자들과 장황하게 이야기를 나누는 것보다 훨씬 더 명확하게 모든 게 밝혀질 거야.'

그는 생각에 잠겨 방 안을 왔다 갔다 했다. 길 건너편 노파의 모습이 다시 눈에 들어왔다. 노파는 자기보다 훨씬 더 늙은 노인을 창가로 데려와서 그를 껴안고 있었다. K는 이런 꼴사나운 상황을 빨리 끝내야겠다는 생각에 입을 열어 말했다.

"당신들 상관에게 데려가주시오."

"그분이 원할 때까지는 안 되오." 빌렘이라는 경찰이 말했다. 이어서 그가 덧붙였다.

"내가 충고 한마디 하겠소. 방으로 돌아가 얌전히 닥쳐올 일을 기다리는 게 좋을 거요. 공연히 쓸데없는 생각을 하면서 스스로 들볶지나 말고. 앞으로 많은 일이 닥칠 테니 마음을 가다듬고 있어요. 당신은 그토록 당신을 친절하게 대해준 우리에게 합당한 대우를 해주지 않았어. 당신은 우리는 여전히 자유로운 몸이고 당신은 그렇지 않다는 걸 잊은 것 같아. 우리가 엄청나게 큰 장점을 지니고 있는 거지. 하지만 만일 당신에게 돈이 있다면 저 앞 카페에 가서 아침을 사다 줄 용의가 있어."

K는 경찰의 제안에 아무 말 없이 가만히 서 있었다. 그는 방으로 돌아가 얌전히 있으라는 경찰의 말을 따르는 것이 이 상황에서 가장 안전한 해결책이리라 생각하고 자신의 방으로 돌아갔다. 그도, 경찰들도 더 이상 아무 말이 없었다.

방으로 돌아온 K는 침대에 몸을 던지고는 아침 식사 때 먹으려고 전날 저녁에 탁자 위에 두었던 꽤 괜찮은 사과를 집어 들었다. 지금으로서는 그것이 유일한 아침 식사였다. 사과를 한 입 베어 물자 그런대로 생각보다는 괜찮은 식사라는 생각이 들었다. 사과를 먹고 나자 한결 기분이 좋아졌고 자신감도 생겼다. 오늘 아침에 은행에 출근하지는 못했지만 직장에서 그런대로 지위가 높으니 쉽게 변명을 할 수도 있을 것이다.

'사실대로 말해야 할까? 하지만 믿지 않을 수도 있고, 충분히 그럴 만해. 만일 그렇다면 그루바흐 부인이나 건너편의 노파를 증인으로 내세워야겠네.'

그런데 문득 그 경찰들의 입장이 되어 생각을 해보고 그는 당황할 수밖에 없었다. 아니, 어떻게 나를 이 방에 이렇게 혼자

둘 수 있는 거지? 얼마든지 자살을 할 수도 있는데……. 이어서 그는 자신의 입장에서 과연 자살할 이유가 있는지 생각해보았다. 저 두 사람이 저 방에 앉아 자신의 아침 식사를 가로챘기 때문에? 그 일로 자살을 한다는 것은 너무 적절하지 못한 일이어서 설사 그가 자살을 원했더라도 바로 그 적절하지 못하다는 사실 때문에 자살을 피했을 것이다. 분명 경찰들도 그런 생각을 하지 못할 정도로 머리가 나쁘지는 않기에 그를 혼자 내버려두는 것이 위험하지 않다고 판단했을 것이다.

그가 혼자 이런저런 생각에 잠겨 있을 때였다. 갑자기 옆방에서 나는 큰 소리에 그는 깜짝 놀랐다.

"감독관님이 보자고 하십니다!"

경찰관인 프란츠가 낸 소리라고는 도저히 생각할 수 없는, 군대식의 짧게 토막토막 끊어지는 목소리였기에 그는 더욱 놀랐다. 하지만 그로서는 반가운 소리이기도 했다. 그는 '잘됐어'라고 혼잣말을 하면서 서둘러 옆방으로 갔다. 그런데 그의 모습을 본 두 경관이 마치 당연한 일이라는 듯 그를 다시 그의 방으로 몰아넣었다.

"도대체 이게 무슨 짓이요?" 그들이 소리를 질렀다. "아니, 그런 차림으로 감독관님 앞에 나서겠다는 거요? 감독관님이 당신뿐 아니라 우리 모두를 혼찌검 낼 거요!"

"제발 놔두지 못해요!" 이미 옷장까지 떠밀려온 K가 소리쳤다. "아니, 잠자리에 있는 사람을 덮쳐놓고 정장 차림이길 기대했다 이거요?"

"아무리 그래봤자 소용없소." 경찰이 낮은 목소리로 말했다. 어찌 보면 슬픈 표정이어서 K는 "웃기는 격식이로군!"이라고 투덜거리면서도 어느새 양복 상의를 집어 들고 있었다. 그러자 경찰들은 한술 더 떴다.

"검은색 상의라야 합니다."

K는 투덜거리면서도 들고 있던 상의를 집어 던지고 옷장을 열어 이곳저곳을 뒤진 뒤 가장 좋은 검은색 양복저고리를 집어 들었다. 그는 셔츠도 다른 것으로 바꾸어 조심스럽게 옷을 입기 시작했다. 그러면서 속으로는 '경찰들이 목욕재계하라는 말을 깜빡 잊어서 다행이로군. 그랬다면 훨씬 지체되었을 테니'라고 생각했다.

옷을 다 입은 후에 K는 빌렘의 앞을 지나 옆방을 거쳐 다음 방으로 들어가야 했다. 문은 이미 활짝 열려 있었다. K도 알다시피 그 방에는 얼마 전부터 타이피스트인 뷔르스트너 양이 살고 있었다. 그녀는 아침 일찍 출근해서 꽤 늦게야 귀가를 했으며 몇 마디 인사말 외에는 K와 대화를 나눠본 적이 없었다. 그녀의 침대 옆에 놓여 있던 탁자는 방 한가운데로 옮겨져 있었다. 심문용 책상으로 쓰기 위해서였다. 감독관이 그 뒤에 앉아 있었다. 그는 다리를 꼬고 앉아서 한쪽 팔을 의자 등받이에 걸치고 있었다. 방 한구석에는 세 명의 젊은이가 벽면 판에 붙여놓은 사진들을 보고 있었다. 길 건너편 창문에는 두 명의 노인 외에 구경꾼이 한 명 더 늘어나 있었다. 두 노인 뒤에 키 큰 남자 하나가 가슴이 훤히 보이게 셔츠를 풀어헤친 채 불그스름한 턱수염을 손가락으로 잡아당겨 비비 꼬면서 서 있었던 것이다.

"요제프 K?" K를 보자 감독관이 물었다. 방 안을 둘러보는 K의 시선을 자기 쪽으로 돌리기 위해서 던진 질문 같았다. K가 고개를 끄덕였다. "아마, 오늘 아침 일 때문에 무척 놀랐겠지요?"

"물론입니다." K는 마침내 자신과 이야기를 나눌 만한 양식 있는 사람과 마주하게 되었다는 생각에 안도감을 느끼며 말했다.

"물론 놀랐습니다. 하지만 어쨌든 그다지 크게 놀란 것은 아닙니다."

"크게 놀라지는 않았다?" 감독관은 탁자 한가운데 초를 세운 뒤 성냥, 책, 바늘겨레들을 그 주변에 모으면서 말했다.

"아니, 제 말을 오해하신 것 같습니다." K가 황급히 덧붙였다.

"제 말은……."

K는 말을 멈추고 앉을 만한 곳을 찾는 듯 두리번거렸다.

"앉아도 되겠습니까?" 그가 감독관에게 물었다.

"그건 좀 곤란한데요." 감독관이 대답했다.

"아니, 제 말은……." K가 지체 없이 말을 이었다. "물론 저는 크게 놀랐습니다. 하지만 저처럼 이미 30년 정도 홀로 세상을 헤쳐나가며 살다 보면 놀라는 일에 단련이 되어 별로 심각하게 여기지 않게 됩니다. 특히 오늘 같은 일에는……."

"특히 오늘 같은 일이요? 왜 놀라지 않는다는 겁니까?"

"물론 이 모든 일을 장난으로 본다는 뜻은 아닙니다. 이렇게 모든 일이 착착 진행되게 만든다는 건 보통 일이 아니니까요. 당신 뿐 아니라 이 집 모든 사람들이 함께 일을 꾸며야만 했을 테니까요. 그건 장난 수준을 벗어나는 거지요. 따라서 저는 이 모든 것이 장난이라고 말하고픈 생각은 없습니다."

"맞는 말이오." 감독관이 성냥갑 안에 성냥개비가 몇 개나 남았는지 살펴보면서 말했다.

K가 주위를 둘러보며 다시 말을 이었다. 마치 사진을 보고 있는 세 사람도 자신의 말에 주목하길 원하는 것 같았다.

"하지만 한편으로는 이 일이 별로 대단한 사건일 수 없습니다. 제가 기소를 당한 것은 사실인 것 같지만 제가 기소를 당할 만한 사소한 일도 저질렀다는 생각이 들지 않기 때문입니다. 하지만 그런 건 요점에서 벗어나는 일이고, 중요한 것은 누가 저를 고발했느냐는 것입니다. 어떤 기관이 이 일을 주도하고 있나요? 당신들은 관리인가요? 당신들 그 누구도 제복을 입지 않았군요." 그는 프란츠 쪽으로 눈길을 주면서 말했다. "당신들이 입은 옷은, 제복이라기보다는 차라리 여행복에 가깝습니다. 제 질문에 답해주시기 바랍니다. 모든 일이 명쾌하게 해명되고 나면 우리는 서로 기분 좋게 헤어질 수 있으리라고 생각합니다."

감독관이 성냥갑을 책상 위에 탁 던지며 말했다.

"뭔가 크게 착각을 하고 있군. 이 양반들이나 나는 당신 일에 아무 관련이 없소. 실제로 우리는 당신에 대해 아는 것도 없고. 물론 당신 말대로 우리가 제복을 입었을 수도 있지. 그렇다고 해서 당신 상황이 달라지는 건 아니오. 더 나빠질 것도 없고. 당신이 고발되었는지 아닌지에 대해서도 나는 확실히 말해줄 수 없소. 당신이 고발된 건지 아닌지도 모르니까. 당신이 체포되었다는 것, 그건 분명하오. 하지만 나는 그 외에는 아무것도 모르오. 따라서 당신 질문에 대답을 해줄 수는 없지만 충고는 해줄 수 있소. 우리에 대해서, 혹은 앞으로 일어날 일에 대해서는 별로 궁금해하지 않는 게 좋을 거요. 그보다는 당신 스스로에 대해 더 많이 생각하도록 하시오. 또한 당신이 결백하다는 생각에 이런 소란을 피울 생각 마시오. 공연히 당신에 대한 인상만 나빠질 뿐이오. 그리고 말도 좀 줄이시오. 당신, 몇 마디 말밖에 하지 않았지만 그런 건 당신 행동만 보고도 알 수 있는 내용들 뿐이었소. 그런 말을 한다고 당신에게 도움이 될 건 아무것도 없소."

K는 감독관을 빤히 쳐다보았다. 분명 자기보다 어려 보이는 이 사람이 학교 선생처럼 훈계를 할 수 있단 말인가? 자신이 정직하다는 이유로 꾸지람을 들어야 한단 말인가? 자신이 체포된 이유에 대해서, 또 누가 자신을 체포했는지에 대해서 아무것도 알 수 없단 말인가? 그는 좀 화가 나서 방 안을 왔다 갔다 했다. 아무도 막는 사람이 없었다. 그는 가슴과 머리를 매만지면서 세 사람을 지나치며 말했다.

"정말 말도 안 되는 일이야."

그는 감독관 탁자 앞에 멈춰 서더니 말했다.

"하스터러 검사가 내 친군데, 전화 좀 해도 되겠소?"

"물론이지요." 감독관이 대답했다. "하지만 무슨 의미가 있는지는 모르겠군요. 무슨 개인적인 볼 일이 있다면 모를까."

"의미가 뭐냐고요?" K가 화가 나서라기보다는 놀라서 소리 쳤다. "당신 도대체 정체가 뭐요? 의미 운운하면서 이런 의미 없는 황당한 일을 벌이고 있지 않소? 이거야말로 정말 환장할 일 아니요? 자, 저 사람들이 내게로 와서 먼저 말을 걸었소. 그 러고는 이렇게 서거나 앉아서 나를 이런 식으로 갖고 놀고 있소. 좋소. 내가 당신들 말대로 체포된 것이라면 검사에게 전화를 거 는 게 무슨 소용이 있겠소. 좋습니다. 전화를 걸지 않겠습니다."

K는 그 말을 하며 창가로 갔다. 길 건너편에는 구경꾼들이 여전히 창가에 있었다. K는 그들을 향해 소리쳤다.

"썩 꺼지지 못해요!"

세 사람은 얼른 뒤로 몇 걸음 물러났고 두 노인은 남자 등 뒤 로 숨었다. "주제넘은 사람들 같으니라고!" K는 중얼거리며 방 쪽으로 몸을 돌렸다. 방 안은 마치 버려진 사무실처럼 썰렁하 고 조용했다.

"자, 여러분." K가 힘주어 말했다. 마치 두 명의 경찰과 세 명 의 젊은이, 한 명의 감독관을 모두 자신의 어깨에 짊어진 것 같 았다. "이제 당신들 용무는 끝난 것 같군요. 내 생각에 당신들 행동이 옳은지 그른지 따지는 일은 그만둬야 할 것 같습니다. 자, 이제 악수를 하고 원만하게 일을 수습합시다. 당신들 생각도 나와 같다면, 자……."

　그는 감독관이 앉아 있는 탁자 앞으로 가서 손을 내밀었다. 감독관은 눈을 치켜뜨고 입술을 깨문 채 K가 내민 손을 쳐다보았다. K는 감독관이 그의 제안을 받아들이리라고 여전히 믿고 있었다. 하지만 감독관은 자리에서 일어나더니 모자를 집어 들고 조심스레 머리에 얹으며 말했다.

　"당신, 매사를 정말 단순하게 생각하는군. 그래, 우리가 조용히 이번 일을 마무리 지어야 한다고 생각하는 거요? 아니지, 어림도 없는 일이지. 뭐, 당신에게 전혀 희망이 없다는 이야기를 하려는 건 아니요. 당신이 그렇게 생각할 필요는 전혀 없지. 당신은 다만 체포되었을 뿐, 그 이상도 그 이하도 아니니까. 난 그 사실을 당신에게 알려야 했고, 그대로 한 것이며 당신이 그걸 어떻게 받아들이는가도 보았소. 오늘은 그걸로 충분합니다. 비록 당분간이겠지만 우리는 이제 헤어질 수 있소. 당신, 이제 은행에 가 봐야 하지 않겠소?"

　"은행이요?" K가 되물었다. "나는 체포된 걸로 생각했는데……." 약간 빈정거리는 말투였다. "체포된 사람이 어떻게 출근할 수 있다는 겁니까?"

　"내 말을 오해했군요." 벌써 문 앞까지 간 감독관이 말했다.

"당신이 체포된 건 사실입니다. 하지만 일을 그만둘 필요는 없습니다. 일상생활도 그대로 하면 됩니다."

"그렇다면 체포되는 것도 그다지 나쁠 건 없군요." K가 감독관에게 다가가며 말했다. "이런 식이라면 체포 사실을 꼭 알릴 필요도 없었던 것 같은데요."

"그게 내 의무였소." 감독관이 말했다.

"멍청한 의무로군요." K가 집요하게 말했다.

그러자 감독관이 말했다.

"그럴지도 모르지요. 이쨌든 이런 이야기로 시간 낭비하지 맙시다. 난 당신을 은행에 가라고 강요하는 게 아닙니다. 다만 당신이 그걸 원하리라고 생각했을 뿐이오. 당신 편의를 봐주고, 아무 일도 없었던 것처럼 출근할 수 있게 하려고 당신의 동료 세 사람을 이렇게 데려온 거요."

"뭐라고요?" K는 깜짝 놀라며 세 사람을 바라보았다. 그냥 사진을 구경하고 있던 사람들이라고 무심코 넘겼었는데 자세히 보니 그 젊은이들은 정말 은행 직원들이었다. 하지만 젊은 그들을 동료라고 할 것까지는 없었다. 그들은 은행 말단 직원들이었던 것이다.

어떻게 이들을 알아보지 못했을까? 얼마나 혼이 나가 있었으면 매일 보던 얼굴을 알아보지 못했던 것일까? 언제나 무표정한 얼굴의 라벤슈타이너와 금발에 눈이 쑥 들어간 쿨리히, 만성 근육 경련으로 언제나 억지웃음을 짓고 있는 것 같은 카미너가 바로 그들이었다.

K는 그들에게 다가가며 손을 내밀었다.

"안녕들 하신가? 이거, 전혀 못 알아봤네. 자, 이제 일하러 가야겠지?"

세 사람은 마치 이 말을 기다렸다는 듯 연신 고개를 끄덕였다.

그들은 모두 모자를 집어 들고 앞다투어 밖으로 나갔고 K가 뒤따랐다. 아래로 내려온 K가 시계를 보니 이미 30분이나 늦은 시각이었다. 그는 늦은 시간을 벌충하기 위해 택시를 타기로 마음먹었고, 마침 다가온 택시에 몸을 실을 수 있었다.

택시 안에서 K는 그들과 뭔가 이야기를 나누고 싶었다. 하지만 동행들은 어딘가 지친 모습이었다. 라벤슈타이너는 오른쪽 창밖을, 쿨리히는 왼쪽 창밖을 내다보고 있었으며 카미너만이 그를 향해 본연의 어색한 미소를 짓고 있었다.

그날 저녁 K는 평소와 달리 곧바로 집으로 갔다. 평상시 K는 거의 9시까지 사무실에 남아 있다가 업무가 끝나면 홀로, 혹은 동료들과 함께 산책을 하다가 맥줏집에 들러 단골 멤버들과 어울려 11시 정도까지 즐기곤 했다. 그 외에도 K는 일주일에 한 번씩 엘자라는 맥줏집 여종업원의 집을 찾아가곤 했다. 그녀는 밤부터 아침 늦게까지 종업원으로 일했고 낮에는 집으로 찾아오는 방문객을 침대에서 맞아주었다.

고된 업무에 시달리고 생일 축하 인사를 받는 동안 하루는 금세 지나갔다. K는 바쁜 와중에도 잠깐씩 아침에 벌어진 일에 대해 생각했지만, 일시적인 혼란이었을 뿐 질서가 회복되면 흔적조차 없이 말끔히 사라질 것이라고 그는 믿었다. 세 명의 직원에 대해서도 전혀 염려할 것이 없었다. 다시 은행이라는 거대한 조직에 파묻힌 그들의 모습에서는 그 어떤 변화도 눈치챌 수 없었다. K는 그들의 태도를 살펴보기 위해 한 명씩 자기 방으로 불러보았지만 흡족한 기분으로 그들을 돌려보낼 수 있었다.

9시 반쯤에 집에 도착한 K는 곧장 자기 방으로 가지 않고 그루바흐 부인의 방문을 두드렸다. 그녀와 무언가 이야기를 나누고 싶었던 것이다. 그녀는 식탁에 앉아 수북이 쌓인 양말을 집고 있었다. K는 건성으로 이렇게 늦게 찾아와 죄송하다고 말했고 그루바흐 부인은 매우 친절하게 그를 맞았다.

"늦게까지 일을 하시는군요." 식탁을 마주하고 자리에 앉으며 K가 말했다.

"일이 워낙 많아서요." 그녀가 말했다. "낮에는 하숙인들 일에 매어 있다 보면 제 일을 할 시간은 저녁밖에 없어요."

"오늘은 저 때문에 특별히 할 일이 생겨버렸지요?"

"무슨 말씀이신지요?" 그녀는 일감을 무릎 위에 내려놓고는 약간의 호기심을 보이며 물었다.

"오늘 아침에 왔던 남자들 말씀입니다."

"아, 그 일 말씀이로군요. 뭐, 별일 아니었는데요."

"아니, 귀찮게 해드린 게 분명합니다. 하지만 다시는 그런 일은 없을 겁니다."

"그럼요, 그럴 거예요. 너무 심각하게 생각하실 것 없어요. 문 뒤에서 잠깐 엿들은 것도 있고, 경찰들이 해준 이야기도 있는데……. 어쨌든 정말 심각하게 생각하실 것 없어요. 선생님이 체포된 건 분명한 것 같아요. 하지만 도둑이 체포되듯 체포된 건 아니잖아요. 만일 그렇다면 좋지 않은 일이겠지만 이런 건……, 이런 체포는 뭔가 복잡한 것 같아요. 제가 바보 같은 소리를 했다면 용서해주세요. 하지만 어쨌든 제가 이해하기에는 너무 복잡하고, 실제로 이해할 필요도 없는 일인 것 같아서……."

"부인, 전혀 바보 같은 소리가 아닙니다. 저도 부분적으로는 부인과 생각이 같습니다. 다만 뭐 그렇게 복잡한 사건이 아니라 그저 별것 아닌 소동 정도로 본다는 게 부인과 다를 뿐입니다. 그저 내가 준비가 안 되었을 때 기습을 당한 일이라서 당황한 것뿐입니다. 게다가 익숙한 일도 아니니까요. 어쨌든 다 지나간 일이니까 더 이상 이야기하고 싶지 않습니다. 다만 사리가 밝으신 부인의 생각이 어떤지 들어보고 싶었을 뿐입니다. 이 문제에 대해 저와 비슷한 생각을 가지고 계셔서 기쁩니다."

K는 손을 내밀며 말했다.

"자, 손을 이리 내밀어주세요. 악수를 해야 우리 생각이 같다는 게 확실해지니까요."

'이 여자는 과연 악수를 할까? 감독관은 손을 내밀지 않았다.' 그는 그런 생각을 하면서 여자를 살펴보았다. 그가 자리에서 일어나자 그녀도 자리에서 일어났다. 그녀는 전혀 생각지도 않던 말을 듣고 당황한 듯했다. 그녀는 K의 말을 이해하지 못한 듯 전혀 의도하지도 않던 엉뚱한 말을 했다.

"너무 어렵게 생각하지 말아요, K 선생님."

그녀는 왠지 울먹이듯 했고 당연히 악수하는 것을 잊었다.

"내가 이 일을 어렵게 생각했었는지 모르겠군요." K가 말했다. 갑자기 피곤해진 K는 이 여자가 동의하건 않건 아무 의미도 없다는 것을 깨달았다.

문밖을 나서며 K가 물었다.

"뷔르스트너 양은 집에 있습니까?"

"아뇨." 그루바흐 부인은 웃으면서 짧게 대답하고는 덧붙였다. "극장에 갔어요. 무슨 볼일이 있으세요? 제가 전해줄 말이라도?"

"아뇨, 특별히 할 말이 있는 게 아니라……. 오늘 그녀의 방을 사용한 데 대해 사과 좀 하려고요."

"그럴 필요 없어요. 그녀는 오늘 일에 대해서는 아무것도 몰라요. 제가 방을 말끔히 정리해 놓았거든요. 자, 직접 보세요."

그 말과 함께 부인은 뷔르스트너 양의 방문을 열었다. K는 열린 문을 통해 안을 들여다보았다. 정말로 모든 것이 깔끔하게 정리되어 있었다. 그루바흐 부인은 잠시 뷔르스트너 양이 너무 늦게 다닌다고, 행실이 좀 염려된다고 투덜거렸다. K는 그런 그루바흐 부인에게 잘 알지도 못하면서 함부로 남의 험담을 하는 게 아니라고 핀잔을 준 후 자신의 방으로 갔다.

방으로 들어온 그는 전혀 잠자리에 들 기분이 아니었다. 그는 뷔르스트너 양이 대체 몇 시쯤 들어오는지 알아볼 기회로 삼을 겸 깨어 있기로 했다. 그는 누군가 집으로 들어오면 소파에서 바로 바라볼 수 있게끔 응접실 쪽 방문을 약간 열어놓은 채 소파에 누웠다. 그는 그런 자세로 11시까지 시가를 피우며 얌전히 누워 있었다. 하지만 시간이 꽤 흐르자 그는 더 이상 자리에 누워 있지 못하고 응접실 쪽으로 나가서 서성였다.

그는 특별히 뷔르스트너 양을 향해 무슨 욕망을 느끼고 있는 것이 아니었다. 심지어 그녀의 생김새조차 잘 기억나지 않았다. 하지만 그는 어쨌든 그녀를 만나고 싶었고, 그녀가 이렇게 늦게 귀가함으로써 오늘 하루를 소동과 혼란의 날로서 완벽하게 마지막 방점을 찍고 있는 것 같아 화가 났다. 그가 오늘 저녁에 아무것도 먹지 못한 것도, 엘자를 찾아가려던 계획을 포기한 것도 모두 그녀의 탓으로 여겨졌다. 물론 지금이라도 엘자가 일하는 술집으로 간다면 두 가지 목적을 모두 달성할 수 있었다. 그는 뷔르스트너 양과의 대화를 끝낸 후에 그렇게 하기로 마음먹었다.

11시 반이 지났을 때였다. 계단에서 인기척이 들렸다. 응접실을 마치 자기 방인 양 서성이던 K는 얼른 자기 방문 뒤에 숨었다. 뷔르스트너 양이 돌아온 것이었다. 그녀는 몸을 부르르 떨면서 야윈 어깨에 두르고 있던 실크 숄을 끌어당기고는 현관문을 잠갔다. 이제 잠시 후면 그녀는 자기 방으로 들어갈 것이고 K가 야밤에 그녀 방으로 침범해 들어갈 수는 없는 노릇이었다. 그러니 지금밖에 말을 걸 기회가 없었다. 하지만 어두운 밤에 불쑥 모습을 드러내면 그녀가 놀랄 것이 뻔했기에 그는 문틈으로 속삭이듯 "뷔르스트너 양!"이라고 그녀의 이름을 불렀다. 그녀를 부른다기보다는 차라리 애원에 가까웠다.

"거기 누구 있어요?" 그녀가 눈을 동그랗게 뜨고 주위를 둘러보며 물었다.

"접니다." K가 말하면서 앞으로 나섰다.

"아, K 씨군요. 안녕하세요." 그녀가 미소를 지으며 손을 내밀었다.

"당신과 몇 마디 말을 나누고 싶은데, 괜찮으시겠어요?"

"지금요? 꼭 지금이라야 되나요? 좀 이상하지 않아요?"

"꼬박 9시부터 기다렸습니다."

"극장에 갔었어요. 당신이 기다리라는 생각은 전혀 하지 않았어요."

"바로 오늘 일어난 일 때문에 당신과 이야기를 나누고 싶어진 겁니다."

"그래요? 정말 너무 피곤하지만 뭐, 특별히 거절할 이유가 없네요. 그럼 제 방으로 가세요. 제가 제 방 불을 켤 테니까, 응접실 불을 끄고 들어오세요."

잠시 후 뷔르스트너 양이 그에게 들어오라고 말했고 K는 응접실 불을 끈 후 그녀의 방으로 들어갔다. 그녀는 그에게 낮은 소파를 턱으로 가리켰다. 정작 피곤하다던 그녀는 침대 기둥에 기대어 다리를 꼰 채 서 있었다.

"자, 무슨 일인지 말씀해보세요. 정말 궁금하네요. 하지만 간단하게 말씀해주셨으면 좋겠어요. 저는 긴 서론 같은 건 좋아하지 않거든요."

"그렇게 말씀해주시니 말하기가 더 수월해졌습니다." K가 말했다. "실은, 어느 정도 제 잘못이긴 하지만 오늘 이 방을 뜻하지 않게 좀 어질렀습니다. 나도 모르는 낯선 사람들이 한 짓이지만 어쨌든 제 잘못입니다. 그래서 그 일로 사과하려는 겁니다."

"제 방이요?" 뷔르스트너 양은 그 말과 함께 방을 둘러보았다. "뭐, 별로 어지럽혀진 것도 아니니 사과를 받아들이지요." 방 안을 둘러보던 그녀의 눈길이 사진들이 붙어 있는 벽걸이 매트 앞에서 멈추었다.

"어머! 사진들이 마구 뒤섞여 있네요. 정말로 누가 제 허락도 없이 제 방에 들어온 거로군요."

"아니, 저는 사진에 손을 대지 않았습니다. 이렇게 된 이상

소송

138

털어놓을 수밖에 없군요. 심리 위원회에서 세 명의 우리 은행 직원을 데려왔는데, 그중 한 사람이 사진에 손을 댄 것 같습니다. 기회가 되면 그 친구를 해고하겠습니다."

뷔르스트너 양이 뭔가 묻는 듯한 눈길을 K에게 보내자 그가 덧붙여 말했다.

"네, 심리 위원회가 이곳에서 열렸습니다."

"선생님 때문에요?" 그녀가 물었다.

"그렇습니다."

"그럴 리가요!" 그녀가 웃으며 외쳤다.

"사실입니다. 당신은 내가 결백하다고 믿는군요. 그렇지요?"

"글쎄요, 결백하다……?" 그녀가 말했다. "그런 중요한 판단을 성급하게 내리고 싶지는 않아요. 게다가 저는 선생님을 잘 알지도 못해요. 암튼 심리 위원회를 이렇게 직접 파견할 걸 보면 중범죄인 게 틀림없네요. 그런데 선생님이 이렇게 자유롭게 지내고 태연한 걸 보면 감옥에서 도망친 것은 아닌 것 같고, 암튼 그런 중한 죄를 저질렀을 리가 없어요."

"심리 위원회에서 제게 죄가 없거나, 생각했던 만큼 죄가 크지 않다고 판단했을 수도 있습니다. 저, 그런데, 아가씨는 법적인 문제에는 경험이 많지 않겠지요?"

"사실이에요. 하지만 앞으로는 그 문제에 대해 많은 걸 알 게 될 거예요. 다음 달부터 법률 사무소에서 일하게 됐거든요."

"거 참, 잘된 일이군요. 아가씨가 제 일을 좀 도와줄 수도 있겠네요."

"그럴 수 있을 거예요." 뷔르스트너 양이 말했다. "못 할 이유가 없잖아요. 제 지식을 활용할 기회이기도 하고요. 그런데 제가 선생님께 도움을 드리려면 무슨 사건인지 알아야 하겠지요."

"그게 문제입니다." K가 재빨리 대답했다. "실은 나 자신도 잘 모르니까요."

"그렇다면 지금까지 저를 놀리신 거로군요." 뷔르스트너 양이 크게 실망한 표정으로 말했다. "그런 일로 이렇게 밤늦은 시각을 택하실 필요도 없었을 텐데요."

"아니, 제가 아가씨를 놀리는 게 아닙니다." K가 황급히 말했다. "정말 저도 모르는 일입니다. 실은 제가 아는 것 이상으로 말씀드린 겁니다. 사실상 그건 심리 위원회도 아니었거든요. 심리 같은 건 없었고, 저는 그저 체포되었을 뿐입니다. 그런데 그게 무슨 위원회 비슷한 것에 의해서였습니다."

뷔르스트너 양은 소파에 털썩 주저앉으며 웃음을 터뜨렸다.

"그래, 어떤 식의 위원회였는데요?"

하지만 순간 K는 위원회 일에 대해 생각하는 대신 그녀의 모습에 매료되고 말았다. 그는 그녀의 물음에 그냥 단순하게 "정말 끔찍했어요"라고만 대답했다.

"정말 너무 막연하군요. 설명 안 하실 거면 이만 돌아가주세요. 저, 정말 피곤해요."

그러자 K는 당황한 표정을 지으며 장황하게 오늘 아침에 있었던 상황을 묘사하기 시작했다. 그리고 차츰 자기의 역할에 몰두해서 목소리가 높아졌다.

그때였다. 옆방으로 통하는 문에서 노크 소리가 났다. 뷔르스트너 양은 놀라서 얼굴이 창백해졌고 K는 더 크게 놀랐다. 그는 재빨리 뷔르스트너 양의 손을 잡으며 말했다.

"겁낼 것 없어요. 내가 다 알아서 처리하겠습니다. 그런데 도대체 누구지요? 저 옆방은 거실이라 아무도 거기서 잠을 자지 않을 텐데요."

"아니에요." 뷔르스트너 양이 K의 귀에 대고 속삭였다. "어제부터 그루바흐 부인의 조카가 잠을 자고 있어요. 대위라고 하더군요. 빈방이 없어서 거기서 잔다고 했어요. 저도 그 사실을 깜빡했어요. 정말로 그렇게 소리를 지르면 어떻게 해요? 제가 정말로 곤란해지잖아요."

"그렇게 곤란해 할 필요 없어요." K는 그 말을 하면서 그녀가 쿠션에 몸을 눕히자 이마에 입을 맞추었다.

"저리 가요. 저리 가." 그녀가 재빨리 몸을 일으켰다. "어서 가세요. 도대체 어쩌려는 거예요? 저 사람이 문가에서 다 듣고 있단 말이에요."

"걱정 말아요. 저 사람이 그루바흐 부인의 조카라면서요? 그루바흐 부인은 나를 무척 존경합니다. 내 말이라면 다 믿어요. 게다가 내게서 목돈을 빌렸으니 내 신세도 지고 있는 셈입니다. 당신에게 조금도 누(累)가 가지 않게 말을 해주면 됩니다. 필요하다면 내가 덮쳤다고 해도 돼요. 내가 그렇게 말한다면 그루바흐 부인이 믿지 않을 리가 없지요."

"말씀 감사해요. 하지만 받아들이지 않겠어요. 제 방에서 일어나는 일에 대해서는 모두 제가 책임을 져야 하니까요. 게다가 선생님의 제안은 제게 모욕적이기도 해요. 자, 이제 방으로 돌아가주세요. 혼자 있고 싶어요. 잠깐이면 된다고 하시더니 벌써 30분이 넘었어요."

그는 그녀의 손을 잡고 문 쪽으로 갔다. 그는 실제로 밖으로 나갈 생각이었다. 그러나 막상 문 앞에 서게 되자 마치 그곳에 문이 있는 것을 몰랐던 사람처럼 멈칫했다. 순간 뷔르스트너 양이 그에게 잡힌 손목을 빼내더니 재빨리 문을 열고 응접실로 나갔다.

"어서 나와보세요. 자, 저걸 보세요." 응접실로 나간 뷔르스트너 양이 가리키는 거실 문 아래로 불빛이 새어 나오고 있었다. "저 사람은 불을 켜놓고 우리들을 비웃고 있어요."

응접실로 나온 K는 그녀를 붙잡고 입술에 키스를 하더니 이어서 그녀의 온 얼굴에 입을 맞추었다. 마치 목마른 짐승이 샘물을 발견하고 혀를 마구 휘두르는 것 같았다. 그런 후 그는 그녀의 목, 후두 부분에 입술을 오랫동안 대고 있었다. 그런데 대위의 방에서 뭔가 바스락거리는 소리가 나자 그는 입술을 떼었다.

"이제 가겠습니다." 그는 그녀의 세례명을 부르고 싶었지만 이름을 알지 못했다. 그녀는 피곤하다는 듯 고개를 끄덕이고는 몸을 반쯤 돌린 채 그가 입을 맞추도록 손을 내주고 잠시 서 있었다. 그러고는 곧바로 방으로 들어갔다.

잠시 후 K는 자기 침대에 누웠다. 그는 금세 잠이 들었는데 잠들기 전에 잠깐 자신의 행동에 대해 생각했다. 그는 자신의 행동이 만족스러웠지만 생각만큼은 만족스럽지 못한 것에 놀랐다. 그는 대위 때문에 뷔르스트너 양이 적잖이 염려되었던 것이다.

제2장 첫 심리

K는 그의 사건에 대한 간단한 심리가 다음 일요일에 열릴 것이라는 전화 통고를 받았다. 상대방은 이런 식의 심리가 매주는 아니더라도 자주 정기적으로 열릴 것이라는 사실도 알려주었다. 이어서 일요일을 심리일로 잡은 것은 K의 직장 업무에 방해가 되지 않기 위해서라고 했다. 또한 K가 이 결정에 따를 것이라고 생각하지만 만일 다른 날을 원한다면 가능한 한 조정해보겠다고 했다. 예컨대 야간에 심리가 열릴 수도 있지만 그럴 경우 K의 머리가 맑지 않을 수도 있지 않겠냐는 것이었다. 어쨌든 K가 별다른 이의를 제기하지 않는다면 심리 날짜는 일요일로 정해졌다고 했다. 이어서 상대방은 출두해야 할 건물의 주소를 알려주었는데, K가 아직 한 번도 가본 적이 없는, 도심

으로부터 멀리 떨어진 교외에 있는 건물이었다.

　이런 식의 통보를 받은 K는 아무 대답도 없이 수화기를 내려놓았다. 그는 전화로 통고받은 대로 이번 일요일에 그곳에 가기로 마음먹었다. 일단 소송이 시작되었으니 그에 대응하는 것이 당연했고 이번 첫 심리가 마지막 심리가 되도록 힘써야 했다.

　일요일은 날씨가 좋지 않았다. K는 몹시 피곤하여 하마터면 늦잠을 잘 뻔했다. 전날 저녁 늘 만나던 사람들과 밤늦게까지 술자리를 한 때문이었다. 그는 주중 내내 생각해 두었던 여러 계획들을 점검해볼 겨를도 없이 서둘러 옷을 입었다. 그는 아침 식사도 거른 채 바삐 저쪽에서 일러준 교외로 향했다. 주위를 둘러볼 여유조차 없었는데도 불구하고 그는 정말 이상하게도 가는 길에 이 사건과 연루된 세 명의 은행원, 라벤슈타이너와 쿨리히, 카미너와 마주쳤다. 앞의 두 사람은 전차를 타고 가다가 건널목을 건너던 K와 마주쳤고 카미너는 카페에 앉아 있다가 K를 바라보는 순간 호기심을 띤 얼굴로 난간 너머로 몸을 내밀었다. 세 사람 모두 그들의 상사가 달려가는 모습을 보고 놀라서 그를 유심히 바라보았다. K가 차를 타지 않고 걸어서 간 것은 일종의 자존심 때문이었다. 그는 비록 사소한 것일지라도 자신의 일에 남의 도움을 받고 싶지 않았던 것이다. 또한 너무 정확하게 시간을 지켜서 심리 위원회 앞에서 스스로를 낮추고 싶지도 않았다. 그는 정확히 몇 시까지 출두하라는 통보를 받지는 않았지만 가능한 한 9시까지는 도착하리라 작정하고 뛰어가고 있었다.

그는 자신이 찾는 건물이 정확히 어떤 것인지는 모르지만 무슨 표지가 있거나, 건물 입구에 뭔가 특별한 움직임들이 있어 멀리서도 건물을 알아볼 수 있으리라고 생각했다. 그 건물은 율리우스 거리에 있다고 했다. 하지만 거리 초입에 다다르니 길 양쪽으로 가난한 사람들이 살고 있는 회색의 고층 임대 주택들이 늘어서 있을 뿐이었다. 일요일 아침이어서인지 대부분의 창가에는 사람들이 모습을 보이고 있었다. 그들은 서로 마주 보며 큰 소리로 대화를 나누기도 했고 웃음을 터뜨리기도 했다. 긴 거리를 따라 작은 식료품 가게들이 드문드문 있었으며 여자들이 가게를 들락거리거나 가게 앞 계단에 앉아 수다를 떨고 있었다.

K는 골목 안으로 아주 천천히 걸어 들어갔다. 마치 시간의 여유가 있는 것처럼, 혹은 마치 예심판사가 어느 창문을 통해 그를 보고 그가 도착한 것을 확인이라도 한 것처럼 느린 걸음

걸이였다. 9시가 조금 지나 있었다. 건물은 골목 깊숙한 곳에 있었는데 상당히 넓은 면적을 차지하고 있었고 특히 정문이 높고 넓었다. 화물 차량들의 출입을 위해서인 것이 분명했다.

K는 마당으로 들어섰다. 커다란 마당을 둘러싸고 있는 물품 창고들은 닫혀 있었다. 창고마다 각 회사 명칭과 로고가 붙어 있었는데 그중 몇몇은 K가 은행 업무를 통해 알고 있는 회사 명칭이었다.

K는 심리가 열리는 방을 찾기 위해 계단 쪽으로 향하다가 발걸음을 멈추었다. K의 눈에 처음 띈 계단 외에 계단이 세 개나 더 있었던 것이다. 게다가 마당 저쪽 끝에는 다른 마당으로 연결되는 것 같은 통로가 있었다. K는 그들이 심리실의 위치를 보다 정확히 일러주지 않은 데 대해 화가 치밀었다. 잠시 망설이던 그는 첫 번째 계단을 올라가기 시작했다. 법원은 죄에 이끌리게 되어 있다는 경찰관 빌렘의 말이 갑자기 생각났고 그렇다면 법원은 자신이 우연히 택한 계단 위에 있으리라고 단정한 것이다.

계단을 오르면서 그는 계단에서 놀고 있던 아이들을 제치느라 방해할 수밖에 없었다. 아이들은 그들 사이를 지나가는 K를 빤히 쳐다보았다. '다음에 오게 된다면 애들 환심을 사기 위해

사탕을 가져오거나 이놈들을 때릴 지팡이라도 가져와야겠군'
이라고 K는 속으로 생각했다.

2층에 오르자 실질적으로 방을 찾는 일이 시작되었다. 그는
사람들에게 심리 위원회가 어디 있느냐고 직접 물어볼 수는 없
는 노릇이라고 생각하고는 란츠 목수라는 인물을 하나 고안해
냈다. 그 이름이 떠오른 것은 그루바흐 부인의 조카 이름이 바
로 란츠 대위인 때문이었다. 그는 집집마다 돌아다니며 혹시 이
집에 란츠 목수가 사느냐고 물으면서 안을 살펴볼 작정이었다.

거의 대부분의 문이 열려 있었기에 그는 쉽사리 안을 들여다
볼 수 있었다. 그는 닫혀 있는 문을 노크한 다음, 문을 열어주면
"혹시 이 집에 란츠 목수가 살고 있습니까?"라고 물으며 안을
들여다보았다. 문은 대부분 여자가 열어주었고, K의 질문을 들
은 여자들은 안을 향해 "어떤 신사분이 란츠라는 목수가 이곳
에 사는지 묻는데요"라고 남자에게 말하곤 했다.

그런 식으로 그는 6층까지 올라갔다. 6층에 올라간 그는 무
턱대고 6층의 첫 번째 방문을 두드렸다. 여자가 문을 열어주자
제일 먼저 눈에 들어온 것은 벽시계였는데 벌써 10시를 가리키
고 있었다.

"이곳에 란츠라는 목수가 살고 있습니까?" 그가 물었다.

"누구요?" 기저귀를 빨고 있던 빛나는 검은 눈의 여자가 되묻더니, 젖은 손으로 바로 옆쪽에 열려 있는 문을 가리켰다.

K는 자신이 어떤 집회에 들어가는 것 같다고 생각했다. 창문이 둘 달린 중간 크기의 방은 각양각색의 사람들로 붐비고 있었다. 그들 중 새로 들어온 그에게 신경을 쓰는 사람은 아무도 없었다. 그런데 그가 문 앞에서 이야기를 나누고 있던 두 사내 사이를 비집고 안으로 들어가려는데 누군가 그의 손을 잡았다. 발그레한 얼굴의 작은 소년이었다.

"이리 오세요, 이리로." K는 소년이 이끄는 대로 따라갔다. 놀랍게도 군중들 사이에는 작은 통로가 나 있었는데 아마 그 통로를 기준으로 오른쪽, 왼쪽의 두 파로 나뉘어져 있는 것 같았다. 양쪽 첫 번째 열의 사람들이 서로 등을 돌리고 있는 것도 그런 정황을 뒷받침해주었다. 그들은 대개 축 늘어진 낡고 긴 검은색 예복 차림이었다. K가 당혹스럽게 생각한 것은 바로 그 옷차림이었다. 그 옷차림만 아니었다면 이 모임은 지역 정치 집회로 보였을 것이다.

K는 홀의 다른 쪽 끝으로 인도되었으며 그곳 역시 사람들로 붐비고 있었다. 그곳에는 아주 낮은 연단이 있었고 연단 가까

이 놓인 탁자 뒤에 체격이 작고 뚱뚱한 남자가 거친 숨을 몰아 쉬며 앉아 있었다. 남자는 다리를 꼬고 의자 등받이에 팔을 걸친 채 자기 뒤에 서 있는 남자와 큰 소리로 웃으며 이야기를 나누고 있었다. K를 안내해 온 소년은 애를 써서 겨우 그 사람에게 보고를 할 수 있었다. 그러자 남자는 시계를 꺼내더니 K를 힐끗 쳐다보며 말했다.

"당신, 1시간 5분 전에 출두했었어야 합니다."

K는 그에게 뭔가 답변을 하려 했으나 그럴 기회를 잡을 수 없었다. 남자가 말을 마치자마자 홀 오른쪽 사람들이 뭔가 불만이 있는 듯 웅성거리기 시작한 때문이었다.

"당신은 1시간 5분 전에 출두했어야 했단 말이오." 남자가 목소리를 높여 다시 말하더니 재빨리 아래쪽 홀을 내려다보았다. 그러자 불만의 목소리가 더 커졌다가 남자가 가만히 있자 잠잠해졌다.

이러쿵저러쿵 왈가왈부하기보다는 되는 대로 지켜보겠다고 작정하고 있었기에 K는 늦게 온 데 대한 변명을 포기하고 입을 열어 말했다.

"좀 늦었는지는 모르지만, 어쨌든 지금 이렇게 이곳에 출두했습니다."

그러자 홀 오른쪽 사람들 사이에서 박수갈채가 터져 나왔다.

'자기편으로 끌어들이기 쉬운 사람들이로군'이라고 K는 생각했다. 그러면서도 산발적인 박수 소리만 들릴 뿐 침묵을 지키고 있는 자기 바로 뒤의 사람들에게 신경이 쓰였다. 그는 저들 모두의 지지를 받으려면 무슨 말을 해야 할지, 혹은 그것이 불가능하다면 최소한 한쪽만이라도 전폭적인 지지를 하게 하려면 무슨 말을 하는 게 좋을지 잠시 곰곰이 생각했다.

"그렇군." 사내가 말했다. "어쨌든 나는 더 이상 당신을 심문할 의무가 없소." 그러자 사람들이 다시 불만에 차서 웅성거렸다. 하지만 그 웅성거림은 너무 성급한 것이었다. 그가 손짓으로 사람들을 저지하면서 말을 이었던 것이다.

"하지만 오늘은 예외적으로 심문을 하겠소. 다시는 이런 식으로 늦지 마시오. 자, 앞으로 나오시오."

그러자 어떤 사람 한 명이 연단에서 뛰어 내려왔다. K에게 설 자리가 마련된 셈이었다. K는 연단 위로 올라갔다. 그는 탁자 쪽에 바싹 붙어 있었는데 뒤쪽에 몰려든 사람들이 마구 밀쳐대고 있어 완강하게 버텨내야만 했다. 만일 그러지 않다가는 예심판사의 탁자와 예심판사까지 연단에서 밀려 떨어질 판이었다.

하지만 예심판사는 그런 것에는 전혀 개의치 않는다는 표정
으로 탁자 위에 있던 작은 메모장을 집어 들었다. 학교에서 쓰
는 낡은 연습장 같은 것이었는데 얼마나 뒤적거렸는지 너덜너
덜했다.

"그러니까……." 판사는 메모장을 뒤적거리며 다 알고 있는
사실을 확인하듯 말했다. "건물 페인트공이지요?"

"아닙니다." K가 서둘러 대답했다. "저는 큰 은행의 부장입니다."

그의 말이 끝나자 아래 오른쪽 그룹에서 웃음이 터져 나왔고
K도 따라 웃지 않을 수 없었다. 사람들은 두 손을 무릎 위에 얹
고 몸을 지탱한 채 심한 감기에라도 걸린 것처럼 몸을 흔들어
댔다. 예심판사는 화가 난 듯 자리에서 벌떡 일어나며 방청석
을 향해 위협적인 눈길을 던졌다.

하지만 홀의 왼쪽 절반은 여전히 조용했다. 그쪽 사람들은
얼굴을 연단으로 향한 채 위에서 주고받는 말과 다른 방청석의
소동에 얌전히 귀를 기울이고 있을 뿐이었다. 그들은 오른쪽
사람들보다 수도 적고 별로 중요해 보이지도 않았지만 그들의
차분한 행동 때문에 무게감이 있어 보였다. K는 말을 시작하면
서 자신도 그들과 마찬가지로 행동하고 있다고 확신했다.

"예심판사님! 판사님은 방금 제게 페인트공이냐고 물었습니

다. 사실은 물은 게 아니라 그렇게 단정하셨지요. 어쨌든 판사님의 그 질문이 저에 대한 이 소송 절차의 성격을 특징적으로 보여주고 있습니다. 아마 판사님께서는 저에 대한 소송 절차 같은 건 없다고 반박하실지도 모르겠습니다. 그렇다면 판사님이 옳습니다. 제가 소송 절차가 있다고 인정할 때만 그것이 존재할 수 있으니까요. 하지만 지금으로서는 소송 절차가 있음을 인정하겠습니다. 판사님을 동정해서입니다. 이런 일에 처해서 동정심을 갖지 않는 것은 불가능하지요. 절차가 제대로 진행되지 않았다는 것을 지적하기 위해 드리는 말씀이 아닙니다. 다만 이 소송 절차를 제가 인정한다는 사실을 확실히 밝히고 싶어서 드리는 말씀입니다.”

K는 말을 마치고 홀을 내려다보았다. 그의 말은 날카로웠다. 그가 의도했던 것보다 더 날카로웠다. 하지만 그의 말은 옳은 말이었다. 여기저기서 박수 소리가 들릴 만도 했지만, 모두 잠자코 있었다. 그들은 분명 다음에 벌어질 일을 기다리고 있었다. 그 무언가 폭발하기 전의 정적이 깔려 있는 것 같았다.

예심판사는 충격을 받은 듯했다. 내내 서서 K의 이야기를 듣고 있던 예심판사는 K가 말을 중단하자 마치 남에게 들키지 않으려는 듯 살그머니 자리에 앉았다. 그런 후 그는 메모장을 집어 들었다. 평온을 가장하기 위한 행동임이 분명했다.

"판사님, 그걸 보셔도 소용없습니다." K가 말을 이었다. "메모지를 보았자 제 말이 옳다는 걸 확인하실 수 있을 뿐입니다." 낯선 사람들이 가득 찬 홀에서 오로지 자신의 조용한 말소리만 들리고 있는 것이 만족스러웠던 K는 갑자기 예심판사가 들고 있던 메모장을 낚아채더니 마치 뭔가 불쾌한 것이라도 되는 양 손가락 끝으로 그중 한 장을 잡고는 공중에 치켜들었다. 그러자 글자가 빽빽하게 적힌 누렇게 바랜 종이들이 양옆으로 축 늘어졌다.

"이게 바로 예심판사님의 공식 서류란 말이지요?" 그 말과 함께 그는 메모장을 탁자 위에 떨어뜨렸다. "자, 예심판사님, 어디 마음껏 읽어보시지요. 저야 겨우 손가락으로 집어들 수 있을 뿐 내용을 확인할 수는 없지만 그런 건 전혀 겁나지 않습니다."

예심판사는 탁자 위에 떨어진 메모장을 움켜잡더니―굴욕감의 표시임이 분명했으며 적어도 그렇게 볼 수밖에 없었다―잠시 매만진 후 앞에 들고 읽기 시작했다.

K는 긴장한 모습으로 서 있는 맨 앞줄의 사람들을 잠시 내려다보았다. 모두 나이가 지긋한 사람들이었고 수염이 허연 사람들도 있었다. K가 입을 연 후에도 미동도 하지 않은 이 사람들,

예심판사가 굴욕적인 일을 당했는데도 얌전히 있는 이 사람들이 여기 모인 사람 모두에게 영향을 미칠 수 있는 결정적인 사람들이 아닐까?

"제게 일어났던 일은" K는 맨 앞줄 사람들의 얼굴을 살피며 전보다 목소리에서 힘을 빼고 말을 이어나갔다. 그 때문에 약간 긴장하고 심란해하는 것 같은 느낌을 주었다. "제게 일어났던 일은 제 개인에게만 국한된 문제가 아닙니다. 만일 그랬다면 이 사건 자체가 제게 별로 대단한 일이 아니므로 별로 대수롭지 않게 생각했을 겁니다. 하지만 이 일은 수많은 사람들을 향해 소송이 어떤 식으로 행해지고 있는가를 보여주는 대표적인 징표입니다. 제가 이 자리에 서 있는 것은 저 자신을 위해서가 아니라 바로 그들을 위해서입니다."

그는 자신도 모르게 목소리를 높였다. 홀 어디에선가 누군가 손을 들어 박수를 치며 외쳤다.

"브라보! 맞는 말이오! 브라보!"

앞줄에 서 있던 사람들 중에는 수염을 쓰다듬는 사람이 있었을 뿐 뒤를 돌아보는 사람은 없었다. K도 그 외침을 그다지 대단하게 생각하지는 않았지만 격려는 되었다. 그는 말을 이었다.

"저는 훌륭한 웅변가가 되려는 게 아닙니다. 제게는 그런 능력도 없습니다. 연설이야 예심판사님이 훨씬 더 잘하시겠지요. 직업이니까요. 저는 단지 공적인 부당 행위를 공개적으로 논의하고 싶을 뿐입니다. 들어보십시오. 저는 열흘 전에 체포되었습니다. 체포 자체가 우스운 일이지만 그건 논외로 치기로 하지요. 그들은 제가 아직 잠자리에 누워 있을 때 저를 찾아왔습니다. 예심판사님의 말씀으로 미루어보건대 저처럼 죄가 없는 어떤 페인트공을 체포하라는 명령을 받은 것 같은데 그들은 저를 택한 것입니다. 두 명의 난폭한 경찰이 옆방을 점령했습니다. 제가 위험한 강도였다 하더라도 그보다 더 심하게 경계하지는 않았을 것입니다.

게다가 그 경찰들은 파렴치한 자들이었습니다. 그들은 지겨울 정도로 제게 떠들어댔고 뇌물을 요구했으며 제 옷들을 사취(詐取)하려 했고 제 앞에서 제 아침 식사를 먹어 치우고는 제게 아침 식사를 사다주겠다며 돈을 요구했습니다. 그뿐이 아닙니다. 저는 다른 방에 있는 감독관 앞으로 불려갔습니다. 그 방은 제가 무척 존경하는 어떤 숙녀의 방이었는데 저는 감독관과 경찰들이 저 때문에 그 방을 어지럽히는 것을 속수무책으로 보고 있을 수밖에 없었습니다. 저는 얌전히 참아내기가 어려웠지만 그럴 수밖에 없었습니다. 어쨌든 저 때문에 벌어진 일이니까요. 그리고 차분하게 감독관에게 제가 체포된 이유를 물었습니다. 감독관이 어리석을 정도로 오만하게 숙녀의 의자에 앉아 있던 모습이 지금도 눈에 선합니다. 그가 뭐라고 대답했을까요?

여러분! 그는 사실상 아무 대답도 하지 않았습니다. 저를 체포한 이유를 그도 모르고 있던 게 분명합니다. 저를 체포해놓고 그것으로 만족하고 있었던 것입니다. 게다가 그는 쓸데없이 제 직장 부하 세 명을 불렀습니다. 목적은 뻔합니다. 저의 하숙집 여주인과 하녀와 함께 제가 체포되었다는 사실을 널리 알려서 제 명예를 훼손하고 은행에서의 제 위치를 흔들기 위해서였지요. 하지만 그는 조금도 성공을 거두지 못했습니다. 저의 하숙집 여주인은—그녀의 이름은 그루바흐입니다—분별력 있게도 이런 식의 체포 행위는 청소년들이 골목길에서 저지르는 못된 짓과 다름없다는 것을 알고 있었습니다. 다시 말씀드리지만, 이 모든 일은 제게 불쾌감과 일시적인 분노를 가져다주었을 뿐입니다. 그 외에 어디 더 나쁜 결과가 있을 수 있을까요?"

K는 여기서 말을 중단하고 침묵을 지키고 있는 예심판사를 바라보았다. 그런데 예심판사가 군중들 중 누군가에게 얼핏 눈으로 무슨 사인을 보내는 것을 본 것 같았다. K는 미소를 지으

며 말했다.

"제 곁에 계신 예심판사님께서 여러분들 중의 누구에겐가 신호를 보내는 것 같군요. 뭔가 지시를 받은 사람이 있다는 뜻이겠지요. 야유를 보내라는 신호인지 갈채를 보내라는 신호인지 알 수는 없지만 상관없습니다. 자, 예심판사님께 공개적으로 권한을 드리지요. 돈을 주고 고용한 사람들에게 그렇게 비밀스런 신호를 보내지 마시고 큰 소리로 명령을 내리십시오. '야유를 보내라!'라고 말하신 다음, '박수를 쳐라!'라고 말씀하시면 되겠네요."

예심판사는 당황해서인지 아니면 초조해서인지 의자 위에서 몸을 앞뒤로 움직였다. 연단 아래 사람들은 이제 활기차게 이야기를 나누고 있었다. 조금 전까지만 해도 명확히 둘로 갈라져 있던 것 같던 집단들이 이제는 서로 뒤섞이기 시작하면서 몇몇은 K를 또 다른 몇몇은 예심판사를 손가락으로 가리키고 있었다.

그때 K가 갑자기 탁자를 내리치며 말했다.

"제 말은 이제 곧 끝날 테니 들어보십시오. 여러분들끼리 의견을 나누는 일은 나중으로 미뤄주시기 바랍니다. 제게는 쓸데없이 낭비할 시간이 없습니다. 저는 곧바로 가봐야 합니다."

장내가 일순 조용해졌다. K가 실내를 완전 장악하고 있다는 증거였다. 사람들은 처음처럼 소리를 지르거나 박수를 치지는 않았지만 비록 완전히는 아니더라도 어느 정도 그의 말을 받아들이고 있는 것 같았다.

K는 홀 안의 모든 사람들이 자신의 말에 귀를 기울이며 집중하고 있는 모습에 기분이 좋았다. 그런 정적 가운데 들리는 바스락거리는 소리는 열광적인 박수갈채보다 더 자극적이고 황홀했던 것이다. 그는 말을 이었다.

"의심의 여지가 없습니다. 이 법정에서 말해지고 있는 모든 것을 결정하는 거대한 배후 조직이 있습니다. 제 경우, 그 조직은 저의 체포와 오늘 벌어진 심리의 배후 조직으로서 뇌물을 밝히는 경찰들, 바보 같은 감독관, 그저 평범하다고 말할 수밖에 없는 예심판사를 고용하고 있습니다. 더 나가 이 조직은 보다 높은 계층의 사법관들, 그 외 부수적인 정리(廷吏), 서기, 경찰관과 보조 인력을 거느리고 있습니다. 물론 사형 집행인도 포함되어 있겠지요.

그렇다면 여러분, 이 거대한 조직의 목적은 무엇일까요? 그 목적은 제 경우처럼 무고한 사람을 체포해서 아무 소득도 없는 소송을 벌이는 것입니다. 이렇게 아무 의미도 없는 일을 하는 관리들이 어찌 부패하지 않을 수 있겠습니까? 그것은 불가능합니다. 최고 재판관이라 한들 혼자서는 어쩔 도리가 없습니다."

그가 거기까지 말했을 때였다. 홀 저쪽 끝에서 갑자기 날카로운 비명 소리가 들렸다. 한 남자가 어떤 여자를 문가 구석으로 데려가 갑자기 껴안았기에 소동이 인 것이었다. 여자는 바로 빨래를 하면서 K에게 이곳이 법정임을 가르쳐준 여자였다. 어느새 그녀도 이곳에 들어와 있었던 것이다. 두 사람 주위에 사람들이 몰려 서 있었다. 마치 그들은 K 때문에 공연히 진지해진 홀의 분위기가 깨진 것을 기뻐하고 있는 듯했다. K는 그쪽으로 달려가려 했다. 홀의 질서를 회복하기 위해 그 남녀를 이곳에서 끌어내기를 모두 바라고 있으리라 생각한 것이다. 하지만 앞줄에 서 있던 사람들은 아무도 길을 터주지 않았을 뿐더러 오히려 그를 가로막고 나섰다. 나이 든 사람들은 팔을 내뻗었고 누군가 그의 목덜미를 붙잡았다. 그는 무작정 연단에서 뛰어내렸다. 이제 그는 몰려든 군중들과 대치하는 형국이 되고 말았다.

그는 과연 이 군중들을 제대로 판단한 것이었을까? 그는 자신의 연설 효과를 과신했던 것이 아니었을까? 그들은 그가 연설을 하는 동안 내내 가식적인 태도를 보이다가 결국에는 그가식적인 태도에 싫증이 난 것일까? 오, 그를 둘러싸고 있는 그 얼굴들의 꼴이라니! 검고 작은 눈들이 여기저기서 깜빡이고 있었으며 양 볼은 술주정뱅이처럼 축 늘어져 있었고 긴 수염은 성기고 뻣뻣했다.

그런데 그 턱수염 아래—그것이 바로 K의 진정한 발견이었다—상의 옷깃에서 다양한 크기와 색깔의 배지가 반짝거리는 모습이 보이는 게 아닌가! 그의 눈에 보이는 사람들은 모두 그 배지를 달고 있었다. 그들은 오른쪽과 왼쪽으로 갈라져 있는 것처럼 보였지만 실은 모두 한통속이었던 것이다. K가 갑자기 고개를 돌려 보니 예심판사의 옷깃에도 같은 배지가 달려 있었다. 예심판사는 두 손을 무릎 위에 올려놓은 채 조용히 K를 내려다보고 있었다.

"그렇군!" K가 갑작스럽게 깨닫고는 더 많은 공간이 필요해진 듯 양팔을 허공에 쳐들며 외쳤다. "당신들 모두 이 조직을 위해 일하는 사람들이로군! 당신들이야말로 내가 방금 전에 말한 사기꾼, 거짓말쟁이 집단이로군! 당신들 모두 내 말에 귀를 기울이고 나를 염탐하기 위해 여기 모인 거야. 겉으로만 편을 갈라놓고 한 그룹은 내게 박수까지 치면서 나를 시험해본 거로군. 죄 없는 사람에게 어떻게 올가미에 씌울 수 있는지 배우려

한 거야! 좋아! 당신들이 헛걸음을 한 게 아니길! 당신들에게 무고한 사람을 변호해주길 기대했던 사람을 실컷 갖고 놀았기를! 자, 이거 놓으시지. 안 그러면 한 대 칠거야."K는 자기와 가장 가까운 곳에 떠밀려 와서 덜덜 떨고 있는 노인에게 호통을 쳤다.

그는 탁자 귀퉁이에 놓여 있던 모자를 재빨리 집어 들고 넋이 빠져 침묵을 지키고 있는 군중들 사이를 헤집고 출구 쪽으로 갔다. 그런데 예심판사가 K보다 재빨리 출구로 가서 이미 그를 기다리고 있었다.

"잠깐." 그가 말했다. K는 걸음을 멈추었지만 예심판사에게 눈길을 돌리지 않고 그가 이미 손잡이를 잡고 있는 문을 바라보았다.

"당신에게 당신이 아직 모르고 있는 사실을 하나 지적해주지." 예심판사가 말했다. "당신은, 오늘 이런 식의 심리가 체포된 사람에게 가져다줄 수 있는 이득을 스스로 포기한 거야."

K가 문을 향해 웃음을 터뜨렸다.

"이런 형편없는 놈들!" 그가 소리쳤다. "그 모든 심리들을 당신들에게 선물로 주겠다!"

그는 문을 열고 황급히 계단을 내려갔다. 등 뒤에서 다시 생

기를 되찾은 소음이 들려왔다. 아마도 오늘 벌어진 일에 대해
과학적 연구라도 하는 듯, 토론이 벌어진 모양이었다.

제3장 텅 빈 법정에서 – 대학생 – 법원 사무실

K는 다음 한 주일 내내 다시 소환장이 오기를 기다렸다. 더이상 심리를 받지 않겠다는 자신의 말이 받아들여졌으리라고 믿을 수 없었던 것이다. 그런데 토요일까지도 소환장은 날아오지 않았다. 그는 일요일 날 같은 시각에 같은 곳으로 출두하라는 무언의 통지로 생각하고 일요일에 다시 그곳으로 찾아갔다.

한 번 왔던 곳이기에 그는 곧바로 법정으로 들어가는 문에 도착할 수 있었다. 그가 노크를 하자 곧바로 문이 열렸다. 곧이어 전에 본 적이 있는 여자의 얼굴이 나타났다. 그는 그녀를 거들떠보지도 않고 곧바로 옆방으로 들어가려 했다. 그러자 그녀가 그에게 말했다.

"오늘은 법정이 열리지 않아요."

"아니, 왜 열리지 않는 거지요?"K가 믿을 수 없다는 투로 말했다. 그러자 여자가 옆방 문을 열어서 안을 확인시켜주었다. 홀은 정말로 텅 비어 있었으며 그 때문인지 지난 일요일보다 더 황량해 보였다. 연단 위에는 전처럼 탁자가 그대로 놓여 있었고 탁자 위에는 책들이 놓여 있었다.

"저 책들을 좀 봐도 되겠습니까?"K가 물었다. 특별히 호기심을 느낀 것은 아니었다. 다만 아무런 소득도 없이 돌아간다는 게 좀 섭섭해서 한 질문일 뿐이었다.

"안 돼요."여자가 문을 닫으며 대답했다. "그건 금지되어 있어요. 예심판사님 책들이거든요."

"알았습니다."K가 고개를 끄덕이며 말했다. "법률책들이겠군요. 법원이 하는 일이 다 그렇지요. 죄 없는 사람을 심문하는 데서 그치는 게 아니라 도대체 일이 어떻게 돌아가는지 모르게 해야 하니까요."

"맞는 말씀인 것 같아요."여자는 K가 한 말을 제대로 이해한 것 같지는 않으면서도 그렇게 말했다.

"이만 돌아가 봐야겠습니다."K가 말했다.

"예심판사님께 말씀 전해 놓을까요?"여자가 물었다.

"그 사람을 아십니까?"K가 물었다.

"물론이지요. 남편이 법원 정리(廷吏)거든요." 그제야 K는 지난주에 왔을 때는 덩그러니 세탁통 하나만 놓여 있던 방에 지금은 가구가 완전히 갖춰져 있음을 알 수 있었다. 그가 놀란 눈으로 주위를 둘러보자 여자가 말했다.

"그래요, 우리는 이곳에서 공짜로 살고 있어요. 하지만 재판이 열릴 때면 깨끗이 치워야 해요. 남편 직업에는 불편한 점이 꽤 많아요."

그러자 K는 그녀를 흘겨보며 말했다.

"내가 놀란 건 가구 때문이 아니라 당신이 결혼했다는 사실 때문입니다."

"지난번 당신 공판 때 있었던 일 때문에 그러시는 거로군요. 지 때문에 당신 연설이 중단되었지요. 하지만 그건 잘된 일이었어요. 나중에 사람들이 당신 연설에 대해 못마땅해 했거든요."

"그렇다고 당신 행동이 용서받을 수 있는 건 아닙니다."

"하지만 내가 아는 사람들은 아무도 그걸 갖고 저를 비난하지 않아요." 여자가 말했다. "그날 저를 껴안았던 남자는 오랫동안 저를 쫓아다녔어요. 저는 별로 매력이 없는데 그 남자에게만 매력이 있어 보이나 봐요. 어찌할 도리가 없어요. 남편까지도 그러려니 하고 있으니까요. 남편이 자리를 보전하려면 참는 수밖에 없어요. 그 사람은 대학생이고 나중에 분명히 큰 권력을 잡게 될 테니까요. 그 남자는 늘 저를 따라 다녀요. 오늘도 당신이 오기 직전에 나갔어요."

"이곳에서 벌어지는 일과 딱 어울리는 이야기로군." K가 말했다. "그러니 놀랄 것도 없겠군."

"당신은 이곳을 조금이라도 개선시키고 싶은 거지요?" 여자는 자신은 물론 K에게도 위험한 이야기를 하는 듯 K를 바라보며 조심스레 말했다. "당신 이야기를 들으며 그런 생각이 들었어요. 아주 좋았어요. 물론 조금밖에 듣지 못했지만……. 처음 부분은 늦게 들어와서 듣지 못했고 끝부분도 듣지 못했어요. 대학생과 바닥에 누워 있었거든요." 그녀는 약간 뜸을 들인 후 다시 말했다. "이곳은 정말 끔찍해요."

그 말을 하면서 그녀는 K의 손을 잡았다.

"당신은 정말 이곳을 개선시킬 수 있다고 믿으세요?"

K는 미소를 지으며 그녀에게 잡힌 손을 살짝 비틀어보았다. 그가 말했다.

"사실 이곳을 개선시키고 어쩌고 하는 건 내가 할 일이 아닙니다. 남들 비웃음이나 살 일이지요. 다만 내가 체포된 신분이니까 어쩔 수 없이 끼어들게 된 겁니다. 그 과정에서 내가 당신 같은 사람에게 도움을 줄 수 있다면 기꺼이 그렇게 하겠어요. 기꺼이 그러겠다는 건 무슨 박애(博愛)심 같은 것 때문이 아닙니다. 당신도 제게 도움이 될 수 있기 때문입니다."

"제가요? 제가 어떤 도움을 드릴 수 있나요?"

"예를 들어, 저 책상 위의 책들을 내게 보여주는 것도 한 방법이지요."

"물론이지요." 여자는 이렇게 외치면서 K를 연단으로 급히 데리고 갔다.

책들 위에는 먼지가 뽀얗게 쌓여 있었고 여자가 앞치마로 먼지를 대충 닦아냈다. K는 맨 위의 책을 들고 펼쳐보았다. 그러자 음란한 그림이 나타났다. 남자와 여자가 벌거벗은 채 소파에 앉아 있는 어설픈 그림이었다. K는 책장을 넘기지 않고 두 번째 책을 펼쳐 보았다. 『그레테가 남편으로부터 받은 고통』이라는 제목의 장편 소설이었다. "이런 게 바로 그들이 이곳에서 연구하고 있는 법률 서적이로군." K가 말했다. "이런 사람들이 이 위에 앉아서 나를 재판하고 있군 그래."

"제가 당신을 도울 수 있을 거예요." 여자가 말했다. "그래도 되겠지요?"

"위험을 감수하고 그럴 수 있겠어요? 게다가 당신 남편의 앞

날은 상관들에게 달려 있다고 말했잖아요."

"그래도 당신을 도울 거예요." 여자가 말했다. "자, 이리 오세요. 위험 같은 말은 꺼내지도 마세요. 내가 두려워하려고 할 때라야 위험이 두려운 거 아니에요? 자, 이리 오세요."

그녀는 연단을 가리키며 함께 계단에 앉자고 했다.

"정말 아름다운 검은 눈이에요." 계단에 앉자 그녀가 K의 얼굴을 올려다보며 말했다. "저도 눈이 예쁘다는 말을 듣지만 당신 눈이 훨씬 아름다워요. 당신을 처음 보았을 때 제일 먼저 제 눈에 띈 것이 바로 당신의 눈이에요. 나중에 이 집회로 들어온 것도 바로 그 때문이었어요. 평소에는 그러지 않아요. 사실 제가 여기 들어오는 것도 금지되어 있거든요."

'그래, 그거였군.' K가 속으로 생각했다. '자기 몸을 내게 던지고 있는 거야. 이 여자도 이곳의 모든 것들처럼 타락했어. 법원 관리들에게 싫증이 난 거야. 그럴 만도 해. 그래서 이렇게 낯선 사람에게 접근해서 눈을 칭찬해주고 있는 거로군.'

K는 마치 자기 생각을 그녀에게 말로 전해주기라도 한 듯 자리에서 일어나며 말했다.

"당신이 내게 도움을 줄 수 있을 것 같지 않군요. 정말 도움이 되려면 고위 관리들과 연줄이 있어야 하는데 당신이 아는 사람이라고는 이곳을 쏘다니는 말단 직원들뿐이니까요. 예심 판사도 마찬가지로 말단일 뿐이에요. 설사 도움을 받더라도 이번 소송의 결말에는 아무 영향도 미치지 못하는 사소한 것일 뿐이에요. 그러다가 공연히 그 사람들과 멀어지지 말아요. 당신은 내가 앞으로 싸워나가야 할 사람들 편에 속해서 잘 지내고 있으니까요. 게다가 당신은 그 대학생을 사랑하고 있어요. 만일 그를 사랑하지 않는다 하더라도 최소한 당신 남편보다는 좋아하고 있어요."

"아녜요!" 여자는 이렇게 소리치면서 K의 손을 덥석 잡았다. "이대로 가면 안 돼요! 저에 대해 그런 잘못된 생각을 품은 채 가면 안 돼요! 정말로 지금 가버릴 거예요? 저랑 조금 더 머물지도 못할 만큼 제가 쓸모없는 여자인가요?"

"당신, 내 말을 오해했군요." K가 다시 계단에 앉으며 말했다. "내가 이곳에 머무는 게 당신에게 그토록 중요한 일이라면 기꺼이 그렇게 하지요. 남아도는 게 시간이니까요. 오늘 심리가 있으리라고 생각하고 온 거니까요. 내가 조금 전에 한 말은, 그러니까, 내 소송 건에 대해서는 아무에게도 아무 말도 하지 말라는 거였어요. 제가 보기에 여러 가지 이유 때문에 소송이 중단된 것 같아요. 그럴 가능성이 커요. 하지만 뇌물을 바라고 소송이 계속되는 것처럼 보이게 만들 가능성도 있어요. 하지만 나는 절대로 뇌물 같은 건 주지 않을 겁니다. 당신이 나를 돕고 싶다면 예심판사나 주변 사람에게 나는 절대로 뇌물을 줄 사람이 아니라는 말을 해주세요. 그런데 당신 정말 예심판사를 알고 있나요?"

"그럼요." 여자가 재빨리 대답했다. "제가 당신을 도울 수 있다고 했을 때 제일 먼저 생각한 사람이 바로 그 사람이에요. 나는 그 사람이 별로 영향력도 없는 직급이 낮은 사람인 줄은 몰랐어요. 당신이 그렇다니 맞겠지요. 하지만 그 사람이 위에 올리는 보고서는 어느 정도 영향력이 있지 않겠어요? 얼마나 열심히 보고서를 쓰는지 몰라요. 특히 당신에 대한 보고서는 정말 열심히 쓰는 걸 제가 봤어요. 그런 장문의 보고서가 아무 의미가 없을 리 없잖아요. 그 예심판사가 제게 마음을 두고 있는 게 틀림없어요. 어제 저를 따라다니는 대학생을 통해 제게 실크 스타킹을 선물로 주었거든요. 그 대학생은 판사 일을 돕고 있어요. 제가 법정을 청소해준 데 대한 보답이라고 하던데, 그건 핑계일 뿐이에요. 법정 청소는 제 의무이고 남편이 그 대가로 봉급을 받고 있거든요. 자, 보세요. 아주 예쁜 스타킹이지요?" 그녀는 두 다리를 뻗더니 치마를 무릎까지 끌어올렸다. "정말 좋은 스타킹이에요. 하지만 제게는 너무 과분한 것 같아요."

순간 그녀는 갑자기 말을 멈추더니 마치 K를 진정시키려는 듯 그의 손 위에 자신의 손을 얹으며 속삭였다.

"조용히 하세요. 베르톨트가 우리를 보고 있어요." K는 천천히 고개를 들었다. 법정 출입구에 어떤 젊은이가 서 있었다. 키가 작고 다리가 약간 굽은 남자는 숱이 적은 불그스레한 수염을 손가락으로 쓰다듬으며 위엄을 과시하고 있었다. K는 약간 호기심을 느끼고 그 사내를 바라보았다. 언젠가는 높은 자리에 오르게 될, 법학이라는 생소한 학문을 전공하는 학생을 이렇게 가까이서 보는 것은 처음이었다. 하지만 그 대학생은 K에게는 별로 신경을 쓰지 않는 것 같았다. 그는 여자를 향해 손가락을 까닥거려 신호를 보내더니 창가로 걸어갔다. 여자가 K에게 몸을 굽히고 속삭였다.

"제게 화를 내지 마세요. 저를 나쁘게 보지도 마시고요. 저는 지금 저 사람, 저 끔찍한 사람에게 가야 해요. 어휴, 저 다리 꼴이라니! 하지만 금방 돌아와서 당신이 저를 데리고 가준다면 당신을 따라가겠어요. 당신이 원하는 곳이면 어디든 따라 가겠어요. 저를 어떻게 하든 좋아요. 가능한 한 이곳에서 멀리 가버리면 좋겠어요. 여기로부터 영영 벗어날 수 있다면 정말 좋겠어요."

　여자는 여전히 잡고 있던 K의 손을 한 번 탁 치더니 벌떡 일어나 창가로 갔다. K는 본능적으로 그녀의 손을 잡으려 했으나 허공을 더듬었을 뿐이었다. 그는 실제로 그녀에게 마음이 끌렸으며 아무리 생각해봐도 그녀의 유혹에 넘어가지 않아야 할 이유를 찾을 수 없었다. 여자가 법원 편에 서서 자신을 함정에 빠뜨리고 있는 것인지도 모른다는 생각이 얼핏 들었지만 그는 쉽게 그 의혹을 떨쳐버릴 수 있었다. 그녀가 어떻게 자신을 함정에 빠뜨린단 말인가? 자신은 자유롭지 않은가? 최소한 자신에 관한 한 언제고 자신이 원한다면 법원 전체를 짓밟아버릴 수 있을 만큼 자유롭지 않은가? 그런 자신감도 가지면 안 된단 말인가? 게다가 자신을 돕겠다는 그녀의 말은 진심 같았고 전혀 쓸모가 없는 것이 아닐지도 몰랐다. 또한 이 여자를 예심판사로부터 빼앗아 자기 여자로 만드는 것보다 예심판사 및 그 추종자들에게 더 멋지게 복수하는 방법은 없을 것 같았다.

　여자에 대한 의구심을 완전히 떨쳐버리자 창가에서 낮게 속삭이고 있는 두 사람의 대화가 너무 지루하게 여겨졌다. K는 연단을 손가락으로 톡톡 두드리다가 마침내 주먹으로 쾅쾅 쳤다. 대학생은 여자의 어깨너머로 K를 잠시 쳐다보더니 개의치 않고 여자를 더욱 힘차게 껴안았다. 그리고 그녀의 목에 요란한 소리를 내며 키스를 퍼부었다. 그 모습을 보고 K는 그녀의 말대로 저 대학생이 그녀에 대해 횡포를 부리고 있다고 확신했다. 그는 곁눈질로 대학생을 쳐다보면서 어떻게 하면 저놈을 쫓아낼 수 있을까 궁리하기 시작했다. K가 여기저기 거닐며 때로는 발을 구르기도 하는 모습이 대학생의 눈에 거슬린 모양이었다. 드디어 대학생이 K에게 말을 걸어왔고, K는 차라리 반가울 정도였다.

대학생이 말했다.

"그렇게 못 참겠다면 가버리면 되지 않소! 진작 그랬어야지. 아쉬워할 사람은 아무도 없소."

화를 참지 못하고 하는 말이었지만 어투에는 미래의 법관이 눈에 거슬리는 피고를 대하는 오만한 투가 배어 있었다. K는 그에게 바싹 다가가 미소를 지으며 말했다.

"당신 말이 옳아. 정말 못 참겠어. 하지만 좋은 방법이 있지. 당신이 그 여자를 놔주고 나와 함께 가게 해주는 거야. 당신, 학생이라며? 이곳에 공부하러 왔다면 기꺼이 자리를 양보하고 이 여자와 함께 나가주지. 당신 말하는 품을 보니 영 판사에는 어울리지 않는군. 미래에 제대로 판사 구실을 하려면 공부를 좀 더 많이 해야겠어."

K의 모욕적인 언사에 대학생은 여자에게 마치 설명하듯 말했다.

"이런 자를 이렇게 자유롭게 돌아다니게 하다니. 실수였어. 내가 예심판사에게 분명히 말했지. 최소한 심리가 열리지 않는 날에는 저자를 자기 방에 구금해야 한다고. 가끔은 예심판사가 하는 행동을 이해할 수가 없단 말이야."

"쓸데없는 소리를 하고 있군." K는 그 말을 하면서 여자 쪽으로 손을 내밀었다.

"그래?" 대학생이 말했다. "그렇게는 못하지."

그는 그 말을 하면서 한쪽 팔로 여자를 번쩍 안아 올리고는 문 쪽으로 달려갔다. K는 그 뒤를 따라 몇 걸음 달렸다. 그를 붙잡고 여차하면 목이라도 조를 기세였다. 그런데 그 순간 여자가 말했다.

"소용없어요. 예심판사님이 저를 부른 거예요. 당신과 함께 갈 수 없어요. 이 작은 놈이⋯⋯." 여자는 대학생의 얼굴을 쓰다듬으며 말했다. "이 작은 놈이 나를 놔주지 않아요."

K는 화가 나서 대학생의 등짝을 내리쳤다. 대학생은 잠시 비틀거리더니 들고 있는 짐을 더 높이 쳐들고는 껑충껑충 뛰어갔

다. K는 천천히 그들 뒤를 따라갔다. 그는 이것이 이들로부터 맛본 최초의 명백한 패배임을 알 수 있었다. 하지만 그는 걱정하지 않았다. 자신이 패배를 맛본 것은 오로지 스스로 싸움거리를 찾고 있던 때문이었다. 자신이 집에 머물면서 평상시대로 정상적인 생활을 해나간다면 자신은 이따위 사람들보다 몇천배 우월할 것이고 방해가 되는 자는 한 방에 걷어찰 수 있을 것이다. 그는 저 의기양양한 자식이 엘자의 침대 아래 무릎을 꿇고 두 손 모아 애원하는 모습을 그려보았다. K는 자신이 그려본 그 모습이 너무 마음에 들어 기회가 닿는다면 저 대학생을 엘자에게 데려가야겠다고 생각했다.

K는 두 사람이 어디로 가는지 궁금해서 문밖으로 나왔다. 여자를 두 팔에 안고 거리를 지나가지는 않을 것이 분명했다. 여자를 안은 대학생은 바로 맞은편의 나무 계단을 오르고 있었다. 아마 지붕 위 다락방으로 올라가는 것 같았다. K는 무표정한 얼굴로 그들을 바라보며 그들의 모습이 사라진 뒤에도 여전히 문가에 서 있었다. 그는 여자가 자신을 기만했을 뿐 아니라 예심판사가 불러서 간다는 거짓말까지 했다는 사실을 받아들이지 않을 수 없었다. 예심판사가 다락방에서 그녀를 기다리고 있을 리는 만무했다. 아무리 나무 계단을 오래 쳐다보고 있어

도 나무 계단은 아무 설명도 해주지 않을 것이다.

그런데 바로 그 나무 계단 위의 문 하나에 작은 표찰이 붙어 있는 것이 K의 눈에 들어왔다. 그가 계단을 올라가 읽어보니 유치하고 서툰 글씨체로 '법원 사무실 입구'라는 문구가 적혀 있었다. 그렇다면 이 임대 건물의 다락방에 법원 사무실이 있단 말인가? 평소에 예산을 얼마나 전용해서 착복했으면 가난한 사람들이 잡동사니를 던져놓을 만한 이런 곳을 사무실로 사용한단 말인가? K는 이제야 경찰들이 자기 집으로 찾아와 성가시게 군 이유를 이해할 수 있었다. 분명히 이런 후진 다락방으로 소환하는 것이 부끄러워서 그런 것이리라. 다락방에 앉아 있는 판사에 비한다면 자신은 얼마나 좋은 자리에 있는 것인가! 은행에서는 대기실까지 딸린 큰 방을 쓰고 있으며 대형 유리창을 통해 활기찬 거리를 내다볼 수도 있다. 물론 뇌물이나 착복을 통한 부수입도 없고, 사환을 시켜 여자를 팔에 안고 사무실로 데려오게 할 수도 없다. 하지만 적어도 이런 식의 생활 환경을 피할 수만 있다면 그런 정도는 얼마든지 감수할 수 있다.

K가 여전히 그 표찰 앞에 서 있는데 한 남자가 계단을 올라와서 열린 문을 통해 방 안을 들여다보았다. 그 방을 통해서는 심리가 열리는 법정도 내려다볼 수 있었다. 잠시 후 남자는 K

에게 조금 전에 저곳에서 여자를 보지 못했느냐고 물었다.

"아, 당신이 법정 정리(廷吏)로군요? 그렇지요?" K가 그에게 말했다.

"그렇습니다." 정리가 대답했다. "아, 맞아요. 당신은 피고인 K씨로군요. 이제야 알아보겠습니다. 만나서 반갑습니다."

남자는 K에게 손을 내밀었다. 전혀 예상치 못한 일이었다. K가 아무 말이 없자 그가 다시 말했다.

"하지만 오늘은 법정이 열리지 않습니다."

"저도 알고 있습니다." K는 그 말을 하면서 사복을 입은 정리를 쳐다보았다. 사복에는 낡은 장교용 외투에서 떼어낸 것 같은 금색 단추가 두 개 달려 있어 남자가 관리임을 유일하게 알려주고 있었다.

"조금 전에 당신 부인과 이야기를 나누었습니다. 하지만 지금은 없습니다. 대학생이 예심판사에게 데려갔습니다."

"그렇다니까." 정리가 말했다. "그들은 늘 그녀를 내게서 빼앗아 간다니까. 오늘 같은 날은 일요일이라 휴무인데도 나를 멀리 떼어 놓기 위해 쓸데없는 통지를 전하라고 심부름을 보낸다니까요. 허겁지겁 용무를 마치고 와보면 대학생 놈이 재빠르게 행동을 개시한단 말입니다. 녀석은 아주 가까운 곳에 있어 한숨에 달려오기만 하면 되니까요. 내가 그들에게 매어 있는 몸만 아니라면 벌써 오래전에 그 대학생 놈을 벽에 대고 짓눌러버렸을 겁니다. 지금까지 늘 그런 꿈을 꾸고 있습니다. 녀석은 양팔을 쭉 뻗은 채 피 칠갑을 하고 있지요. 하지만 아직 그건 단지 꿈일 뿐입니다."

"무슨 다른 방도가 없나요?"

"내가 알기론 없어요." 정리가 대답했다. "게다가 사태가 더 나빠지고 있어요. 놈이 지금까지는 자기를 위해서만 아내를 데려가더니 이제는 판사에게까지 데려가고 있어요. 내, 진작 예상했지."

"그렇다면 당신 아내에게도 책임이 있는 것 아닌가요?" K가 물었다. 그는 그 질문을 하면서 꽤나 자제해야만 했다. 그 역시 질투심을 느꼈던 것이다.

"물론 있지요." 정리가 대답했다. "실은 그년 잘못이 제일 크지요. 여편네가 그놈에게 달라붙은 거니까요. 놈은 그저 여자 꽁무니만 따라다니는 놈입니다. 이 건물에서만도 벌써 다섯 번이나 여자에게 집적거렸다가 쫓겨났단 말입니다. 게다가 제 여편네는 이 건물에서 제일 미인이거든요. 하지만 나는 어떻게 해볼 도리가 없습니다."

"사정이 그렇다면 정말 어쩔 도리가 없군요." K가 말했다. 그러자 법원 정리가 오히려 되물었다.

"왜 어쩔 도리가 없다는 겁니까? 그 학생 놈은 겁쟁이입니다. 놈이 여편네를 건드리면 다시는 그런 생각이 들지 못하게 흠씬 두들겨 패주면 됩니다. 하지만 나는 그럴 수 없고 누구도 나를 위해 그 일을 하러 나서지 않아요. 그의 권력이 두려운 거지요. 당신 같은 분만이 할 수 있는 일이지요."

"내가 어떻게 그런 일을?" K가 놀라서 물었다.

"당신은 혐의를 받고 있으니까요. 그렇지 않습니까?"

"맞아요." K가 말했다. "하지만 그 때문에 더 두려운 겁니다. 그 학생이 재판 결과에는 영향력이 없을지 몰라도 최소한 예심에서는 영향을 발휘할 수 있을 테니까요."

"물론 그렇지요." 법정 정리는 K의 생각이 자기 생각만큼 틀림이 없다는 투로 말했다. "하지만 우리 법정에서는 법원에 승산이 없는 재판은 거의 열리지 않아요."

"나는 그렇게 생각하지 않습니다." K가 말했다. "그리고 설사 그렇다 하더라도 기회가 왔을 때 그 학생 녀석을 혼내주지 못할 것도 없지요."

"정말 고마운 일입니다." 정리가 사의(謝意)를 표했다. 하지만 자신의 소망이 정말로 이루어질 수 있으리라고는 믿지 않는 것 같은 의례적인 어투였다. 이어서 정리가 말했다.

"이제 심부름 갔던 일을 보고해야 합니다. 사무실로 함께 가지 않겠어요?"

"나는 거기 아무 볼일도 없는데요."

"그냥 둘러보면 됩니다. 아무도 당신에게 신경을 쓰지 않을 테니까요."

"돌아볼 만한가요?" K는 법원 사무실을 한번 둘러보고 싶은 강한 욕구가 일었지만 주저하는 말투로 말했다.

"당신이라면 흥미를 느끼리라고 생각했습니다." 정리가 말했다.

"그렇다면 좋습니다. 당신과 함께 가보지요." 그 말과 함께 그는 정리보다 더 빨리 계단을 뛰어 올라갔다.

"여기가 대기실입니다." 긴 복도가 나타나자 정리가 K에게 말했다. 다락에는 직접 빛이 들어오지는 않았지만 그다지 어둡지 않았다. 천장을 통해 빛이 들어오고 있었던 것이다. 일요일이라서인지 복도에는 사람이 별로 많지 않았다. 별 특징이 없는 사람들이었다. 그들은 복도 양쪽에 놓인 나무 벤치에 일정한 간격을 두고 떨어져 앉아 있었다. 모두가 허름한 옷차림이었지만 얼굴 표정, 태도, 턱수염의 모양 등으로 볼 때 상류층에 속하는 사람들 같았다.

법원 정리와 K가 복도를 걸어가자 가장 가까운 곳에 앉아 있던 사람이 자리에서 일어났고, 잇따라 모든 사람들이 인사라도 하려는 듯 일제히 일어났다. 그 누구도 허리를 빳빳하게 세우지 않았으며 등을 구부정하게 구부리고 무릎을 꺾은 채, 마치 거리의 걸인들처럼 서 있었다.

"모두 기가 죽은 모습이네요." K가 뒤따라오는 정리를 향해 말했다.

"그럼요." 정리가 말했다. "모두 피고들인데요. 여기 있는 사람들은 모두 피고들이에요."

"그래요?" K가 말했다. "그렇다면 모두 내 동지들이로군요."

그는 가까운 곳에 있는 한 사내에게로 고개를 돌렸다. 키가 크고 호리호리한 체격에 머리가 희끗희끗한 남자였다.

"여기서 뭘 기다리고 계신가요?" K가 정중하게 물었다. 그러자 사내는 예상치 못한 질문에 당황했다. 보기에도 딱한 모습이었다. 분명 세상 경험을 풍부하게 한 사람 같았으며, 다른 곳에서라면 분명히 자신이 우월한 사람이라는 것을 과시했을 것이고 자신이 지닌 장점을 쉽사리 포기할 것 같지 않은 사람이었다. 하지만 이곳에서 그는 그런 간단한 질문에도 어찌할 바를 모르고 있었다. 그리고 마치 주변 사람들이 그를 도와야만 한다는 듯 주위를 둘러보았다. 마치 남의 도움 없이는 그 어떤 대답도 할 수 없는 사람 같은 꼴이었다.

그러자 정리가 앞으로 나서며 말했다.

"이분은 당신이 뭘 기다리고 있는지 물었을 뿐이에요. 어서 대답해봐요."

친숙한 정리의 목소리는 K의 목소리보다는 분명 효과가 있었다.

"저는……, 저는……." 그는 입을 열었으나 머뭇거렸다. 그가 머뭇거리는 사이 몇몇 사람들이 슬그머니 그들 가까이 왔다. 그러자 사내가 용기를 내어 말했다.

"저는 한 달 전에 제 사건에 대해 몇 가지 증거를 채택해달라고 청원을 냈습니다. 그리고 그 결과를 기다리고 있습니다."

그러자 K가 말했다.

"저도 기소를 당한 사람입니다. 그런데 그런 게 필요한 줄은 몰랐습니다. 정말로 그런 게 필요한가요?"

하지만 사내는 자신도 피고라는 K의 말을 믿지 않는 것 같았다. 심지어 K가 그의 팔을 잡자 비명을 지르기까지 했다. 아마도 사내는 K를 판사로 믿고 있는 것 같기도 했다. K는 왠지 정나미가 떨어져 그를 밀쳐버리고 그 자리를 떠났다.

그때 경비원이 나타났다. 아마 사내의 비명 소리를 듣고 나타난 것 같았다. 정리가 설명을 해주자 그는 자초지종을 알아보겠다며 대기하고 있는 사람들 쪽으로 달려갔다.

정리와 함께 복도를 걸어가던 K에게 문득 어서 이곳을 떠나고 싶다는 생각이 들었다. 뭔가 불편했던 것이다. 그가 뒤따라오고 있던 정리에게 말했다.

"이세 이곳이 어떤 곳인지 보았으니 가보렵니다."

그러자 정리가 대답했다.

"아직 다 본 게 아닌데요."

"전부 다 보고 싶지 않습니다." 그 말을 하면서 K는 왠지 피곤함을 느꼈다. "나가고 싶어요. 출구가 어디지요?"

"아니, 길을 잃었단 말인가요?" 정리가 놀라서 되물었다. "이 길을 따라 저 모퉁이까지 간 다음 오른쪽으로 돌아서 똑바로 복도를 내려가면 바로 문이 있습니다."

"같이 갑시다." K가 말했다. "길을 가르쳐줘요. 길을 잃을 것 같아요. 여긴 길이 너무 많아요."

"길은 하나밖에 없습니다." 정리가 말했다. 완연히 책망하는 투였다. "게다가 나는 되돌아갈 수 없어요. 빨리 보고해야 하는 데 당신 때문에 벌써 시간을 많이 지체했어요."

"함께 가줘요." K는 마치 정리가 거짓말하는 것을 알아챘다는 듯 날카롭게 말했다.

"쉿, 그렇게 소리 지르지 말아요." 정리가 속삭였다. "여긴 사방에 사무실이에요. 혼자 가기 싫다면 나와 함께 사무실로 가던가 아니면 내가 보고를 마치고 올 때까지 여기서 기다려요."

"아니요." K가 단호하게 말했다. "기다릴 수 없어요. 지금 당장 당신과 가야겠소."

그때였다. 문이 하나 열리더니 아가씨 한 명이 그들에게 다가왔다. 분명 K의 목소리를 듣고 나온 것 같았다.

"선생님, 무슨 일이시지요?"

그녀의 등 뒤로 사내 한 명이 따라오고 있었다. 정리의 말로는 아무도 K에게 신경을 쓰지 않을 것이라고 했는데 벌써 두 명이 나타난 것이었다. 조금만 더 있으면 관리들 모두 그를 주목하면서 무슨 일이냐고 물을지도 몰랐다. 하지만 그는 해명할 말이 없었다. 그냥 호기심 때문이었다고 솔직히 말할 수도 있었지만 그것은 적절한 해명이 될 수 없었다. 그는 어서 이곳을 벗어나고 싶었다. 정리와 함께라면 좋겠지만 그게 안 된다면 혼자라도 벗어나고 싶었다.

그런데 그가 말없이 그곳에 서 있는 모습이 매우 이상하게 보였던 게 틀림없었다. 젊은 여자와 정리는 마치 그들의 눈앞에서 무슨 중대한 '변신'이라도 일어나기를 기대하고 있는 듯, 그 순간을 절대로 놓치지 않으려는 듯, 그를 뚫어져라 바라보고 있었다. 그리고 문가에는 그녀 뒤를 따라왔던 사내가 마치 구경꾼처럼 발돋움을 하고 서 있었다. 그런데 K가 그런 거동을 하는 것이 뭔가 몸이 불편해서라는 것을 알아차린 것은 바로 그 아가씨였다. 그녀가 의사를 하나 가져오더니 K에게 말했다.

"좀 앉으시겠어요?"

K는 즉시 의자에 앉았고 몸을 지탱하기 위해 팔걸이에 팔을 걸쳤다.

"좀 어지러우신가 봐요. 그렇지요?" 여자가 말했다. "걱정하실 필요 없어요. 이곳에서 자주 일어나는 일인걸요. 여기 처음 오는 사람은 누구든 그런 증세를 느끼니까요. 여기 처음이시지요? 그러니 하나도 이상할 게 없어요. 태양이 지붕을 달구고 그 때문에 공기가 후텁지근하고 무거워져요. 게다가 여기저기서 빨래를 하고 말린다고 생각해보세요. 소송 당사자들이 몰려오는 날에는 숨쉬기조차 힘들어요. 하지만 결국에는 이런 공기에 익숙해져요. 두세 번만 더 오시게 되면 공기가 답답하다는 느낌도 받지 않을 거예요. 자, 이제 좀 나아지셨어요?"

K는 대답하지 않았다. 이렇게 갑자기 허약한 꼴을 보이며 이곳 사람들 도움을 받게 된 것이 너무 수치스러웠다. 그는 혼자 걸어 나갈 수 있을 정도로 원기를 회복할 때까지 앉아 있으려 했다. 그리고 사람들이 그에게 신경을 쓰지 않으면 않을수록 회복이 빠를 것 같았다.

잠시 후 그는 자리에서 일어났다. 그런데 어느새 편하게 앉아 있는 것에 길이 들었는지 몸이 후들거렸다. 몸을 똑바로 세울 수조차 없었다.

"아무래도 안 되겠어." K는 고개를 가로저으며 한숨을 내쉬고는 다시 의자에 앉았다. 법원 정리는 어느새 사라졌는지 보이지 않았고 앞에는 아가씨와 낯선 사내만이 서 있었을 뿐이었다.

K가 그 사내에게 말했다.

"저는 곧 좋아질 겁니다. 저는 그렇게 허약한 사람이 아닙니다. 제 겨드랑이 밑으로 조금 부축만 해주시면 됩니다. 그다지 큰 수고를 끼치지도 않겠습니다. 저를 문까지만 데려다주십시오. 계단에 앉아 조금만 쉬면 곧 기력을 회복할 겁니다. 저 혼자 일어나려 해도 현기증이 나서 좀 어지럽습니다."

하지만 사내는 K의 부탁을 들어주지 않고 양손을 바지 주머니에 넣은 채 큰소리로 웃기만 했다. 그러자 아가씨가 책망하듯 손가락 끝으로 사내의 팔을 툭 쳤다. 그제야 사내는 웃으며 "걱정도 팔자시네. 내가 이 양반을 밖으로 데려다줄 거야"라고 말했다.

"좋아요." 아가씨가 사내를 향해 말하더니 이번에는 K를 향해 말했다.

"이 사람 웃는 거, 너무 신경 쓰지 마세요. 이분은 우리 법원의 안내 담당자예요. 기다리고 있는 사람들에게 정보를 알려주지요."

순간 갑자기 안내 담당자의 손이 자신의 한쪽 팔을, 이어서 아가씨의 손이 자신의 다른 팔을 잡는 것을 K는 느낄 수 있었다.

"자, 일어나요, 이 허약한 양반아." 안내 담당자가 그에게 말했다.

"두 분, 정말 감사드립니다."

둘의 부축을 받으며 걸어가는 동안 아가씨가 K에게 속삭이듯 말했다.

"이분은 몰인정한 분이 아니에요. 아픈 소송 당사자들을 밖으로 데리고 가는 게 임무가 아닌데도 이렇게 도와주고 있잖아요. 사실 우리들 중에 무정한 사람은 아무도 없을 거예요. 누구든 남들을 도와주고 싶어 해요. 하지만 법원 관리라는 사실 때문에 남들에게 냉정해 보이고 아무도 도와주려하지 않는 사람처럼 보이지요. 그 때문에 정말 슬퍼요."

"여기 잠시 앉지 않겠소?" 안내 담당자가 K에게 물었다.

그들은 이미 복도에 나와 있었고 K가 아까 말을 걸었던 나이 지긋한 사내 앞에 와 있었다. 그의 앞에 서자 K는 창피하다는 생각이 들었다. 조금 전만 해도 그 사람 앞에서 꼿꼿하게 서 있었는데 졸지에 두 사람의 부축을 받는 신세가 되어버린 것이다. 게다가 K의 모자는 안내 담당자의 손에 들려 있었고 머리 모양은 마구 헝클어졌으며 머리카락은 땀에 전 이마에 찰싹 달라붙어 있었다.

K가 아무 대답이 없자 안내 담당자가 거듭 물었다.

"여기에 좀 앉지 않겠소?"

"아뇨." K가 대답했다. "쉬고 싶지 않습니다."

실은 그 자리에 앉아야만 하는 상태였음에도 불구하고 그는 단호하게 그렇게 말했다. 그는 마치 뱃멀미를 하는 것 같았다. 그는 마치 심하게 요동치는 바다에 배를 타고 있는 것 같았다. 물소리가 좌우에서 쏴아 하고 들리는 것 같았으며 복도가 흔들리는 것 같았고 복도 양편 벤치에 앉아 있는 사람들이 가라 앉았다 솟아올랐다 하는 것 같았다. 그는 자신을 부축하고 있는 남자와 여자가 평온한 표정을 짓고 있는 것을 이해할 수 없었다. 그는 그들에게 내맡겨져 있었으며 그들이 그를 놓는다면 마치 널빤지처럼 쓰러질 것이 뻔했다. 그는 그들에게 실려 가고 있었으며 그들이 뭔가 말을 하고 있다는 것을 알면서도 한마디도 알아들을 수 없었다.

마침내 앞에서 마치 벽이라도 갈라진 것처럼 시원한 바람이 불어왔고 옆에서 말하는 소리가 들렸다.

"그렇게 여기서 나가고 싶다고 하더니 이곳이 밖으로 나가는 문이라고 수없이 말해도 꼼짝도 않는군."

K는 자신이 출구 앞에 서 있으며 아가씨가 문을 열어준 것을 알 수 있었다. K는 갑자기 온몸의 힘이 회복되는 것 같은 느낌을 받았다. 그는 자유를 맛보기 위해 계단에 첫발을 내디디며 자기를 향해 몸을 굽히고 있는 두 동행자에게 작별 인사를 했다.

"정말 감사합니다." 그는 거듭 그들에게 악수를 하다가 문득 그들이 신선한 공기를 견디기 힘들어할지도 모른다는 생각이 들어 악수를 멈추었다. 그들은 거의 대답도 하지 못할 지경이었으며 K가 재빨리 문을 닫지 않았다면 아가씨는 굴러 떨어질

지도 모를 지경이었다. K는 잠시 서 있다가 거울을 꺼내어 머리를 매만진 뒤 모자를 집어 들고 계단을 뛰어 내려갔다. 어찌나 큰 걸음으로 내려갔는지 조금 전까지의 자신과 비교하면서 스스로 놀랄 정도였다. 그는 평소에 건강이 무척 좋았기에 그런 놀랄 만한 변화를 겪은 적은 결코 없었다. 이전의 가벼운 시련들을 너무 쉽게 견뎌냈기에 그의 몸이 반역을 꾀하고 새로운 시련을 주려는 것일까? 그는 기회가 닿으면 의사에게 한번 가봐야겠다는 생각을 완전히 떨쳐낼 수 없었다. 어쨌든 그는 스스로 확실한 다짐만은 할 수 있었다. 다음 번 일요일은 이번보다 낫게 보내리라는 다짐이 바로 그것이었다.

제4장 태형리(笞刑吏)

며칠이 지난 후 K는 그의 사무실과 중앙 계단 사이의 복도를 걸어가고 있었다. 그는 그날 사무실에서 거의 마지막으로 퇴근했으며 사환 두 명만이 공문서 발송실의 불을 밝히고 일을 하고 있었다.

그런데 그가 창고 앞을 지날 때였다. 그 방에서 희미한 신음 소리가 새어나오고 있는 것이 아닌가? K가 전에는 한 번도 들여다본 적이 없는, 막연히 잡동사니들만 쌓여 있으리라고 추측하고 있던 창고였다. 그는 깜짝 놀라 걸음을 멈추고 혹시 잘못 들은 것이나 아닌지 다시 귀를 기울였다. 한순간 정적이 흐르더니 다시 신음 소리가 새어 나왔다. 그는 걷잡을 수 없는 호기심에 문을 열어젖혔다.

그가 추측했던 대로 잡동사니들을 쌓아두는 창고였다. 입구 뒤에는 낡은 서식 용지들과 빈 잉크병들이 뒹굴고 있었다. 그런데 벽장처럼 생긴 그 창고에 세 명의 남자가 낮은 천장 때문에 몸을 구부린 채 서 있었다. 선반 위의 촛불이 안을 밝히고 있었다.

"당신들 여기서 뭘 하고 있는 거요?" K가 흥분하긴 했지만 목소리를 낮추어 물었다. 세 명 중 한 명이 뭔가 임무를 수행 중인 것이 틀림없었다. 목과 가슴팍과 양팔 전체가 훤히 드러나 있는 검은 가죽옷을 입고 있는 그의 모습이 K의 눈길을 끌었다. 그 남자는 아무 대답이 없었고 다른 두 명의 사내가 거의 동시에 외쳤다.

"오, K 씨! 당신이 예심판사에게 우리들 불평을 늘어놓는 바람에 우리가 이렇게 매를 맞고 있는 겁니다!"

그제야 K는 그 두 사람이 경찰관 프란츠와 빌렘임을 알아볼 수 있었다. 세 번째 남자의 손에는 회초리가 들려 있었다.

"아니," K가 말했다. "나는 불평을 늘어놓지 않았소. 다만 내 집에서 일어났던 일을 말했을 뿐이오. 어쨌든 당신들 행동이 전혀 흠잡을 데가 없는 것은 아니었잖소."

"선생님," 빌렘이 말했다. 프란츠는 자신의 몸을 보호하려고 빌렘의 뒤에 숨어 있었다. "우리가 얼마나 형편없는 봉급을 받고 있는지 아신다면 우리를 그렇게 나쁘게 보지는 않았을 겁니다. 나는 부양가족이 있고 프란츠는 결혼을 앞두고 있습니다. 선생님의 고급 내의에 마음이 흔들렸던 건 사실입니다. 부당한 일인 건 알지만 그런 건 관례였으니까요."

"나는 당신들이 처벌을 받아야 한다고 생각해본 적도 없으며 말한 적도 없소."

그러자 세 번째 남자가 말했다.

"저들 말을 귀담아 듣지 마시오. 저들이 처벌을 받는 건 정당한 일이고 불가피한 일이오."

"저 사람 말을 듣지 마세요." 빌렘이 태형리에게 맞은 손을 입가로 가져가며 말했다. "우리가 처벌을 받는 건 오로지 당신이 우리를 고발했기 때문이에요. 그렇지만 않았다면 우리가 무슨 일을 했건, 또 그 일을 당국에서 알았다고 하더라도 우리를 처벌하지는 않았을 겁니다. 이런 일만 없었으면 우리는 곧 저 사람처럼 태형리로 승진할 수도 있었어요. 저 사람은 운이 좋아 고발을 당하지 않은 것일 뿐이지요. 이제 모든 게 끝났어요. 출셋길이 막힌 거지요. 이제 감시 경찰관 일보다 더 열악한 일을 해야 할 거예요. 게다가 지금 이런 지독한 매질을 당하고 있으니……."

"저 두 사람이 태형을 면할 방법은 없을까요?" K가 태형리에게 물었다.

"없소!" 태형리가 미소를 지으며 말했다. 이어서 그는 두 명의 경관에게 "옷 벗어!"라고 명령하고는 K에게 말했다.

"이놈들 말을 듣지 마시오. 출셋길 좋아하네. 저놈 비곗살 좀 봐요. 뒤룩뒤룩 살이 쪘지. 어떻게 찐 건지 아시오? 이 녀석은 체포당한 사람의 아침 식사를 먹어치우는 버릇이 있다니까. 당신 아침도 먹어치우지 않았소? 저런 뱃살을 가진 놈은 절대로 태형리가 될 수 없지."

"이 사람들을 좀 풀어줄 수 없소? 내가 후하게 보답하겠소." 그 말과 함께 K는 그 사내를 외면하며 지갑을 꺼냈다. 이런 거래는 눈을 마주치지 않는 게 상책임을 그는 알고 있었다.

"그러면 당신은 또 내게 불평을 털어놓겠지." 채찍을 든 사내가 말했다. "나도 태형을 받게 만들 거란 말이야. 안 될 말씀이지."

"좀 차분히 생각해봐요." K가 말했다. "내가 저 사람들 처벌을 원했다면 이렇게 돈을 써 가며 저들을 풀어달라고 했을까요? 이 문을 닫고 아무것도 듣지도 보지도 못한 것처럼 집으로 가버렸을 거요. 내가 이들 이름을 말한 건 이들에게 죄가 있으

제4장 태형리(笞刑吏)

195

리라고는 조금도 생각하지 못했기 때문이오. 죄가 있는 건 조직 자체이고 고위 관리들이지."

"맞아요." 두 사내가 외쳤다. 그러자 즉시 채찍이 그들 등짝으로 날아들었다. K가 그의 채찍을 붙잡으며 외쳤다.

"여기 채찍을 맞고 있는 사람이 고위급 판사라고 쳐요. 나는 당신을 막으려 하지 않았을 거요. 오히려 돈을 얹어주며 더 세게 때리라고 했을 거요."

"그럴듯한 말이로군." 태형리가 말했다. "하지만 나는 매수 따위에 넘어갈 사람이 아니오. 매질을 하는 게 내 일이고, 그러니 나는 매질을 하겠소."

그러자 프란츠가 K의 바짓가랑이를 붙잡으며 하소연했다.

"우리 둘 다 구해줄 수 없다면 최소한 저만이라도 구해주세요. 빌렘은 저보다 나이도 많고 어느 면으로나 저보다는 맞는데 둔한 편입니다. 게다가 그는 몇 년 전에도 같은 형벌을 가볍게 받은 적이 있어요. 하지만 아직 제 기록은 깨끗해요. 저는 빌렘이 시키는 대로 했을 뿐입니다. 좋은 일이건 나쁜 일이건 빌렘은 제 스승인 셈이에요. 저 아래 은행 앞에서 제 불쌍한 약혼녀가 저를 기다리고 있습니다. 너무 창피해요."

그는 눈물범벅이 된 얼굴을 K의 상의에 닦았다.

"더 이상 못 기다리겠군!" 태형리가 외치더니 프란츠를 후려쳤다. 그사이 빌렘은 숨도 제대로 쉬지 못한 채 구석에서 지켜보고 있었다. 프란츠가 내뱉는 비명 소리가 끊임없이 이어졌다. 그 소리가 크게 울려 퍼졌고 은행에 남아 있는 사환들도 그 소리를 들을 것이 분명했다. 그러는 사이에도 매질은 계속 이어졌다.

K는 사환들이 올까 걱정되어 밖으로 나왔다. 아니나 다를까, 사환 두 명이 이곳을 향해 달려오는 모습이 보였다. 그는 무슨 일이냐고 묻는 그들에게 아무 일도 아니라며 돌려보냈다. 사환들을 돌려보내고 난 후 그는 다시 창고로 들어가 볼 엄두를 내지 못했다. 그는 태형을 저지하지 못한 것이 고통스러웠다. 하지만 그의 잘못이 아니었다. 만일 프란츠가 비명을 질러서 사환들을 이곳에 오도록 만들지만 않았다면 어떻게 해서라도 태형리를 설득할 방법을 찾아낼 수 있었을 것이다. 적어도 그럴 가능성은 있었다. 하급 관리들이 비열한 자들이라면 저렇게 비인간적인 일을 하고 있는 태형리도 예외일 리는 없는 것 아닌가? 게다가 돈을 보는 순간 그의 눈이 번쩍였던 것을 K는 놓치지 않고 보았다. 그는 뇌물 액수를 올리기 위해 매질을 시작한 것이 틀림없었다. 그런데 프란츠가 비명을 지르는 순간 모든

것이 끝장나고 말았다. 창고에 들이닥친 사환들에게 자신이 흥정하는 모습을 들킬 수는 없었던 것이다.

그는 은행을 나와 계단을 내려가면서 주변을 유심히 살펴보았다. 하지만 누군가를 기다리는 여자의 모습은 보이지 않았다. 프란츠가 거짓말을 했음에 틀림없었다. 하지만 오직 더 많은 동정심을 이끌어내기 위해 한 행동인 만큼 용서해주지 못할 것도 없었다.

그다음 날에도 태형을 받은 경관들의 모습이 K의 머리에서 떠나지 않았다. 낮 동안 머리가 산만해서 업무를 끝내기 위해서는 전날보다 더 늦게까지 사무실에 앉아 있어야만 했다. 퇴근길에 그는 창고 앞을 지나가면서 마치 습관인 양 문을 열어보지 않을 수 없었다. 캄캄하리라는 예상과는 달리 전날과 조금도 다를 바 없는 광경과 마주친 K는 도무지 어찌할 바를 몰랐다. 그렇다. 아무것도 변한 것이 없이 어제와 똑같았다. 입구 바로 뒤에는 서식 용지들과 빈 잉크병들이 흩어져 있었고 채찍을 들고 있는 태형리, 옷을 홀딱 벗고 있는 경관들, 선반 위의 촛불 등 모든 것이 그대로였다. 그의 모습을 본 경관들이 "선생님!"이라고 외치며 하소연을 하려 했다. K는 창고 문을 쾅 하고 닫았다. 그러고는 거의 울상이 된 채 복사기 옆에서 일을 하고 있는 사환들에게 달려갔다.

"빨리 창고로 가서 말끔히 치워!" 그가 소리치자 사환들이 놀라서 하던 일을 멈추었다. "벌써 청소했었어야지. 오물 범벅이란 말이야!"

그들은 다음 날 치우겠다고 했고 K는 그러라고 했다. 처음에는 당장 치우라고 할 작정이었지만 이렇게 늦은 시각에 그 일을 강요할 수는 없는 노릇이었다. 그는 잠시 사환들 곁에 있다가, 그들이 자기보다 먼저, 혹은 자신과 함께 퇴근하지는 않으리라는 생각에 피곤에 지친 몸을 이끌고 멍한 상태에서 그들보다 먼저 사무실을 나와 집으로 갔다.

제5장 숙부, 그리고 레니

　어느 날 오후, 우편물 발송 마감 시간을 앞두고 있어 몹시 바쁠 때였다. K의 숙부 카를이 서류를 들고 그의 방으로 들어오는 두 명의 사환 사이를 헤치며 사무실로 들어왔다. 숙부는 시골에 작은 토지를 소유하고 있었다. K는 오래선부터 숙부가 나타나리라 생각하고 있었지만 정작 그가 나타났을 때는 예상하고 있던 만큼 놀라지는 않았다. K는 숙부가 분명히 올 것이라고 한 달 전부터 확신하고 있었다. 그는 약간 구부정한 모습의 숙부가 파나마모자를 왼손에 들고 오른손은 그를 향해 뻗은 채, 도중에 걸리적거리는 물건들을 모두 쓰러뜨리면서 그에게 황급히 다가와 책상 너머로 손을 뻗치는 모습을 이미 그려보고 있었다. K의 숙부는 항상 그런 식으로 서둘렀다. 숙부는 이 큰 도시에 온 김에 할 일이 무척 많다는 불행한 생각에 쫓기고 있었으며 이곳에 머무는 단 하루 동안에 사람들과의 대화, 업무, 우연히 마주치게 될 유흥 따위를 모두 다 해치워야 한다고 믿고 있었다. 숙부가 이전에 K의 후견인이었기에 그의 도움을 많이 받은 K는 숙부의 이 모든 일을 도와야 했을 뿐 아니라 잠자리까지 제공해야 했다. K는 '시골에서 유령이 출몰한 거야'라고 중얼거리곤 했다.

서로 인사를 나누자마자 숙부는 K에게 단둘이 이야기를 좀 나누자고 했다. K는 숙부에게 안락의자에 앉을 것을 권했지만 숙부는 그럴 겨를이 없었다. K는 즉시 사환들을 방에서 내보내고 아무도 들여보내지 말라고 지시했다.

"내가 무슨 이야기를 들었는지 아니, 요제프?" 단둘이 남게 되자 숙부가 책상 위에 걸터앉으며 말했다. K는 아무 대답도 하지 않고 창밖만 내다보았다.

"그렇게 창밖만 내다보고 있을 거냐? 맙소사, 요제프! 대답 좀 해봐! 그게 사실이야? 정말 사실이냐고?"

K는 멍한 상태에서 깨어나며 입을 열었다.

"무슨 말을 하시는지 모르겠어요."

"요제프!" 숙부가 경고조로 외쳤다. "내가 아는 한 너는 언제나 솔직했다. 그런데 너, 하는 말이 어째 이상하다. 나쁜 징조로 받아들여도 되겠지?"

"숙부님이 무슨 말씀을 하시는지 알 것 같아요." K가 고분고분 말했다. "아마 소송 이야기를 들으신 모양이지요?"

"그래." 숙부가 고개를 끄덕이며 말했다. "네 소송 이야기를 들었다."

"대체 누구에게 들으신 거예요?"

"에르나가 편지를 보냈다." 숙부가 말했다. "너와는 별로 왕래가 없지. 네가 도통 그 애에 대해 신경을 쓰지 않는 것 같구나. 하지만 어쨌든 네 소식을 들은 모양이다. 오늘 그 애가 편지를 보냈더구나. 그래서 즉각 달려온 거다. 다른 이유는 없다. 하지만 그것만으로도 달려올 충분한 이유가 될 것 같나. 그 애가 쓴 편지에서 너에 관한 부분을 읽어주마."

숙부는 지갑에서 편지를 꺼내어 읽어주었다.

요제프 오빠를 본 지 오래되었어요. 지난주에 은행에 찾아갔지만 오빠가 너무 바빠서 만나지 못했어요. 제 영명 축일에 오빠가 커다란 초콜릿을 보내주었어요. 지난번에 그 이야기를 쓴다는 걸 깜빡했는데 아빠가 물어보시니까 이제야 생각이 나네요.

그런데 요제프 오빠에 대해 더 드릴 말씀이 있어요. 제가 은행에 찾아갔을 때 오빠를 만나지 못한 건 어떤 분과 상담을 하고 있어서였어요. 저는 오랫동안 기다리다가 사환에게 상담이 오래 걸릴 거냐고 물어봤어요. 그랬더니 아마 그럴 거라면서 부장님에 대한 법적 소송 건이라고 했어요. 제가 깜짝 놀라 무슨 소송이냐고 했더니 무슨 중대한 소송인 건 틀림없지만 자세한 건 모른다고 했어요. 그러고는 좀 영향력 있는 분들이 부장님 뒤를 잘 봐주었으면 좋겠다는 거였어요. 저는 그 사람 말이 별로 중요하다고 생각하지는 않았어요. 그리고 이 모든 게 허튼 소문이라고 생각해요. 그렇지만 아빠, 아빠가 한번 오셔서 무슨 일인지 알아보시는 게 좋겠어요. 그래야 자세한 사정을 알 수 있을 테니까요. 그리고 만일 필요하다면 아빠가 아시는 유력 인사들을 통해 뭔가 하실 일이 있으실 거예요. 만일 그럴 필요가 없다면,—분명히 그렇겠지요—아빠 딸이 아빠를 한 번 더 포옹할 기회가 생기는 셈 아니겠어요.

"착한 애야." 편지를 다 읽고 나서 숙부는 눈가의 눈물을 닦으며 말했다. K는 고개를 끄덕였다. 그는 갖가지 골치 아픈 일들 때문에 최근에 에르나에 대해 완전히 잊고 있었으며 심지어 생일까지도 잊고 있었다. 초콜릿 이야기는 순전히 그를 감싸기 위해 에르나가 지어낸 이야기였다. K는 감동을 받았다. 그가 정기적으로 보내주는 극장 티켓만으로는 충분히 보상이 되지 못할 것 같았다. 하지만 열여덟 살짜리 여고생을 기숙사로 찾아가서 이야기를 나누는 것도 영 어색할 것 같았다.

그가 그런 생각에 잠겨 있을 때 숙부가 말했다.

"그래, 어디 네 말을 들어보자. 뭐라고 대답한 거냐?"

"숙부님, 그건 사실입니다."

"뭐야? 사실이라고?" 숙부가 소리쳤다. "도대체 뭐가 사실이란 말이냐? 무슨 소송인데? 설마 형사 소송은 아니겠지?"

"형사 소송입니다."

"아니, 형사 소송이 네 목을 누르고 있는데 이렇게 태평하게 앉아 있는 거냐?" 숙부는 점점 더 언성을 높이며 소리쳤다.

"얌전히 있을수록 결과가 더 좋은 법이에요. 아무 걱정 마세요."

"아니, 내가 어떻게 걱정을 안 할 수 있니? 얘, 요제프! 너 자신과 네 집안을 생각해봐라. 네 명성도 생각해보란 말이다! 넌 이제까지 우리의 자랑이었는데 우리의 수치가 되면 안 돼! 그리고 네 태도가 그게 뭐니? 도무지 마음에 들지 않아. 죄가 없다면 그런 태도는 취하지 않는 법이야. 그래, 무슨 일인지 어서 말해봐라. 그래야 도와주든지 말든지 하지. 분명 은행 일이겠지?"

"숙부님, 말씀 좀 낮추세요. 직원들이 듣겠어요. 우리 다른 곳으로 가지요. 궁금하신 거, 다 대답해드릴게요."

"그래, 그게 좋겠다."

K는 자신의 일을 대신 처리해줄 직원을 전화로 불러서 이런저런 지시를 한 다음 숙부와 함께 사무실을 나섰다. 은행 문을 나서서 계단에 발을 딛자마자 숙부는 궁금해서 못 견디겠다는 듯 마구 질문을 퍼부어 댔다. K는 수위가 엿듣는 것 같아 말없이 숙부를 아래쪽으로 끌어당겼다.

이윽고 거리에 나서자 숙부가 다시 물었다.

"자, 대체 어찌 된 일인지 어서 말해봐라. 이런 일은 갑자기 일어나는 게 아닌데 왜 그동안 편지를 하지 않았니? 나는 어떤 의미로는 아직 네 후견인이고, 너를 위해서라면 무슨 일이든 할 준비가 되어 있다는 걸 너도 알고 있잖니?"

"숙부님, 좀 진정하세요. 흥분하는 건 아무 도움이 되지 못해요. 흥분해서는 소송에 이길 수 없어요. 어쨌든 숙부님 말씀을 따르겠어요. 혹시 숙부님께서 제게 제안하실 말씀이 있으세요?"

"생각을 좀 해봐야겠다. 내가 20년 넘게 시골에 살아왔으니 이런 일에 대한 감각이 무뎌졌어. 하지만 다행히 이런 일에 나보다 훨씬 능숙한 사람들과의 연줄이 완전히 끊어지지는 않았다. 어쨌든 지금 가장 중요한 건 시간을 허비하지 않는 거다."

그 말과 함께 숙부는 어느새 택시를 손짓으로 부르더니 먼저 택시에 올라탄 다음 K를 택시 안으로 끌어들였다. 그리고 기사에게 큰소리로 주소를 외쳤다.

"변호사인 홀트 박사에게 가보자. 나와 학교 동창이다. 너도 이름을 알고 있지? 모른다고? 기, 이상하구나. 기난한 사람들의 대변자로서 명성이 자자한 변호사인데……. 하지만 무엇보다 인간적으로 믿을 만한 사람이다."

"저야, 숙부님께서 하시는 일이라면 모두 좋습니다." K는 숙부가 너무 급하게 일을 밀어붙이는 것이 불편했지만 순순히 따랐다. 피고인 신분으로서 빈민 상대 변호사를 찾아간다는 것도 별로 장려할 만한 일은 아니었다.

"저는 몰랐네요." K가 말했다. "이런 일에도 변호사가 필요한 줄 말이에요."

"그건 당연한 거다. 안 될 게 뭐 있겠니? 자, 가는 동안 사건에 대해 좀 자세히 이야기해봐라."

K는 즉시 하나도 숨김없이 모든 사실을 다 털어놓았다. 비록 이 사건과 직접 연관이 없기에 슬쩍 이름만 언급했을 뿐이지만 심지어 뷔르스트너 양에 대한 이야기도 했다. 이윽고 택시는 어느 거무스름한 건물 앞에 멈춰 섰다. K의 숙부는 1층 첫 번째 문을 노크했다. 기다리는 동안 숙부가 이를 드러내고 미소를 지으며 말했다.

"벌써 8시로구나. 의뢰인들이 찾아오기에는 적당하지 않은 시각이지. 하지만 훌트라면 이런 무례 정도는 받아줄 거야."

곧이어 하얀 앞치마를 두른 젊은 여자가 촛불을 들고 현관에 나타나 문을 열어주었다.

"들어가자, 요제프." 숙부가 먼저 안으로 들어가고 K가 뒤따랐다.

"변호사님은 편찮으세요." 그들이 방을 향해 걸어가자 다시 문을 닫으며 여자가 말했다. K는 그녀를 멍하니 바라보았다. 동그랗고 인형처럼 생긴 얼굴이었으며 심지어 볼과 턱뿐 아니라 관자놀이와 이마 부분까지 동글동글했다.

그녀가 문을 닫고 다시 가까이 오자 숙부가 물었다.

"어디, 심장에 문제가 있는 건가?"

"네, 그런 것 같아요." 여자가 대답했다. 그녀는 어느새 촛불

제5장 숙부, 그리고 레니

207

을 들고 그들을 앞지르더니 방문을 열었다. 그러자 어두컴컴한 방구석 침대에서 수염이 길게 자란 얼굴이 몸을 일으켰다.

"레니, 누가 온 거냐?" 변호사가 물었다. 촛불에 눈이 부신지 그는 손님들을 알아보지 못했다.

"자네 오랜 친구 카를이라네."

"오, 카를!" 변호사는 그 말을 하면서 체면 따위는 차릴 필요가 없는 사람이라는 듯 다시 침대에 몸을 눕혔다.

"몸이 정말 그렇게 안 좋은가?" K의 숙부가 침대 끝에 걸터앉으며 물었다. "그렇진 않겠지? 전에 앓던 심장병이 재발한 거고 전처럼 곧 지나가겠지?"

"그럴 걸세." 변호사가 말했다. "하지만 힘든 건 여전해. 숨쉬기도 힘들고. 잠을 통 못 자는 데다 기력도 점점 떨어지고 있어."

"저런, 그래, 간호는 잘 받고 있나?"

"레니가 나를 잘 보살펴주고 있지. 착한 아이일세."

하지만 숙부는 그 말을 수긍하지 않았다. 눈에 띄게 시중드는 아가씨를 적대시하는 것 같았다. 입 밖으로 말을 하지는 않았지만 환자의 자세를 바로 잡아주는 아가씨를 향한 매서운 눈초리가 그의 마음을 대변해주고 있었다.

"아가씨, 자리를 좀 비켜줄 수 없겠소? 친구와 긴히 나눌 말이 있어서요."

그러자 환자 너머로 몸을 기울여 벽 쪽의 시트를 반듯하게 펴고 있던 여자가 고개만 돌린 채 아주 조용히 말했다. 화를 참지 못해 터져 나온 것 같은 숙부의 말투와는 완전히 대비되는 말투였다.

"보시다시피 훌트 박사님께서는 편찮으셔서 어떤 일에 관해서도 상담을 하실 수 없습니다."

말투야 점잖았지만 조롱기가 여실한 것을 눈치 챌 수 있었다.

"이런 제길!" 숙부는 펄쩍 뛰었다. 그 입에서 무슨 험한 말이 튀어나올지 몰라 K는 황급히 숙부의 입을 막겠다는 생각으로 숙부에게 다가갔다. 그런데 다행히 그 순간 환자가 몸을 일으켰다. 숙부는 뭔가 역겨운 것을 참는 듯한 표정을 짓더니 여자에게 조용히 말했다.

"난 그렇게 정신 나간 사람이 아니야. 받아들이기 어려운 것이라면 부탁하지도 않았을 거야. 자, 이제 제발 좀 나가줘!"

"레니 앞에서는 무슨 말이든 해도 괜찮네." 환자가 말했다.

"나에 관한 일이 아닐세." 숙부가 애원하듯 말했다. "내 비밀이 아니란 말이야."

"그렇다면 누구 일인가?" 변호사가 힘없이 묻고는 다시 자리에 누웠다.

"내 조카 일일세. 여기 같이 왔어." 그러면서 숙부는 K를 소개했다.

"은행에 부장으로 있는 요제프 K라네."

"아, 그런가?" 환자는 훨씬 생기가 도는 목소리로 말하면서 K에게 손을 내밀었다. "미안하오. 당신이 와 있는 줄 몰랐소." 이어서 그는 간병인 아가씨에게 말했다. "레니, 나가봐."

레니가 밖으로 나가자 숙부가 말했다.

"자네 벌써 훨씬 나아 보이는군. 저 마녀 같은 게 밖으로 나가니 말일세. 분명 문밖에서 엿듣고 있을 거야."

"자네가 오해한 걸세." 변호사가 말했다. 하지만 그는 더 이상 간병인을 변호하지 않았다. 그가 말을 이었다.

"자네 조카 일이라니 내가 건강하다면 최선을 다하겠지만 그렇지 못해 걱정이라네. 하지만 할 수 있는 건 다 해보겠네. 내 힘으로 안 된다면 다른 사람 도움도 받을 수도 있고. 솔직히 대단히 흥미가 있다네. 그런 일을 맡을 기회를 내던질 수 없지. 설사 내 심장이 멎어버린다 할지라도 그럴 만한 가치가 있는 일이네."

K는 그의 말을 이해할 수 없어 설명 좀 해달라는 투로 숙부를

바라보았다. 하지만 숙부는 고개를 끄덕이며 변호사의 말에 동의하고 있었고, 때때로 K를 쳐다보며 동의를 구하는 것 같았다.

'숙부가 이미 이 사건에 대해 변호사에게 이야기를 한 것일까?'

하지만 그건 불가능한 일이었다. K가 변호사에게 물었다.

"아니, 어떻게 제 소송 건에 대해 알고 계신 거지요?"

"아, 그것 말인가?" 변호사가 미소를 띠며 말했다. "나는 변호사 아닌가? 법원 관계자들과 접촉할 기회가 많지. 사람들에게 여러 사건에 관한 이야기를 듣기 마련이고 그중 흥미로운 것은 마음에 남게 되어 있지. 특히 친한 친구의 조카 이야기라면 두말할 필요가 없지."

"법원 관계자들과 접촉하신다고요?" K가 물었다.

"물론이지. 활동 분야가 같은 사람들이 아니라면 누구와 접촉을 하겠소?" 변호사가 대답했다. K는 '하지만 당신이 일하는 곳은 고등 법원이지 다락방에 있는 법원은 아니겠지요'라고 말하고 싶은 것을 겨우 참았다.

"그런데 말입니다." 변호사는 마치 당연한 일을 내친 김에 설명한다는 투로 말을 이었다. "그런 접촉을 통해 우리 변호인들은 의뢰인들에게 크게 도움이 될 만한 것을 얻어내기도 한다

이거요. 지금은 이렇게 병중이라 다소 지장이 있지만 법원의 좋은 친구들이 찾아와 주기도 해서 어느 정도 소식을 듣고 있소. 그리고 지금도 아주 반가운 분이 찾아와 주셨소."

그 말과 함께 변호사는 어두운 방구석을 가리켰다.

"어디요?" K는 놀라서 약간 거칠다 싶은 투로 물었다. 그는 불안한 시선으로 둘러보았다. 작은 촛불 불빛은 방구석까지는 미치지 못하고 있었다. 그때 실제로 구석에서 누군가가 움직이기 시작했다. 숙부가 촛불을 높이 쳐들자 구석 작은 탁자 곁에 한 중년 신사가 앉아 있는 모습이 보였다. 그는 자신의 모습이 드러난 것이 못마땅하다는 표정을 짓고 있었다.

"실은 자네들이 불시에 들이닥쳐 우리를 놀라게 한 거라네." 변호사가 설명조로 말하더니 남자에게 가까이 오라고 손짓을 했다. 남자는 위엄을 과시하듯 주위를 둘러보며 머뭇거리는 태도로 가까이 왔다.

"사무처장님, 죄송합니다. 제가 소개를 해드리지 않았군요. 이쪽은 제 친구 카를 K이고 이쪽은 이 사람 조카인 은행 부장 요제프 K입니다. 그리고 이쪽은 법원 사무처장님." 이어서 그는 숙부와 K를 향해 말했다. "정말 바쁘신 분인데 귀한 방문을 해주신 거라네. 기왕 이렇게 된 것, 함께 논의할 일이 생긴 셈이기

도 하니 함께 둘러앉아 이야기를 나누기로 하지. 자, 그럼, 사무
처장님." 변호사는 비굴한 미소를 지으며 탁자 곁의 의자를 가
리켰다.

"유감이지만 저는 몇 분밖에 머물지 못할 것 같군요." 사무처
장은 점잖게 말한 뒤, 편안한 자세로 안락의자에 앉으며 시계
를 들여다보았다.

둘러앉은 숙부와 변호사와 사무처장 중 그 누구도 이제 K에
대해 신경을 쓰지 않았다. 덕분에 K는 그들을 조용히 관찰할
수 있었다. 일단 이야기가 시작되자 사무처장이 이야기의 주도
권을 잡았다. K는 그가 어딘가 의도적으로 자신을 무시하고 있
다는 느낌을 받았다. 그는 혹시 이 사무처장이라는 사람을 어
디서 본 적은 없는지, 혹시 첫 심리 때 참석한 사람들 중의 하
나는 아닌지 생각해보았다. 아마 착각임이 분명했지만 그날 첫
심리 때 맨 앞줄에 있던, 턱수염이 듬성듬성 난 노신사들 중의
하나일지도 모른다고 그는 생각했다.

그때였다. 응접실에서 사기그릇 같은 것이 깨지는 소리가 들
렸다.

"제가 무슨 일인지 가보겠습니다." K는 그렇게 말하며 마치
사람들이 만류하기를 기다리듯 아주 느릿느릿 밖으로 걸어 나

갔다. 그가 응접실로 나서면서 어둠에 적응이 되기 위해 잠시 머뭇거리고 있을 때였다. 아직 문을 붙잡고 있는 그의 손 위에 그 손보다 훨씬 작은 손 하나가 놓이더니 조용히 문을 닫았다. 그곳에서 기다리고 있던 사람은 바로 간병인 아가씨였다.

"쉿, 아무 일도 아니에요." 그녀가 속삭였다. "당신을 불러내려고 접시 한 장을 벽에 던진 거예요."

"나도 당신 생각을 하고 있었소." K가 편치 않은 목소리로 말했다.

"잘됐네요." 여자가 말했다. "자, 이리 오세요." 몇 걸음 더 걸어가자 유리문이 나왔고 여자는 K에 앞서서 문을 열었다. 변호사 사무실임이 분명했다. 커다란 창문을 통해 들어온 달빛이 방안의 가구들을 비추고 있었다. 천장이 높은 커다란 방이었다.

"저는 생각했어요." 그녀가 말했다. "제가 먼저 부르지 않더라도 당신이 제게 올 거라고 말이에요. 제가 그 방에 들어갔을 때부터 제게 눈길을 주었잖아요. 그런데 그래 놓고는 저를 기다리게 하더군요. 저를 레니라고 불러주세요."

"그럴 이유가 있었습니다. 우선 노인네들이 이야기를 나누는 도중에 나오기가 힘들었고, 게다가 나는 숫기가 없거든요. 또 당신이 단번에 유혹에 넘어올 여자로 보이지도 않았어요."

이제 어둠에 거의 익숙해진 K는 방 안 가구들을 모두 알아볼 수 있었으며 특히 문 오른쪽에 걸려 있는 초상화가 눈에 띄었다.

"아마 내 담당 판사인지도 모르겠군." 법복을 입은 남자의 초상화를 보며 K가 말했다. 그러자 레니가 말했다.

"저는 저분을 알아요. 여기 자주 오시는 분이에요. 저 사람은 예심판사예요." 그 말을 하면서 그녀는 가만히 그의 어깨에 머리를 기댔다.

"겨우 예심판사? 고위법관들은 모두 숨어 있군. 그나저나 예심판사 주제에 뭐 저렇게 멋진 의자에 앉아 있담."

"아니, 다 꾸민 거예요. 실제로는 부엌 의자에 모포를 얹어 놓은 거예요. 그런데 당신은 온통 당신 소송 생각만 하고 있군요."

"아니, 절대로 그렇지 않소." K가 즉각 반박했다. "실은 너무 생각을 안 해서 문제인지 모르지."

"그건 잘못하는 게 아니에요. 그런데 당신이 너무 굽힐 줄 모른다는 이야기를 들었어요."

"누가 그런 소리를 해요?" K는 자신의 가슴에 와 닿는 그녀의 몸을 느끼면서 숱이 많은 그녀의 검은 머리카락을 내려다보았다.

"그걸 말해주면 너무 많은 걸 말하는 거예요. 제발 이름은 묻지 마세요. 대신 잘못된 건 고치세요. 고집을 세우지 말라는 말이에요. 법정과 맞서서 이길 수는 없어요. 결국 자백해야 해요. 기회를 봐서 자백하도록 해요. 그래야 겨우 빠져나갈 구멍이 생겨요. 그것도 다른 사람의 도움이 없이는 불가능해요. 하지만 그런 도움에 대해서는 걱정하지 마세요. 제가 도와드릴게요."

"당신 법원에 대해 아는 게 많군요." 그러면서 K는 그녀를 안아 무릎 위에 올렸다. 그녀는 두 팔을 그의 목에 두르고 뒤로 몸을 젖히더니 한참 동안 그를 바라보았다.

"만일 내가 자백하지 않는다면 당신은 나를 노와줄 수 없나요?" K는 그녀를 테스트하기 위해 물어보면서 속으로 놀랐다.

'나를 도와줄 여자들을 차곡차곡 쌓아 놓는군. 처음에는 뷔르스트너 양, 다음에는 법정 정리의 아내, 그리고 마지막으로 이 간병인 아가씨.'

"안 돼요. 당신이 자백을 하지 않으면 도울 수 없어요. 그런데 당신, 애인이 있나요?"

K는 있다고 대답했다. 그녀가 조르는 바람에 그는 엘자의 사진을 보여주었다. 그러자 그녀가 말했다.

"지금 애인을 나로 바꾸어도 당신이 별로 아쉬워하지 않을 여자 같네요."

"물론이지요." K가 미소를 지으며 말했다. "하지만 그녀에게
는 아주 큰 장점이 있소. 내 소송에 대해 아무것도 모른다는 거
요. 혹시 알게 되더라도 아무 신경도 쓰지 않을 거요. 날 설득하
려 들지도 않을 것이고."

"그건 장점이 아니에요. 그 외에 다른 장점이 없다면 내가 용
기를 내도 되겠네요."

그 말과 함께 그녀는 무릎으로 그의 몸 위로 기어올랐다. 그
녀는 그의 머리를 끌어안고 그의 목을 깨물다시피 하며 키스를
했다.

"이제 내가 당신 애인이 된 거예요!" 그녀는 때때로 소리를
질렀다. 그리고 "이제 당신은 내 거예요"라고 말했다. 그녀는 마
지막으로 "여기 집 열쇠가 있어요. 언제든 원할 때면 오셔도 돼
요"라고 말했다. 그녀는 현관을 나서는 그의 등에 마구 키스를
퍼부었다.

K가 밖으로 나가자 가느다란 빗방울이 떨어지고 있었다. K
가 아직 창가에 있는 레니의 모습을 볼 수 있을까 해서 길 한복
판으로 나서려는데 K가 다른 생각을 하고 있느라 미처 알아보
지 못했던 자동차에서 숙부가 뛰쳐나왔다. 숙부는 K의 양팔을
붙잡더니 그를 마치 대문에 처박아 둘 듯이 거세게 밀어붙였다.

"이놈아!" 숙부가 외쳤다. "어떻게 그런 짓을 할 수 있는 거냐? 네 일이 잘되어 가려던 참인데 네가 다 망쳐버렸어! 그 더럽고 조그만 계집애, 변호사의 정부임이 분명한 그 계집애랑 몰래 빠져나가서 몇 시간이나 함께 있다니! 너를 도와줄 수 있는 사람들을 어렵게 설득하고 있는 나를 곁에서 도와주기는커녕 어디론가 사라져버려? 처음에는 나를 감싸주려고 했던 그 사람들도 더 이상 참지 못하고 네 사건 이야기는 아예 입 밖에 꺼내지도 않았어. 아무 말 없이 네가 오기만 기다리고 있었단 말이다. 사무처장이 뭐라며 갔는지 알아? 도와줄 수 없어서 유감이라고 했어. 그 병든 변호사는 얼마나 충격을 받았는지 내 작별 인사를 제대로 받지도 못했어. 너는 그가 완전히 쓰러지는 데 엄청난 기여를 한 셈이니, 네가 의지할 사람을 죽인 것과 다름없어. 게다가 네 숙부를 이렇게 빗속에서 걱정에 휩싸여 몇 시간 동안 기다리게 하다니! 자, 만져봐라! 아예, 푹 다 젖었다!"

제6장 변호사 – 제조업자 – 화가

어느 겨울 오전이었다. 우중충한 날씨에 바깥에는 눈이 내리고 있었다. K는 사무실에 앉아 있었다. 이른 시각인데도 그는 벌써 극도로 지쳐 있었다. 그는 중요한 일에 몰두해 있으니 직원들을 들여보내지 말라고 사환에게 지시해 놓은 상태였다. 하지만 그는 일을 하고 있는 것이 아니었다. 그는 의자에 앉은 채 몸을 빙빙 돌리다가 책상 위의 물건들을 천천히 주변으로 밀어 놓고는 자신도 모르는 새 책상 위로 팔을 쭉 뻗고 머리를 가슴까지 숙인 채 꼼짝 않고 앉아 있었다.

그는 소송에 관한 일을 머리에서 떨쳐낼 수 없었다. 그는 변론서를 작성해서 법원에 제출하는 것이 옳을 것인지 자주 숙고해 보았다. 자신이 직접 작성한 변론서가 결함투성이인 변호사의 변론에 의존하는 것보다 장점이 있음은 분명했다. 사실 K는 변호사가 무슨 행동을 취하고 있는지 알지 못했다. 어쨌든 별 조치를 취하지 않고 있는 것은 분명했다. 벌써 한 달째 그를 부르지 않았고, 이전에 상담을 할 때도 변호사가 자신을 위해 뭔가 해줄 것 같다는 느낌이 든 적은 없었다. 무엇보다 변호사는 그에게 아무것도 묻지 않았다. 이런 일에는 물어볼 것이 많은 법이며 질문이야말로 가장 중요한 것 아닌가? K는 자신이 그의 입장이라면 물어볼 만한 것들을 얼마든지 생각해낼 수 있을 것 같았다. 하지만 변호사는 질문을 하지 않은 채 자기 이야기만 하거나, 아니면 조용히 입을 다문 채 그와 마주 앉아 책상 위로 몸을 약간 구부리고 양탄자만 내려다보고 있었다. 아마 K가 레니와 함께 누웠던 바로 그 자리인 것 같았다.

변호사는 아이들에게나 할 법한 쓸데없는 충고를 늘어놓았다. 정말 따분한 이야기들이라서 K는 수임료를 정산할 때 한 푼도 주고 싶지 않을 정도였다. 변호사는 자신의 소송 기록들이 서랍에 들어 있다고 말하더니 서랍을 툭툭 건드리며 그 경험들이 K에게 도움이 될 거라고 말했다. 이어서 그는 자신이, 즉시 작업에 착수했고 첫 번째 청원서가 거의 완성 단계라고 말했다. 그는 첫 번째 청원서가 매우 중요하다면서도, 법원에서 청원서를 전혀 읽어보지 않는 경우도 있다고 말했다. 즉 법원에서는 글로 쓰인 청원서보다는 피고로부터 직접 말을 듣는 것이 중요하다고 생각하여 청원서를 서류들 사이에 던져버린다는 것이다. 하지만 법률이 재판 공개를 의무화하고 있지 않기 때문에 전적으로 부당한 행동은 아니라고 말했다.

이어서 그는 사실 법원은 변호사를 인정하고 있지 않으며 그들의 말을 경청하지도 않고 무시하고 홀대한다고 말했다. 예컨대 두 번째 층 다락방에 있는 변호사 대기실은 누추하고 열악하기 짝이 없다는 것이다. 어느 정도 열악한지 변호사 대기실을 한번 둘러보면 알 것이라며 그는 한 가지 예를 들었다. 그 방바닥에 벌써 일 년 이상 구멍이 뚫려 있어 자칫 그 구멍에라도 빠지게 되면 다리가 첫 번째 층 다락방, 즉 소송 당사자들이 대기하고 있는 복도 천장에 걸리게 된다는 것이다. 불평을 해 보아도 소용없는 일이며, 더욱이 변호사들이 자비(自費)를 들여 방 안을 손보는 일은 엄격히 금지되어 있다. 그런데 법원이 변호사들을 그런 식으로 대접하는 데는 다 이유가 있다. 법원 측은 가능한 한 변호사를 배제하고 모든 일을 피고인이 직접 처리하게 하려는 것이다. 하지만 그렇다고 해서 변호사가 완전히 불필요한 존재라고 생각한다면 오산이다. 재판 과정 자체가 일반인뿐 아니라 피고 당사자에게도 비밀로 되어 있기 때문이다. 법원 서류를 열람할 수도 없으며 심문 내용에 근거해서 참조해야 할 관련 서류가 무엇인지 알아내는 것은 거의 불가능하다. 바로 그 지점에서 변호사가 필요해지는 것이다.

　일반적으로 변호사는 피고가 심문을 받을 때 동참이 허용되지 않는다. 따라서 변호사는 심문이 끝나자마자 피고에게 심문 내용에 대해 자세히 물어서 어떤 것이 도움이 될지 알아내야 한다. 하지만 솔직히 피고와의 면담을 통해 알아낼 수 있는 것은 제한이 되어 있고, 제대로 알아내도 별 도움이 되지 못한다. 무엇보다 중요한 것은 변호사가 맺고 있는 개인적 연줄이며 변호사라는 존재의 가치는 바로 거기에 있다. K, 당신도 겪어봐서 알겠지만 특히 낮은 직급의 경우 법원 조직은 완전하지 못하다. 법정은 일반인들에게 엄격히 폐쇄되어 있지만 의무를 망각하거나 뇌물에 매수된 직원들이 있어서 구멍이 생기기 마련이다. 바로 그 구멍을 변호사들이 비집고 들어가는 것이고, 매수를 하여 정보를 캐내는 것이며 예전에는 심지어 서류를 훔쳐내는 경우도 있었다. 그런 짓이 재판에 유리하게 작용하는 경우도 있긴 하다. 하지만 그건 한계가 있으며 이류 변호사들이나 하는 짓이다.

진정으로 가치가 있는 것은 고위 관리들과의 정직한 개인적 관계이다. 이런 관계가 미치는 영향은 처음에는 잘 드러나지 않지만 날이 갈수록 뚜렷해진다. 물론 그런 관계를 맺고 있는 변호사는 극소수이며 바로 그런 점에서 K는 탁월한 선택을 한 셈이다. 홀트 박사 자신처럼 연줄을 동원할 수 있는 변호사는 한두 명에 불과하기 때문이다. 이들 변호사들은 누추한 변호사 대기실에 가지도 않으며 그곳에 드나드는 동료들에 대해서는 관심도 없다. 그들은 법원 관리들과 긴밀한 관계를 맺고 있다. 홀트 박사처럼 그들은 매번 법원에 가서 예심판사 대기실에서 고위 관리들을 만나 재판에 대한 정보를 듣기도 하고 심지어 재판에 대해 조언을 하기도 한다. 그런 점에서 관리들은 변호사들에게 의존하고 있는 셈이다. 중간 정도의 평범한 소송 같은 것은 정해진 궤도에 따라 저절로 굴러가기 때문에 옆구리를 슬쩍 찔러주기만 해도 된다. 하지만 매우 어려운 사건을 만나면, 아주 단순한 사건의 경우와 마찬가지로 어찌할 바를 몰라서 당황하는 경우가 있다. 밤낮으로 법률에만 매달려 사느라 인간관계를 제대로 이해하는 법을 배우지 못한 때문이다. 그럴 때면 관리들은 변호사들의 자문을 구한다.

하지만 그런 경우에도 그들의 반감을 사지 않도록 조심해야 한다. 그들이 하는 행동은 모두 비밀이며 그들은 모두 일에 지쳐 과민 상태에 있기 때문이다. 무엇보다 변호사들이 법원에 대해 개선할 점을 제안하거나 관철시키려 하는 일은 있어서는 안 된다. 사실 아무리 하찮은 변호사라 하더라도 변호사들은 이런 점을 모두 잘 알고 있다. 하지만 피고인의 경우에는 제아무리 소박한 성품을 지닌 사람이라도 일단 소송 사건에 휘말리게 되면 재판 과정의 문제점을 간파하고 개선 방향에 대해 생각하기 시작한다. 그래서 다른 일에 썼으면 유용했을 시간과 정력을 공연히 쓸데없는 그런 일에 히비헤버리는 경우가 많다. 유일하게 올바른 길이란 주어진 상황을 있는 그대로 받아들이는 법을 배우는 길이다. 설사 세세한 부분을 개선시킬 수 있다 하더라도—물론 터무니없는 망상에 불과하지만—그로부터 얻는 소득이란 기껏해야 나중에 받게 될 관리들의 주목을 미리 받게 된다는 것뿐이다. 그리고 그 경우 관리들은 어떻게 해서든 보복할 방법을 찾기 마련이고 결국에 돌아오는 것은 손해뿐이다.

절대로 주목을 받아서는 안 된다! 아무리 비위에 거슬리는 일이라도 얌전히 있어야 한다! 법원 조직체의 크기를 간파해야 하며 그것이 어느 정도 유기적으로 서로서로 연관을 맺고 있다는 사실을 알아야 한다. 만일 누군가가 자신의 입장에서 그 무언가를 바꾸게 되면 그건 발아래 자신의 기반을 없애버리는 것과 같은 짓이어서 자신만 추락하게 될 뿐이다. 유기적으로 연결된 이 거대한 조직은 곧 어디선가 보완책을 구하고 이전과 다름없는 상태를 유지하는 것이다. 어찌 보면 전보다 더 단호하고 더 신중하고 더 엄격하고 더 사악하게 될 가능성도 있다.

그러니, 다시 말하지만, 모든 것을 변호사에게 맡겨두어야 한다. 법원에 대하여 비난하는 짓은 삼가야 한다. 그 근거가 무엇인지, 그 의미가 어떤 것인지 정확히 밝혀낼 수 없다면 말이다. 그런 뜻에서 K가 사무처장에 대해 했던 행동이 K의 소송에 얼마나 악영향을 미쳤는지 말해야만 하겠다. 그토록 영향력이 있는 사람을 K의 소송에 도움을 줄 수 있는 명단에서 지워버려야 할 형편이니 말이다. 지나가는 말로라도 K의 소송에 대해 언급을 하면 못 들은 체하는 기색이 역력하다. 이들은 어린아이와 같아서 다루기가 어려우면서 쉽기도 한데 거기에 무슨 원칙은 없다.

이어서 변호사는 변호사의 입장에서 특별한 성공 비결은 없는 것 같다, 특별히 손을 쓰지 않았는데도 좋은 결과가 나오는 경우가 많으며 겉보기에는 성공을 거둔 것처럼 보였는데 실패를 거둔 경우도 많다고 했다. 그리고 무엇보다 견딜 수 없을 정도로 괴로운 일은 의뢰인이 변호사를 바꾸어버려 소송 사건을 빼앗기는 일이라고 했다. 홀트 박사는 피고는 일단 변호인을 선임하면 무슨 일이 있어도 그 변호인에게 붙어 있어야 한다고 말했다. 더욱이 K의 경우 아직 변호사가 개입해 취할 조치가 충분히 많이 있으며 그 기회를 충분히 활용하리라는 점은 믿어도 된다고 했다. 자신이 말한 대로 아직 청원서를 제출하지는 않았지만 그렇게 서두를 것 없다, 담당 관리들과 면담을 하는 것이 무엇보다 중요한데 그 일은 이미 성사되있다는 것이었다. 그리고 이미 몇 가지 성과가 있었지만 아직 K에게 밝힐 단계는 아니라고 말했다. 구체적인 성과는 나중에 봐야 알겠지만 전체적으로 볼 때 매우 만족스러운 편이라는 것이었다. 어쨌든 아직 실패한 것은 아무것도 없으며, 사무처장의 마음을 얻는 데 성공한다면—이미 조치를 취해 놓았다—외과의사식으로 말해서 상처가 말끔히 아물고 결과를 편안하게 기다릴 수 있다는 것이었다.

변호사는 그런 말을 늘어놓으면서 조금도 지친 기색을 보이지 않았다. 그는 K가 찾아갈 때마다 그런 말을 되풀이했다. 매번 진척이 있다고는 했지만 어떤 종류의 진척인지는 들은 적이 없었다. 그러고는 다음번에 찾아가면 청원서를 미룬 것이 오히려 아주 잘 된 일이라고 말했다. 전혀 예상하지 못한 일이었지만 청원서를 제출하기에 아주 불리한 시기였다는 것이었다. 이런 말들을 듣고 어이가 없어진 K가 일이 너무 느리게 진행되는 것이 아니냐고 지적하면 변호사는 결코 느린 게 아니다, 문제는 K가 이 사건을 너무 늦게 의뢰한 데 있다, 그 때문에 많은 불이익을 감수해야 할 것이라는 답변이 돌아왔다.

변호사를 방문하는 동안 K를 이런 괴로운 상태에서 잠시나마 벗어나게 해준 것은 레니였다. 레니는 K가 사무실에 있을 때 꾀를 내어 변호사에게 차를 가져다주었다. 그녀는 K의 뒤에 서서 변호사가 차를 따르기 위해 찻잔을 향해 몸을 깊숙이 숙인 뒤 천천히 차를 마시는 동안 은밀하게 K에게 제 손을 잡게 했다. 가끔 레니는 대담하게 K의 머리카락을 쓰다듬기도 했다. 차를 다 마신 변호사가 "레니, 왜 아직 거기 있는 거냐?"라고 물으면 그녀는 "이제 가려고요"라고 말하며 다시 한번 K의 손을 꼭 잡았다. 변호사는 입을 닦은 후 다시 장황한 이야기를 늘어놓기 시작했다.

과연 변호사는 K를 안심시키려 한 것일까? 아니면 그를 혼란스럽게 하려는 것이었을까? 어쨌든 K는 변호사가 사건을 질질 끌면서 이익을 취하려 하는 것은 아닌가 하는 의심을 거둘 수 없었다. 소송이 벌써 몇 달째 계속되고 있는데도 아직 청원서도 제출하지 않았다는 사실, 모든 것이 아직 시작 단계에 머물러 있다는 사실로 보아도 그런 의심을 살 만했다. 그러다가 갑자기 판결을 받거나 아니면 피고에게 불리하게 결론 내려진 예심 결과가 상급 관청으로 이송되었다는 통보를 받고 놀랄 수도 있었다.

이제 K가 직접 나설 필요가 있게 된 셈이었다. 그 겨울날 오전, 그가 극도로 피곤해서 온갖 생각들이 머리를 스쳐 지나가는 와중에도 그 생각만은 떨쳐낼 수가 없었다. 그는 이제 더 이상 이전처럼 이 소송 자체를 경멸하지 않았다. 그가 만일 이 세상에 홀몸이었다면 쉽게 소송 따위를 무시할 수도 있었을 것이다. 하지만 지금은 그의 숙부가 이미 그를 변호사에게 끌고 왔으며 가족들도 염두에 두어야 했다. 그의 직장 역시 이 소송과 완전히 무관할 수는 없었다. 그는 부주의하게도 몇몇 지인들 앞에서 이 소송에 대해 언급한 바 있으며,—그는 그러면서 뭔가 설명하기 어려운 자기만족을 느꼈다—어떤 경로를 통해서인지는 모르겠지만 다른 사람들도 소송에 대해 알게 되었고 뷔르스트너 양과의 관계도 소송 때문에 흔들리는 것 같았다. 요컨대 그에게는 소송을 받아들이거나 거부할 선택권이 없었다. 그는 소송 한복판에 있었으며 스스로 자신을 방어해야 했다. 그가 지쳐 있었다면 그건 바람직하지 않은 일이었다.

하지만 지레 지나친 걱정을 할 필요는 없었다. 그는 오로지 자신의 힘으로 비교적 짧은 기간에 은행에서 높은 자리에 올랐고 모든 사람의 인정을 받으며 그 자리를 유지하고 있었다. 그에게 그런 일을 가능하게 만들어준 그의 능력의 일부분을 소송에 할애한다면 매사 잘될 것이라는 점은 의심의 여지가 없었다. 그리고 뭔가를 성취해 내려면 자신이 어떤 식으로건 죄가 있다는 생각을 떨쳐내는 것이 무엇보다 가장 중요했다. 죄 같은 건 없었다. 소송은 그가 은행 쪽에 유리하도록 결론을 이끌어냈던 이전의 중요한 비즈니스들의 하나일 뿐이었다. 그런 위험들은 언제나 숨어 도사리고 있기 마련이고 언제나 그랬듯 맞서서 막아내면 되는 것이었다. 그러기 위해서는 무엇보다 죄에 대한 생각에 휘말려서는 안 된다. 모든 것을 자신의 이익을 위해서 집중시켜야 한다.

자기 스스로 이 일을 처리하려면 오늘 저녁에라도 당장 변호 의뢰를 취소해야만 했다. 변호사의 말대로 그런 건 전례가 없는 일이고 변호사에게는 더 없는 모욕일 것이다. 하지만 스스로 이 소송 건에 나서려면 무엇보다 장애물을 치워버려야 하고 그 장애물은 변호사가 야기한 것임이 분명했다. 하지만 일단 변호사를 떨쳐내고 나면 청원서를 즉각 제출해야 하고 그 청원서를 참작해 달라고 매일 재촉해야 할 것이다. 자신뿐 아니라 여자들, 사환들을 시켜 귀찮게 관리들을 쫓아다니게 하고 이리저리 압박을 넣어야 할 것이다.

K는 그런 것쯤은 해낼 자신이 있었다. 하지만 무엇보다 청원서를 작성하는 일은 너무 벅찬 일이었다. 그날 오전 그는 하던 일을 모두 옆으로 밀어놓은 채 메모장을 집어 들고 청원서 내용을 대략이나마 구상하고 있었다. 그런 후 그 느려터진 변호사에게 넘겨줄 작정이었다. 그런데 바로 그 순간 은행장실 문이 열리더니 부행장이 큰 소리로 웃으며 들어왔다. 물론 청원서에 대해 아무것도 모르는 부행장이 그 때문에 웃은 것은 아니었고 방금 들은 증권 관련 농담 때문에 웃은 것이었지만 K는 무척 당황했다. 부행장은 자신이 들은 농담을 K에게 설명해주기 위해 K가 청원서를 쓰려 했던 메모장에 그림을 그렸다. 그 농담을 이해시키려면 그림을 그려야만 했던 모양이었다.

이제 K는 더 이상 부끄럽다는 생각은 하지 않았다. 청원서는 작성해야 하고 제출해야 한다. 만일 직장에서 그것을 작성할 시간을 낼 수 없다면 밤에 집에서라도 작성해야 한다. 밤에 작성하는 것이 어렵다면 휴가를 내리라. 어쨌든 도중에 중단하는 일은 없어야 한다. 업무뿐 아니라 매사가 언제나 그런 법이다. 청원서를 쓴다는 일이 끝도 없이 이어질 일이라는 것은 두말할 필요도 없다. 그것을 완성한다는 것은 거의 불가능하다는 생각이 들 정도이다. 그것은 변호사가 청원서를 완성하지 못하는 이유, 즉 게으름이나 간교함과는 거리가 멀다. 그는 자신이 왜 기소가 되었는지, 앞으로 어떻게 될 것인지 전혀 감을 잡지 못하고 있다. 그런 상황인 만큼 청원서에는 지금까지의 그의 삶 전부를 사소한 행동과 사건들까지 모두 기억해 내어 상술하고 다각도에서 검토해야만 한다. 정말 기가 꺾이는 일이다. 노년이 되어 은퇴했을 때나 어울림직한 일이다. 그런데 모든 사고력을 일에 집중해야 할 이때, 아직 창창한 승진 가도에 있어 이미 부행장에게 위협적인 존재가 되어 있는 이때, 시간이 더 없이 빨리 흘러가고 젊은이로서 짧은 저녁 시간과 밤 시간을 즐기고 싶은 이때, 이런 청원서 작성을 시작해야 한단 말인가?

다시 한번 그는 화가 났다. 그는 노여움에서 벗어나기 위해 거의 무의식적으로 대기실로 연결된 단추를 더듬었다. 단추를 누르며 시계를 올려다보니 11시였다. 소중한 시간을 몽상에 젖어 보냈으니 전보다 훨씬 멍한 상태였다. 하지만 결코 시간을 낭비한 것이 아니었다. 제법 쓸모 있는 모종의 결심을 한 것이다.

곧이어 사환이 몇 통의 편지들과 두 장의 명함을 가져왔다. 벌써 오래전부터 그를 만나기 위해 기다리고 있던 신사들의 명함이었다. 어떤 일이 있어도 그렇게 기다리게 해서는 안 되는 중요한 사람들이었다. 그런데 왜 하필 이런 곤란할 때 찾아온 것일까? 하지만 문 저쪽의 신사들은 '저 부지런한 K가 왜 이 중요한 업무 시간을 사적인 일에 쓰는 것일까?'라고 궁금해 하고 있을 것이다. 지나간 일로 지쳐서, 또한 앞으로 벌어질 일에 미리 지친 마음이 되어 K는 첫 손님을 맞기 위해 자리에서 일어났다.

첫 손님은 키 작고 유쾌한 사람으로서 K가 잘 아는 제조업자였다. 그는 K가 중요한 일을 하고 있는데 방해해서 미안하다고 사과했고 K는 그를 너무 오래 기다리게 해서 미안하다고 사과했다. 하지만 K의 사과는 거의 기계적이었고 억양도 어색했기에 만일 제조업자가 자신의 일에 너무 몰두해 있지 않았다면 분명 알아차렸을 것이다. 제조업자는 눈치를 전혀 채지 못한 채 호주머니 여기저기에서 계산서들을 꺼내어 K 앞에 펼쳐

놓더니 여러 항목들에 대해 설명하기 시작했다. 그는 약 1년 전에 K와 계약했던 유사한 사업을 상기시키더니 다른 많은 은행들이 이 사업을 함께 하기 위해 엄청 애쓰고 있다고 지나는 길에 덧붙였다. 그러고는 K의 의견을 들으려는 듯 입을 다물었다.

K는 처음에는 제조업자가 하는 말을 귀담아 들었다. 그는 이 협상이 얼마나 중요한 것인지 잘 알고 있었다. 하지만 불행히도 그런 상태는 오래 지속되지 못했다. 그는 한동안은 큰 목소리로 설명하는 제조업자의 말에 고개를 끄덕였다. 하지만 얼마 가지 않아 '저런 이야기를 늘어놓는 게 아무 소용없다는 것을 저 사람이 언제나 깨닫게 될까'라고 생각하며 서류를 열심히 들여다보는 상대방의 머리를 멍하니 바라보고 있었다. 이윽고 제조업자가 입을 다물자 K는 그의 이야기에 귀를 기울일 수 없다는 자신의 고백을 듣기 위해 그가 잠시 말을 멈춘 것이라고 생각했다. 하지만 제조업자의 긴장한 눈빛을 보자 그는 유감스럽게도 이 상담이 계속되어야 한다는 것을 깨달았다. 그의 눈빛은 무슨 질문이나 반박이 있으면 즉각 대답할 준비가 되어 있는 듯 긴장해 있었던 것이다. 제조업자는 사업에 대한 총괄적인 상황을 다시 장황하게 설명하기 시작했다. 하지만 K는 멍한 표정으로 "어려운 일이군요"라고만 중얼거릴 뿐이었다.

바로 그때였다. 은행장실 쪽의 문이 열리더니 부행장의 모습이 나타났다. K의 눈에는 그가 마치 엷은 베일에 가려진 것처럼 흐릿하게 보였다. K는 힘없는 시선으로 그를 올려다볼 뿐이었다. 그는 더 이상 일에 대해서는 아무 생각이 없었고 오로지 부행장의 출현으로 빚어진 즉각적인 효과만을 눈으로 확인할 수 있을 뿐이었다. 그 효과는 K에게 기분 좋은 것이었다. 제조업자가 자리에서 벌떡 일어나더니 부행장을 향해 급히 걸어갔던 것이다. K는 부행장이 사라져버리면 어쩌나 걱정되어 제조업자가 열 배쯤 더 빨리 그에게 다가가기를 진심으로 바라고 있었다. 하지만 공연한 염려였다. 두 명의 신사는 서로 악수를 나누더니 함께 K의 책상 쪽으로 왔다. 제조업자는 K를 가리키며 부장님이 자신의 사업에 대해 별 관심이 없는 것 같다고 불평했다. K는 부행장의 모습이 보이자 서류를 향해 몸을 기울이고 있었다.

이윽고 두 사람은 책상에 몸을 기대고 선 채 제조업자가 부행장의 관심을 끌어내려고 애를 쓰기 시작했다. K는 그들의 몸이 실제보다 훨씬 부풀어 올라 커진 것처럼 느껴졌고, 마치 두 사람이 자기 자신을 놓고 협상을 벌이는 것처럼 느껴졌다. K는 천천히 조심스럽게 눈길을 들어 올리면서 자신의 머리 위에서 무슨 일이 벌어지고 있는지 알아보려 했다. 그러자 부행장이 제조업자에게 협상을 마무리 짓기 위해 자신의 방으로 가자고 했다.

"아주 중요한 일입니다." 제조업자가 말했다.

"잘 알고 있습니다." 부행장이 말했다. "우리 부장께서도 우리가 이 일을 상의하는 걸 반가워할 겁니다. 아주 신중하게 숙고해야 할 일입니다. 그런데 부장은 오늘 업무가 과중해 보이는 데다, 대기실에서 그를 몇 시간씩 기다리고 있는 사람들이 많이 있습니다."

K는 겨우 그들을 향하여 어색하면서도 부드러운 미소를 보냈다. 이어서 서류를 집어든 두 사람이 은행장실 쪽으로 사라지는 모습을 그는 가만히 지켜보았다. 그런데 제조업자가 문 앞에서 몸을 뒤로 돌리더니 K를 향하여 아직 작별 인사를 하는 것이 아니며 그에게 뭔가 할 이야기가 있다고 말했다.

마침내 K는 혼자가 되었다. 다시 고객을 맞이하겠다는 생각은 전혀 들지 않았다. 다만 밖에 있는 사람들이 아직 자신이 상담 중이라고 생각하고 아무도, 심지어 사환까지도 방으로 들어오지 않으니 정말 다행이라는 생각만이 어렴풋이 들 뿐이었다. 그는 창가로 다가가서 창문턱에 걸터앉아 한 손으로 창문 고리를 꽉 잡은 채 바깥 광장을 내려다보았다. 여전히 눈이 내리고 있었고 날은 아직 완전히 밝아지지 않았다.

그는 자신이 지금 무슨 걱정을 하고 있는 것인지 의식하지도 못한 채 그런 식으로 꽤 오랫동안 앉아 있었다. 이따금 밖에서 무슨 소리가 들리는 것 같아 가볍게 놀라서 어깨너머로 대기실 쪽 문을 바라보기도 했다. 하지만 착각이었다. 아무도 들어오는 사람이 없자 마음이 다시 차분해진 그는 세면대로 가서 찬물로 세수를 했다. 한결 머리가 맑아진 그는 다시 창가로 왔다.

자신의 소송 건을 자신이 직접 맡아서 처리하겠다는 결심이 애당초 생각했던 것보다는 훨씬 더 무거운 짐처럼 여겨졌다. 그가 모든 것을 변호사에게 맡겨 놓았을 때 소송 건은 그에게 별로 영향을 미치지 않았다. 그는 자신과 거의 상관없는 일인 양 멀리서 지켜보았을 뿐이다. 적당할 때 일이 어떻게 돌아가는지 들여다보긴 했지만 언제고 원하기만 하면 머리를 뒤로 빼낼 수가 있었다. 하지만 이제 자신이 직접 변호를 맡게 되면 그는 적어도 얼마 동안은 전적으로 법정 일에 몰두해야 할 것이다. 성공을 거두게 된다면 완전히 해방되는 것을 뜻하게 되겠지만 그것을 달성하기 위해서는 전보다 훨씬 큰 위험 속으로 몸을 던져야만 한다. 오늘 부행장과 제조업자와 겪은 일이 그 사실을 충분히 입증해주고 있었다.

앞으로 어떻게 될 것인가? 앞으로 자신의 삶은 어찌될 것인가? 행복한 결론에 도달할 길을 찾을 수 있을 것인가? 온통 변호에 몰두한다는 것은 다른 모든 것이 의미가 없어진다는 것을 뜻하고, 가능한 한 다른 모든 일로부터 자신을 차단해버리는 것을 뜻하지 않는가? 그 모든 것을 헤쳐나갈 수 있을까? 그리고 은행에 다니면서 어떻게 성공적으로 그 일을 할 수 있단 말인가? 며칠 내로 준비해야만 하는 청원서만이 문제가 되는 것이 아니었다. 지금으로서는 은행에 휴가를 요청하는 일도 커다란 만용일 수 있겠지만 어쨌든 휴가를 내면 청원서 일은 해결할 수 있을 것이다. 하지만 이제는 소송 전체가 문제였으며 소송이 얼마나 걸릴 것인지 전혀 짐작조차 할 수 없었다. K의 인생행로에 어찌 이다지 큰 난관이 닥쳐왔단 말인가!

이런 때 은행 일을 계속해야 하는가? 그는 책상 위를 쳐다보았다. 이런 때 고객들을 들어오라고 해서 상담을 해야 하는가? 그의 소송이 계속 진행 중이고 저 위 다락방 법원 사무실 직원들이 자신의 소송 서류를 들여다보고 있는데 이렇게 은행 일에 신경을 써야 한단 말인가? 혹시 은행 일이란 것이 소송과 연관되어 부수적으로 뒤따르게 되어 있는, 당국이 공식적으로 인정한 고문이 아닐까? 또한 은행에서 그의 업무 실적을 평가할 때 그가 처한 특수한 상황을 고려해줄 것인가? 결코 아무도 그렇게 하지 않을 것이다. 누가 그의 소송에 대해 얼마만큼 알고 있는지는 확실하지 않았지만 그의 소송에 대해 알고 있는 사람들이 분명히 있었다.

그는 소문이 부행장의 귀에까지는 들어가지 않았으면 하고 바랐다. 만일 그렇다면 부행장은 동료애나 인간적인 부분은 팽개친 채 K를 음해하기 위해 그 소문을 이용할 것이 분명했다. 그렇다면 은행장은? 그는 K에게 호의를 갖고 있는 것이 분명하므로 소송에 대한 이야기를 듣자마자 K의 편의를 위하여 온갖 애를 다 쓸 것이다. 하지만 언제까지나 그럴 수는 없을 것이다. K는 이제까지 부행장에 대해 평형추 구실을 해왔지만 은행장은 점점 더 부행장의 영향을 받게 될 것이며 부행장은 자신의 권력 강화를 위해 은행장의 약점을 집요하게 파고 들 것이다. 그렇다면 K가 바랄 수 있는 것은 무엇인가?

별로 특별한 이유 없이, 혹은 책상으로 돌아가고 싶지 않아 그는 창문을 열었다. 그러자 연기가 뒤섞인 안개가 밀려 들어와 사무실 안을 매캐하게 만들었다. 눈송이도 간간이 바람에 실려 들어왔다.

"고약한 가을 날씨로군요." 부행장실에서 나온 뒤 아무 기척 없이 다가와 K의 등 뒤에 서 있던 제조업자의 말이었다. 그가 손에 들고 있는 가방을 두드리며 말했다.

"일이 어떻게 되었는지 궁금하시겠지요? 잘되었습니다. 이 안에 계약서가 들어 있습니다. 부행장님은 참 매력적인 분입니다." 제조업자는 웃으며 말했다. 하지만 K는 웃음으로 응대하고 싶은 기분이 아니었다. 그는 배웅이라도 하려는 듯 자신도 모르게 문 쪽으로 발걸음을 옮겼다. 그러자 제조업자가 그대로 선 채 말했다.

"부장님, 계약 건 말고도 부장님께 드릴 말씀이 있습니다. 하필 부장님 마음이 편치 못할 때 말씀을 드리게 되어 주저했습니다만 최근에 두 번이나 찾아와서도 잊고 말씀을 드리지 못한 거라서……. 이렇게 미루다 보면 아예 그 요점을 잊을 것 같아서요. 그렇게 된다면 안타까운 일입니다. 제가 드릴 말씀이 그런대로 가치가 있거든요."

K가 뭐라고 답하기 전에 그가 가까이 다가오더니 손가락으로 K의 가슴을 두드리며 낮은 목소리로 속삭였다.

"부장님, 지금 소송 건에 휘말려 있지요?"

K는 뒤로 물러나며 소리쳤다.

"부행장이 말해주었군요!"

"아닙니다." 제조업자가 말했다. "부행장님이 그걸 어찌 알 수 있겠습니까?"

"그렇다면 당신이 어떻게?"

"저는 법원 소식을 여기저기서 듣고 있습니다."

"정말 많은 사람들이 법원과 관계를 맺고 있군요." K는 고개를 숙이며 말하고는 제조업자를 책상 가까이 데려갔다. 둘이 의자에 앉자마자 제조업자가 입을 열었다.

"별로 대단한 말씀이 아닐까 봐 걱정입니다. 하지만 이런 일에서는 아무리 사소한 것일지라도 소홀히 하지 말아야 합니다. 게다가 저는 아무리 미약한 힘이나마 부장님께 도움을 드리고 싶습니다. 우리는 이제까지 좋은 사업 파트너가 아니었습니까?"

K는 상담 시 자신이 보여준 태도에 대해 사과하려 했다. 하지만 제조업자는 그럴 틈조차 주지 않고 말을 이었다.

"저는 티토렐리라는 사람에게서 듣고 부장님의 소송 건에 대해서 알게 되었습니다. 그는 화가인데 티토렐리는 예명이고 본명은 저도 모릅니다. 그는 몇 년 전부터 그림을 들고 가끔 제 사무실에 옵니다. 거지와 다름없는 사람이라서 동정하는 셈 치고 가끔 그림을 사줍니다. 어쨌든 예쁜 그림들입니다. 황무지 풍경 같은 것들이지요. 그런데 그의 주 수입원은 풍경화가 아니라 초상화입니다. 법원을 위해 일을 한다고 하더군요. 제가 어떤 법원이냐고 물었습니다. 그러자 그는 법원에 대해 이런저런 이야기를 들려주더군요. 제가 그의 이야기를 들으면서 얼마나 놀랐을지 부장님도 짐작하실 수 있을 것입니다. 순간 저는 어쩌면 티토렐리가 부장님께 도움이 될 수도 있으리라고 생각했습니다. 그는 판사들을 많이 알고 있고, 직접 도움을 줄 수는 없더라도 최소한 여러 유력 인사들과 접촉할 수 있는 방법은 알 수 있으리라고 생각했습니다. 아, 물론 저는 부장님의 소송 건에 대해서는 별로 크게 걱정하지 않고 있습니다. 그렇지만 티토렐리를 한번 만나보시길 권합니다. 아니, 꼭 가보셔야 한다고 생각합니다. 물론 부장님 혼자 힘으로 모두 해결하실 수 있다면 꼭 가야 한다는 의무감 같은 것은 가지실 필요가 없지만 말입니다. 부장님 판단대로 하십시오. 자, 이게 소개장이고 이게 주소입니다."

K는 제조업자로부터 소개장을 받아 주머니에 넣었다. 그는 약간 화가 나 있었다. 이 소개장이 그에게 갖다줄 이익은 자신의 소송에 대해 알고 있는 제조업자와 화가가 여기저기 소문을 퍼뜨림으로써 받게 될 손실에 비한다면 아무리 봐도 비교가 안

될 정도로 작아 보인 때문이었다. 그는 억지로라도 고맙다는 말을 제조업자에게 하려 했으나 차마 입에서 그 말이 떨어지지 않았다.

제조업자가 나간 지 얼마 되지 않아 그도 은행 문을 나섰다. 어쨌든 화가를 한번 만나보겠다고 작정한 것이다. 그는 대기실에서 기다리고 있던 사람들에게 급히 처리할 일이 있다고 핑계를 댄 후 다음 날 다시 들러달라고 말하면서 그들 곁을 지났다. 대기실에서 오랫동안 기다리고 있던 세 사람은 어안이 벙벙한 표정으로 서로를 멀뚱멀뚱 쳐다볼 뿐이었다. 그때 부행장이 나타났다. 그는 외투를 입은 채 방문객들과 이야기를 나누고 있는 K의 모습을 빙긋이 웃으며 바라보더니 말했다.

"K 부장, 지금 외출하는 겁니까?"

"네, 밖에서 처리해야 할 일이 있습니다."

그러자 기다리던 사람들이 자신들의 일이 정말 급한 일이라며 K를 둘러싸고 불평을 늘어놓기 시작했다. 그러자 부행장이 나서서 말했다.

"여러분, 아주 간단한 해결책이 있습니다. 괜찮으시다면 부장님 대신 제가 협상을 해드리지요. 자, 시간이 금쪽같은 분들이니 서두르기로 하지요. 어서 이리로 들어오십시오." 그 말과 함께 그는 자기 사무실 문을 열었다. 세 명 중 한 명이 그의 뒤를 따랐다.

부행장은 지금 K가 포기한 일들을 아주 능숙하게 자기 일로 만들고 있었던 것이다! K가 자기 자리에 위협이 되고 있다고 느끼고 있던 그로서는 당연한 일인지도 몰랐다. 하지만 혹시 K는 자기가 포기해야 할 것 이상을 포기한 것이 아니었을까? 무슨 이득이 있을지도 모르는 화가를, 게다가 별로 희망도 갖지 않은 채 만나기 위해 은행을 나서면서 은행에서의 그의 평판은 회복 불가능할 지경으로 손상을 입고 있었다. 이제라도 은행으로 돌아가 남은 두 명의 고객과 협상을 벌이는 것이 훨씬 더 현명하지 않을까? 그때 마침 K의 방에서 마치 제 것인 양 서류를 뒤지고 있는 부행장의 모습을 보지 않았다면 그는 그렇게 했을지도 모른다.

'지금은 저자를 당할 수 없어.' K는 생각했다. '하지만 일단 내 개인적인 일이 해결되고 나면 따끔한 맛을 보여줘야지.'

그는 사환에게 은행장에게는 급한 외근 일이 있어 나간다고 전하라고 지시한 후 은행 문을 나섰다.

K는 곧장 화가에게로 갔다. 화가는 K가 들렀던 법원 사무실

이 있는 마을보다 더 외곽 지역에 살고 있었다. 훨씬 더 가난한 지역으로서 집들은 더 칙칙했고 거리에는 눈과 뒤범벅이 된 오물들이 이리저리 쓸려 다니고 있었다.

화가가 살고 있는 건물에는 문이 둘 있었고 그중 하나만 열려 있었다. 건물 입구 건너편에는 함석 공장이 있었고 망치로 함석 두드리는 소리가 요란하게 울리고 있었다. K는 지저분하기 짝이 없는 주변을 급히 훑어보았다. 그는 화가와 몇 마디 말만 나누고 가능한 한 빨리 은행으로 돌아갈 작정이었다. 여기서 작은 성공이라도 거두게 된다면 오늘 은행 업무에도 좋은 영향을 미치리라.

4층에 이르자 K는 걸음을 늦출 수밖에 없었다. 각 계단들 사이도 턱없이 높았고 계단 자체가 긴 데다 화가는 맨 꼭대기 층에 살고 있다는 말을 들은 때문이었다. 공기도 숨이 막힐 듯했고 층계참도 없었으며 좁은 계단은 양쪽으로 막혀 있었고 벽 꼭대기에 작은 창이 몇 개 나 있을 뿐이었다. K가 잠시 멈춰 서는 순간 몇 명의 여자아이들이 어느 집에선가 달려 나오더니 깔깔 대면서 계단위로 뛰어 올라와 그를 앞질렀다. K는 천천히 아이들 뒤를 따라가다가 맨 뒤에 처진 여자아이에게 물었다.

"여기 티토렐리라는 화가가 살고 있니? 어디 살고 있지?"

등이 약간 굽은 열세 살 남짓한 여자아이는 팔꿈치로 그를 탁 치더니 그를 흘겨보았다. K가 재차 화가가 살고 있는 집을 알고 있느냐고 묻자 소녀가 되물었다.

"무슨 일로 오신 건데요?"

K는 티토렐리에 대해 조금이라도 더 알아두는 것이 유리하리라는 생각에 말했다.

"초상화를 그려달라고 온 거야."

"초상화를 그려달라고요?" 소녀는 입을 크게 벌린 채 마치 놀라운 말이나 당치않은 말을 들었다는 듯 손으로 가볍게 K를 때렸다. 이어서 소녀는 다른 여자아이들을 따라 계단을 뛰어 올라갔다. K가 천천히 아이들 뒤를 따라가니 아이들은 계단이 휘어지는 곳에서 K를 기다리고 있었다. 여자아이에게 K의 말을 전해 듣고 기다리고 있는 것이 분명했다. 나란히 늘어서 있는 여자아이들 얼굴에는 천진난만한 모습과 타락의 모습이 동시에 나타나 있었다. 여자아이들은 웃으며 K 주변에 모였고 곱사등이 소녀가 앞장서서 길을 안내했다. K는 그 애 덕분에 쉽게 화가의 집을 찾을 수 있었다.

화가가 사는 곳으로 가는 계단은 특히 좁고 길었으며 바로 그가 살고 있는 방 앞에서 끝이 났다. 나무판자로 만든 문 위에

붓글씨로 빨갛게 티토렐리라는 이름이 적혀 있었다. K가 아이들과 함께 계단 중간쯤 올라갔을 때 시끄러운 소리 때문이었는지 문이 살짝 열리더니 잠옷을 걸친 사내가 문틈으로 고개를 내밀었다. 그는 아이들이 떼 지어 몰려오는 모습을 보더니 "이런!"이라고 비명을 지르더니 사라져버렸다. 곱사등이 소녀는 그의 모습을 보자 반가운 듯 박수를 쳤고 K 뒤의 여자아이들도 더 빨리 올라가라는 듯 K의 등을 떠밀었다.

그런데 그들이 미처 계단 꼭대기에 이르기도 전에 화가가 갑자기 문을 활짝 열어젖히더니 고개를 깊이 숙여 인사하면서 K를 안으로 들어오라고 했다. 이어서 그는 막무가내로 안으로 들어오려는 아이들을 몸으로 막았다. 곱사등이 여자아이가 그가 벌린 팔 밑으로 미끄러져 들어가는 데 성공했지만 화가는 얼른 그 애를 뒤쫓아 가서 붙잡아 들더니 문밖 다른 여자아이들이 있는 곳에 내려놓았다. 그런 후 그는 문을 닫고 K를 향해 머리를 다시 한번 숙이면서 자신을 소개했다.

"화가 티토렐리입니다."

K는 여자아이들이 밖에서 여전히 쑥덕거리고 있는 문 쪽을 가리키며 말했다.

"이 건물에서 인기가 좋으신 것 같습니다."

"아, 저 말괄량이들이요?" 티토렐리는 잠옷 목 부분 단추를 채우려 애를 쓰며 말했다. "정말 성가신 놈들이지요. 전에 저 아이 중 한 애의 그림을 그려줬더니 그때부터 저럽니다. 내가 방에 없어도 들어와 있기 일쑤입니다. 열쇠를 하나 만들어서 서로 돌려가며 사용하는 겁니다. 방 꼴이 엉망인 건 그 때문이기도 합니다."

K는 티토렐리가 권하는 의자에 앉아 방 안을 둘러보았다. 이토록 초라하고 좁은 방을 도저히 작업실이라고 부를 수는 없을 것 같았다. 가로건 세로건 큰 걸음으로 두 걸음을 넘지 않을 것 같았다. K가 앉아 있는 곳 맞은편에는 침대가 하나 놓여 있었으며 그 위에는 침구들이 마구 널려 있었다. 방 한가운데 이젤에는 셔츠가 덮여 있었고 셔츠의 소매가 바닥까지 늘어져 흔들거렸다. 뒤쪽으로는 창문이 하나 있었지만 안개가 끼어 있어 눈 덮인 이웃집 지붕 외에는 보이는 것이 없었다.

K는 주머니에서 제조업자가 써준 소개장을 꺼내어 화가에게 건네주면서 말했다.

"지금 그림을 그리시던 중이군요."

"그렇습니다." 그 말과 함께 화가는 이젤을 덮고 있던 셔츠를 벗겨내어 침대 위로 던졌다. "초상화입니다. 좋은 일감이지만 아직 완성하지 못했습니다."

어떤 식으로 이야기를 꺼내야 할지 몰라 망설이고 있던 K에게 좋은 기회였다. 자연스럽게 소송 이야기를 꺼낼 수 있게 된 것이다. 그 그림은 분명 어떤 판사의 초상화였던 것이다. 게다가 그 그림은 변호사 사무실에 걸려 있던 그림과 아주 비슷했다. 이 그림에서도 판사는 옥좌 비슷한 곳에 앉아 양쪽 팔걸이를 꽉 잡고 험악한 표정으로 의자에서 일어나려는 듯한 포즈를 취하고 있었다.

"판사 초상화인 것 같습니다. 옥좌에 앉아 있는 모습을 보고 그린 거로군요."

"아닙니다. 저는 저 판사를 본 적도 없고 옥좌도 본 적이 없습니다. 저는 그냥 주문내로 그리는 겁니다. 어떤 여자에게 줄 그림입니다. 그림에서는 아주 높은 사람 같지만 저 판사는 이런 의자에는 앉아 본 적도 없는 사람입니다. 저 사람들은 허영심이 강하지요. 자신의 초상을 이런 식으로 그려도 된다는 상부의 허락을 받고 주문한 겁니다."

K가 그림을 자세히 보니 판사가 앉아 있는 의자 위쪽에 커다란 형상이 하나 솟아 있었다. 하지만 무슨 모양인지 정확히 알 수 없어 그는 화가에게 무슨 형상이냐고 물었다. 그러자 화가

가 대답했다.

"아직 작업이 끝나지 않아 정확히 알아볼 수 없을 겁니다. 저건 정의의 여신과 승리의 여신을 하나로 합쳐 놓은 겁니다. 두 눈을 안대로 가리고 있고 저울이 있습니다. 발꿈치에는 날개가 달려 있지요."

K는 정의의 여신과 승리의 여신을 합쳐 놓는다니 제대로 된 조합이 아니라고 생각했다. 그러자 마치 K의 생각을 읽은 듯 화가가 말했다.

"저는 그저 주문자의 뜻에 따를 뿐입니다."

K는 다시 그 형상을 들여다보았다. 하지만 아무리 보아도 정의의 여신 같지 않았고 그렇다고 승리의 여신도 아니었으며, 그보다는 차라리 사냥의 여신을 완벽하게 묘사해 놓은 것 같았다. 어쨌든 화가의 작업은 K의 눈길을 끌기에 충분했다. 하지만 아직 자신이 찾아온 용건에 대해 한마디도 하지 못한 것이 불만이었다. 그래서 그는 불쑥 물었다.

"저 판사의 이름이 뭐지요?"

"그건 말씀드릴 수 없습니다."

화가는 처음에 그렇게 정중하게 맞았던 K를 분명히 소홀히 대하고 있었다. K는 더 이상 시간을 허비하고 싶지 않아서 단도직입적으로 물었다.

"당신, 법원 중재 일을 하지요?"

"아, 이제야 진짜 용건을 말씀하시는군요. 소개장에도 쓰여 있듯이 법원 일에 대해 뭔가 묻기 위해 오신 거지요? 내 환심을 사려고 그림 이야기를 꺼낸 거고요. 괜찮습니다. 맞습니다. 나는 법원 중재인입니다."

"공인된 직책인가요?"

"아닙니다."

"하지만 그렇게 비공인 직책이 공인된 직책보다 영향력이 큰 경우가 많은 걸로 알고 있습니다." K가 화가의 환심을 사기 위해 말했다.

"맞습니다. 제 경우가 바로 그렇습니다. 어제 제조업자와 당신 소송 건에 대해 이야기를 나누었습니다. 나보고 당신을 도와줄 수 없느냐고 묻기에 '그분이 언제 한번 와주셨으면 좋겠습니다'라고 대답했습니다. 그런데 이렇게 빨리 뵙게 되어 반갑습니다. 자, 우선 코트부터 벗으시겠습니까?"

그렇지 않아도 공기가 너무 후텁지근해 견디기 힘들었던 K는 코트를 벗고 양복저고리 단추까지 풀었다.

이어서 화가가 단도직입적으로 물었다.

"당신은 무죄입니까?"

"그렇습니다." K가 대답했다. 그는 그 질문에 대답하면서 기쁨을 느꼈다. 특히 민간인에게 하는 대답이라서 전혀 뒤탈이 없을 것이기에 더욱 그러했다. 게다가 아무도 그런 질문을 직접 던진 적은 없었다. 그는 기쁨을 만끽하기 위해 덧붙였다. "완벽하게 결백합니다."

"그렇다면," 화가가 말했다. "문제는 아주 간단합니다."

K의 얼굴이 어두워졌다. 자칭 법원 중재인이라는 사람이 마치 순진한 어린아이 같은 말을 한 때문이었다.

"죄가 없다고 해서 문제가 간단해지지는 않습니다." K가 말했다. "법원에서는 미주알고주알 작은 일들을 따져서 없는 죄도 끌어내니까요."

"네, 네, 물론이지요." 화가는 마치 K가 자신의 생각의 흐름을 방해했다는 듯 말했다. "어쨌든 당신은 죄가 없지요?"

"물론입니다." K가 대답했다.

"그게 중요한 겁니다." 화가가 힘주어 말했다.

K는 화가가 확신을 하고 있는 것인지, 아니면 그냥 무관심해서 그렇게 말한 것인지 확인하고 싶어 말했다.

"하지만 법원이 일단 기소를 하면 죄가 있다고 확신하고 있는 것이고 그런 확신을 철회하게 만드는 건 어렵습니다."

"어렵다고요?" 화가가 한 손을 공중으로 쳐들면서 말했다. "어려운 게 아니라 불가능합니다. 법원이 그런 확신을 철회하는 일은 절대로 없습니다. 차라리 이 캔버스에 판사들을 전부 그려 넣고 그림 속 판사들을 설득하는 게 법정에서 판사들을 설득하는 것보다 더 쉬울 겁니다."

"그렇군요." K는 단지 화가의 속마음을 떠보기 위해 그런 말을 했다는 사실도 잊고 중얼거렸다.

그때였다. 문밖에서 한 여자아이가 "아저씨, 그 손님 빨리 안 가요?"라고 물었다.

"조용히들 못 해!" 티토렐리가 소리쳤다. "손님하고 이야기 나누고 있는 게 안 보여!"

그런데도 아이들이 뭐라고 쑥덕대자 티토렐리는 문을 열고 아이들에게 저리 가라고 호통을 쳤다.

"미안합니다." 화가가 K에게 다시 오면서 말했다. K는 이제 모든 것을 다 화가에게 맡기려는 듯 미동도 하지 않고 대꾸도 하지 않았다. 그러자 화가가 K의 귀에 대고 속삭였다.

"저 계집아이들도 법원 소속입니다."

"뭐라고요?" K가 고개를 옆으로 젖혀서 화가를 바라보며 말했다. 그러자 화가는 의자에 앉으며 반은 농담조로, 반은 설명하는 식으로 말했다.

"맞아요. 모든 게 법원에 속해 있으니까요."

"이제껏 그런 건 몰랐군요." K가 무뚝뚝하게 말했다. 그러자 이번에는 화가가 정색을 하고 말했다.

"당신은 아직 법원이 어떤 것인지에 대해 전반적인 이해가 부족한 것 같군요. 하지만 당신의 죄가 없으니 그런 건 필요 없겠지요. 내 힘으로 당신을 이 일에서 벗어나게 해주겠어요."

"어떻게 하실 작정이신가요?" K가 물었다. "당신 입으로 법원에서는 그 어떤 논리나 증거도 통하지 않을 거라고 하지 않았나요?"

"법정에서나 그런 논거가 통하지 않는다는 말이지요." 화가는 마치 K가 미묘한 차이를 알아차리지 못하고 있다는 듯 집게손가락을 쳐들었다. "하지만 법정 뒤, 말하자면 회의실이나 복도, 혹은 지금 여기 내 아틀리에 같은 데서 시도를 한다면 상황이 전혀 달라지지요."

K는 이제 화가의 말에 대해 신뢰감을 품기 시작했다. 지금 화가가 해준 말은 변호사를 비롯해 다른 사람에게 들은 말과 별로 다르지 않았던 것이다. 재판에서 연줄이 그렇게 중요하다

면 허영심 많은 판사들과 가깝게 지내는 이 화가라는 연줄은 절대로 얕잡아 볼 수 없다는 생각이 들었다.

이어서 티토렐리는 판사들과 자신의 연줄이 법원 화가였던 아버지로부터 물려받은 것이라서 아주 견고하며 판사들의 초상화를 그들의 취향에 맞게 그려줄 수 있는 화가는 자신뿐이라고 말한 다음 덧붙였다.

"그러니 재판을 앞둔 불쌍한 사람들을 이따금 도울 수도 있는 거지요."

"그런데 어떻게 도와주시나요?" K는 마치 자신은 화가가 방금 말한 불쌍한 사람에 속하지 않는 듯이 물었다. 화가는 별로 괘념치 않는 듯 말을 이었다.

"예컨대 당신의 경우는, 당신이 결백하다고 주장하니까 이런 식으로 해볼 작정입니다."

화가의 입에서 자꾸 결백이니 무죄니 하는 말이 반복되자 K는 약간 진력이 나기 시작했다. 마치 도움 자체가 필요 없는 소송에서 도움을 주겠다는 말처럼 들렸던 것이다. 하지만 그런 의심에도 불구하고 K는 상대방의 말을 막지 않았다. 그는 화가의 도움을 거절하고 싶지 않았고 또 이미 거절하지 않기로 결심한 터였다. 게다가 화가의 도움이 변호사의 도움보다 더 실효성이 있어 보였다.

화가는 의자를 K에게 더 가까이 끌어들이더니 목소리를 낮추어 말했다.

"내가 깜빡 잊고 묻지 않았군요. 자, 어떤 종류의 석방을 원하시나요? 세 가지 가능성이 있습니다. 완전한 석방, 외견상의 석방, 그리고 판결 지연이 바로 그것입니다. 물론 가장 좋은 건 완전하고 실질적인 석방이지만 나로서는 그런 결과를 이끌어내기 위해 해줄 수 있는 게 없습니다. 이 경우 결정적인 영향을 미칠 수 있는 것은 피고가 무죄라는 사실입니다. 당신은 무죄니까 실제로 그 일이 가능할 수도 있고 당신은 오로지 당신이 무죄라는 사실에만 매달릴 수 있을 겁니다. 그런 경우 당신에게는 아무 도움도 필요 없습니다."

이처럼 논리 정연한 설명에 K는 처음에는 놀랐다. 하지만 곧이어 화가와 마찬가지로 차분한 어조로 말했다.

"당신 말에는 모순이 있는 것 같습니다."

"무슨 모순이 있다는 거지요?" 화가가 참을성 있게 미소를 지으며 물었다. 그 미소를 보자 K는 지금 자신이 화가의 말에서가 아니라 재판 과정 자체에서 모순을 찾아내려 하고 있는 것이 아닌가 하는 느낌을 받았다. 하지만 그는 당당하게 말을 이었다.

"당신은 좀 전에 법정에서는 그 어떤 논거도 통하지 않는다고 말했습니다. 그리고 공식 법정인 경우에만 그렇다고 말했습니다. 그런데 지금 당신은 결백한 사람은 법정에서 아무 도움도 필요 없다고 말하고 있습니다. 그건 모순이 아닌가요? 게다가 당신은 판사들은 사적으로 영향을 받을 수 있다고 말했습니다. 그런데 지금은 실질적인 무죄 판결은 결코 개인의 힘, 사적인 연줄로 이끌어 낼 수 없다고 말하고 있습니다. 그것이 바로 두 번째 모순입니다."

"그런 모순 정도야 간단하게 해명할 수 있습니다." 화가가 말했다. "우리는 지금 서로 상이한 두 가지 사실에 대해 이야기를 나누고 있습니다. 그중 하나는 법에 적혀 있는 사실이고 다른 하나는 내 경험으로 알고 있는 사실입니다. 그 둘을 혼동하면 안 됩니다. 법에는 당연히 죄가 없는 자는 무죄 판결을 받는다고 적혀 있고 판사가 외부의 영향을 받을 수 있다고는 적혀 있지 않습니다. 하지만 현실은 다릅니다. 완전한 무죄 판결을 받은 경우는 본 적이 없고 판사가 외부의 영향을 받는 경우는 무수히 보았습니다. 아버지 때부터 지금까지 오랫동안 살펴본 경험에 의하면 나는 지금까지 완전하고 실질적인 무죄 판결을 받는 것을 본 적이 없습니다. 예전에는 있었다고들 하더군요. 하지만 그걸 확인하는 것은 어렵습니다. 법원의 최종 판결은 공개되지 않으며 판사들조차 열람할 수 없습니다. 그래서 옛날의 그런 판결은 전설로만 남아 있습니다. 전설 속에는 무죄 판결이 존재하고, 그렇다는 사실을 믿을 수는 있습니다. 하지만 증명할 수는 없지요. 하지만 전설을 완전히 무시해서는 안 됩니다. 거기에도 진실이 있고 아름답기도 합니다. 나는 그 전설을 묘사한 그림을 몇 점 그린 적도 있습니다."

"그렇다면 전설 속에나 존재하는 완전하고 실질적인 무죄 판결에 대해 이야기하는 것은 쓸데없는 짓이로군요. 전설을 법정에 등장시킬 수도 없으니." K는 비록 화가의 이야기가 미심쩍고 다른 이들의 말과 모순된다 할지라도 그의 말을 그대로 받아들이리라 결심하고 말했다. 어쨌든 화가가 자신을 돕겠다는 마음만 먹게 되더라도 성공일 수 있었다. K가 말을 이었다.

"그렇다면 완전 석방에 대해서는 더 이상 왈가왈부하지 맙시다. 당신은 그 외에 두 가지 방법이 있다고 말했지요?"

"외견상의 석방과 판결 지연이 바로 그것입니다. 실제로 가능성 있는 것은 그 두 가지입니다. 어느 것을 선택하느냐는 당신에게 달려 있습니다. 내가 도와드리면 둘 중 어느 것이든 가능합니다. 물론 노력을 해야지요. 둘 사이의 차이를 말씀드리지요. 외견상의 석방을 받으려면 한순간의 집중적인 노력이 필요하고 판결 지연은 힘은 덜 들지만 지속적인 노력이 필요합니다. 먼저 외견상의 무죄판결에 대해 말씀드리지요. 만일 당신이 그쪽을 원한다면 내가 당신이 무죄라고 주장하는 탄원서를 씁니다. 그런 후 그 탄원서를 들고 판사들을 순회하는 겁니다. 예컨대 내가 지금 초상화를 그려주고 있는 판사를 만나서 당신에게 죄가 없다는 것을 설명한 다음 당신이 결백하다는 것을 내가 보증하는 겁니다. 단순히 형식적인 보증이 아니라 책임이 따르는 실질적인 보증입니다."

"정말 고마운 일이군요." K가 말했다. "하지만 판사가 당신 말을 믿으면서도 무죄 판결을 내리지 않을 수도 있지 않을까요?"

"모든 판사들이 내 말을 믿으리라고 확신할 수는 없습니다. 어쨌든 탄원서에 판사들 서명을 받은 후 그걸 들고 당신 사건 담당 판사를 찾아가는 겁니다. 담당 판사는 동료 판사들의 보증이 있으니 안심하고 무죄 판결을 내리는 겁니다. 당신은 자유롭게 법정에서 나갈 수 있게 되는 거지요."

"그렇게 되면 나는 자유로워지는 거로군요." K가 머뭇거리며 말했다.

그러자 화가가 말했다.

"맞습니다. 하지만 겉으로만 자유로워지는 겁니다. 혹은 더 정확히 표현한다면 일시적으로 자유로워지는 겁니다. 내가 알고 있는 판사들은 모두 하급 판사들이라서 최종 석방을 선고할 권리가 없습니다. 그런 권한은 당신이건 나건 그 누구도 접근할 수 없는 최고 법원이 갖고 있습니다. 그곳이 어떤 곳인지 우리는 알 수 없으며 솔직히 말한다면 아무도 알려고 하지 않습니다. 우리가 아는 판사들은 기소된 피고인을 완전히 해방시키는 권한은 갖고 있지 않지만 다소 느슨하게 해줄 정도의 권한은 가지고 있습니다. 달리 말한다면 그런 판결을 받게 되면 얼마 동안은 기소 상태에서 벗어나 있을 수 있습니다. 하지만 그 기소는 이후로도 언제나 당신 머리 위를 떠돌다가 상부의 명령이 떨어지기만 하면 즉시 효력을 발휘합니다. 완전하고 실질적인 무죄 판결의 경우에는 소송과 관련된 모든 서류들이 파기되고 소멸되지만 외견상의 무죄 판결의 경우 서류상으로 무죄 판결문이 덧붙여질 뿐 모든 서류들이 고스란히 남아 있습니다. 어떤 서류도 분실되는 경우가 없으며 법원에서 잊어버리는 일은 없습니다. 외견상의 무죄 판결을 받은 경우 자유로운 기간이 얼마가 될지는 아무도 알 수 없고 나도 보증할 수 없습니다."

"만일 자유로워졌다가 다시 기소되는 경우 소송이 새로 시작되나요?" K가 물었다.

"그렇습니다. 완전히 새로 시작됩니다. 이전과 마찬가지로 외견상의 무죄 판결을 받을 가능성도 여전히 남아 있습니다. 또다시 온 힘을 기울여 노력해야 하고 결코 포기해서는 안 됩니다."

"만일 두 번째 무죄 판결을 받더라도 그것 역시 영원한 것은 아니겠군요."

"물론입니다. 두 번째 무죄 판결에 이어 세 번째 체포가 이어지고, 이어서 네 번째, 다섯 번째 계속 이어집니다."

K는 잠시 침묵했다. 그러자 화가가 다시 입을 열었다.

"당신, 외견상의 무죄 판결을 그다지 탐탁지 않게 생각하는 것 같군요. 그렇다면 당신에게는 판결 지연이 더 나을지도 모르겠습니다. 판결 지연이 어떤 건지 설명해 드릴까요?"

K가 고개를 끄덕였다. 화가가 자세를 고쳐 앉으며 말을 이었다.

"판결 지연이란 재판을 초기 단계에 영원히 머물게 해놓는 겁니다. 그러려면 피고인은 물론이고 도와주는 사람이 법원과 끊임없이 사적인 접촉을 유지해야 합니다. 외견상의 무죄 판결을 얻어내는 것만큼 큰 노력이 필요하지는 않지만 훨씬 더 많은 주의를 기울여야 합니다. 잠시도 소송에서 눈을 떼면 안 되고 주기적으로, 혹은 무슨 특별한 일이 있을 경우에도 빼놓지 않고 판사를 찾아가 계속 호감을 얻어야 합니다. 담당 판사를 직접 알지 못하는 경우 잘 아는 판사를 통해 계속 영향력을 발휘해야 합니다. 물론 직접 상담에 나서는 일도 게을리해서는 안 됩니다. 이 모든 일들을 빠짐없이 시행하면 재판이 첫 단계를 넘어가지 않게 할 수 있습니다. 소송이 중단되는 것은 아니지만 유죄 판결을 받을 염려가 없기 때문에 자유로운 신분이나 다를 바 없습니다. 갑작스럽게 체포될 염려도 없으며 예기치 않게 소송에 말려드는 일도 없습니다. 물론 거기에도 단점이 있습니다. 소송이 중단된 것이 아니기 때문에 피고인은 심문을 받아야 하고 심리도 행해지고, 또 그밖에 다른 일들이 끊임없이 일어납니다. 다시 말해 소송이 계속 제자리를 맴도는 겁니다. 이로 인해 피고인은 불편하고 짜증이 나기도 합니다. 하지만 그리 나쁘게 생각할 건 없습니다. 모든 게 그냥 보여주기 위한 쇼에 불과하니까요."

화가가 거기까지 말했을 때 K는 자리에서 일어났다. 무엇보다 머리가 너무 아팠다. 공기가 너무 나쁜 때문이었다. 그는 어서 바깥의 신선한 공기를 마시고 싶었다. 그는 자리에서 일어나며 화가에게 말했다.

"두 방법은 모두 피고에게 최종 유죄 판결을 막는다는 공통점이 있군요. 다만 두 방법 모두 실질적인 무죄 판결을 받지 못하게 만들기도 하고요."

"핵심을 파악하셨군요. 하지만 아직 결정은 못 내리신 것 같군요. 저도 바로 결정을 내리는 건 오히려 반대입니다. 종이 한 장 차이밖에 없으니 모든 것을 세심하게 따져봐야겠지요."

"곧 다시 오겠습니다." K는 그렇게 말한 후 상의를 걸치고 급히 문 쪽으로 걸어갔다. 그러자 그가 나오려는 낌새를 눈치챈 여자아이들이 소리를 질렀다.

"아이들이 귀찮게 굴 텐데요." 화가가 말했다. "다른 문으로 나가는 게 좋을 겁니다."

그 말과 함께 그는 침대 뒤에 있는 문을 가리켰다. K는 동의하고 침대 쪽으로 왔다. 그러나 화가는 문을 열지 않고 침대 밑으로 기어들어가더니 침대 밑에서 K에게 물었다.

"잠깐만요. 그림 좀 구경하시지 않겠어요? 구입하실 만할 겁니다."

K는 자신이 무례하다는 인상을 주고 싶지 않았다. 게다가 화

가는 진정으로 자기편이 되어 이야기를 해주었고 앞으로도 도움을 주겠다고 했다. 게다가 K가 깜빡 잊고 사례금에 대한 이야기를 하지 않았으니 화가의 말을 거절할 수가 없었다.

그가 그림을 보여달라고 하자 화가는 침대 밑에서 액자에 넣지 않은 그림들을 한 무더기 꺼냈다.

"황무지 풍경입니다." 화가는 그 말과 함께 그림을 내밀었다. 어둑어둑한 들판에 나무 두 그루가 멀리 떨어진 채 서 있었고 배경은 일몰 장면이었다.

결국 K는 그 그림을 필두로 화가가 침대에서 꺼낸 비슷비슷한 그림들을 몽땅 구입했다. 그가 셈을 치르겠다고 하자 화가는 나중에 이야기하자고 했다. K는 화가에게 다음 날 사환을 보내서 그림을 가져가겠다고 말했다.

"아니, 그럴 필요 없습니다." 화가가 황급히 말했다. "지금 바로 가져갈 수 있는 짐꾼을 구해보겠습니다."

그런 후 그는 침대 뒤의 문을 열었다. 순간 밖으로 발을 내밀려다 말고 K가 놀라서 물었다.

"저게 뭡니까?"

"뭘 보고 그렇게 놀라십니까?" 화가는 그가 놀란 모습에 놀란 듯 되물었다. "법원 사무실입니다. 이곳에 법원 사무실이 있다는 걸 모르셨나요? 다락 층에는 거의 다 법원 사무실이 자리 잡고 있는 법이지요. 여기라고 뭐 다르겠습니까? 제 아틀리에도 사실은 법원 사무실에 속해 있습니다만 법원에서 제게 쓰라고 내준 거지요."

K는 이곳이 법원 사무실이라는 사실만으로 놀란 것이 아니었다. 그는 자기 자신에 대해, 즉 자기 자신이 법원 일에 너무 순진할 정도로 아무것도 모른다는 사실에 놀란 것이었다. 피고인은 언제나 마음의 준비가 되어 있어야 하고 깜짝 놀라는 일은 절대로 없어야 했다. 예컨대 판사가 오른쪽에 있는데 왼쪽을 보는 일은 없어야 했다. 그는 그런 기본 원칙을 계속 어기고 있었던 것이다.

그의 앞에 긴 복도가 뻗어 있었고 바람이 불어왔다. 그 공기에 비하면 아틀리에의 공기가 차라리 상쾌한 편이었다. 그 복도에도 K가 전에 방문했던 법원처럼 복도 양편으로 긴 의자가 놓여 있었지만 사람들은 별로 없었다. K가 침대를 넘어 복도로 갔고 화가가 그림을 들고 그를 따라왔다. 그들은 곧 법원 정리와 마주쳤다. 정리들은 모두 금단추를 달고 있는 법이어서 K는 그가 정리임을 금세 알아볼 수 있었다. 화가는 그림을 정리에게 넘겨주며 K를 따라가라고 지시했다. K는 걸음을 제대로 걸을 수 없어 비틀거렸다.

출구 가까이 왔을 때 여자아이들이 몰려왔다. 아틀리에의 다른 쪽 문이 열리는 것을 보고 그쪽으로 들어가려고 돌아오는 중이었던 것이다. 달려드는 아이들에게 떠밀려가며 화가가 웃음을 띠고 소리쳤다.

"안녕히 가세요. 너무 망설이지 마세요!"

길거리로 나오자 K는 다가오는 첫 번째 마차에 올라탔다. 마차가 멈추자 정리가 함께 가겠다며 마부석에 뛰어올랐다. K는 그를 한시라도 빨리 떼어내고 싶었다. K는 정리를 마차에서 밀어낸 후 마부에게 출발하라고 말했다. 은행에 도착했을 때는 정오가 훨씬 지나 있었다. 그는 그림들을 마차에 두고 내리고 싶었다. 하지만 언젠가 자신이 그림을 가지고 있다는 것을 화가에게 증명해야 할지도 몰랐다. 그는 그림을 사무실로 들여놓게 한 다음 책상 맨 아래 서랍에 넣고 자물쇠를 채웠다. 최소한 며칠 동안만이라도 부행장의 눈에 띄지 않게 하기 위해서였다.

제7장 상인 블로크, 변호사와의 해약

  결국 K는 변호사를 자기 사건에서 손을 떼게 하기로 결심했
다. 과연 옳은 결정인가 하는 의구심을 완전히 지워버릴 수는
없었지만 그것이 불가피하다는 생각이 그 의구심을 눌렀다. 그
결심을 실행하기 위해 변호사를 만나러 가겠다고 작정한 날 그
는 일이 손에 잡히지 않아 늦게까지 사무실에 남아 일을 처리
해야만 했다. 그가 변호사 문 앞에 서 있었을 때는 벌써 10시가
넘어있었다.

  그는 초인종을 눌렀다. 하지만 늘 그렇듯이 처음에는 아무런
응답이 없었다.

  '레니가 좀 더 빨리 달려 나올 수도 있잖아'라고 그는 생각했
다. K가 두 번째로 초인종을 눌렀을 때, 문에 나 있는 작은 창에

두 개의 눈동자가 나타났다. 그런데 레니의 눈동자가 아니었다. 누군가 자물쇠를 열기는 했지만 그 사람은 계속 등으로 문을 누르면서 안을 향해 "그 사람이야!"라고 소리친 후에야 문을 열어주었다. 마침내 문이 열리자 그는 곧바로 안으로 들어갔다. 그런데 레니가 잠옷 바람으로 복도를 통해 달아나는 모습이 보였다. 문을 열어준 사람은 바로 레니를 향해 경고성 외침을 보냈던 것이다.

K는 잠시 그녀의 뒷모습을 바라보다가 문을 열어준 사내에게로 눈길을 돌렸다. 턱수염이 수북이 나 있는 작은 키에 깡마른 사내였다. 손에는 촛불을 들고 있었다.

"이곳에서 일하는 분인가요?" K가 물었다.

"아닙니다." 사내가 대답했다. "여기 사람이 아닙니다. 변호사님이 제 일을 맡고 계시고, 저는 법적인 문제로 왔을 뿐입니다."

"코트도 입지 않은 채?" K는 옷차림새를 제대로 갖추지 않은 사내를 손가락으로 가리키며 물었다.

"아, 죄송합니다." 사내는 그때까지 자신의 차림새에 대해 전혀 의식하지 않고 있었다는 듯 촛불로 자신의 몸을 비추면서 말했다.

"레니가 당신 애인인가요?" K가 퉁명스럽게 물었다. K는 자신이 두터운 코트를 걸치고 있다는 사실만으로도 이 사내에 대해 우월감을 느꼈다.

"아니, 아닙니다." 사내는 한 손을 들어 올려 방어 자세를 취하며 말했다. "절대 아닙니다. 대체 무슨 생각을 하시는 겁니까?"

"아주 정직해 보이시는군요." K가 미소를 띠며 말했다. "어쨌든 안으로 들어가십시다."

안으로 들어가면서 K가 사내의 이름을 물었다. 그러자 그가 대답했다.

"블로크입니다. 저는 상인입니다."

K는 변호사 사무실 앞에 이르자 앞서가는 상인을 불러 세웠다. 혹시 사무실에 레니가 숨어 있는지 살펴보기 위해서였다. 하지만 사무실에 레니는 없었다.

다시 복도로 나오자 K가 상인에게 물었다.

"당신, 레니가 어디 숨어 있는지 알고 있지요?"

"숨었다고요? 그럴 리 없습니다. 아마 부엌에서 변호사님께 드릴 수프를 끓이고 있을 겁니다."

"그래요? 그럼 부엌으로 안내해 보시지요."

사내는 K를 부엌으로 데려갔다. K는 이제까지 부엌에 와본 적이 없었다. 부엌은 놀랄 정도로 컸고 시설도 훌륭했다. 레니는 화덕 앞에서 불 위에 얹어 놓은 냄비 안에 계란을 깨뜨려 넣고 있었다.

"안녕하세요, 요제프." 그녀가 그를 곁눈으로 바라보며 말했다.

"잘 있었어?" K도 인사를 한 후 한 손으로 멀리 구석에 놓인 의자를 가리키며 상인에게 가서 앉으라는 동작을 했다.

상인이 의자로 가서 앉자 K는 레니의 뒤로 바짝 다가가 그녀의 어깨너머로 물었다.

"저 남자 누구야?"

"불쌍한 사람이에요. 블로크라는 상인이에요."

"당신은 잠옷 차림이었어. 저 남자가 당신 애인인가?"

레니는 수프 냄비를 잡으며 짐짓 못들은 척했다.

"어서 대답해봐."

"사무실로 가요. 거기서 다 설명해 드릴게요."

"아니야. 여기서 설명해봐."

레니가 그의 목에 팔을 두르며 키스를 하려 했으나 그는 뿌리치며 말했다.

"지금은 키스를 하고 싶지 않아."

"요제프!" 그녀가 애원하는 듯하면서도 당당한 눈길로 K를 바라보며 말했다. "지금 블로크 씨를 질투하는 건 아니지요?"

이어서 그녀는 블로크 쪽으로 몸을 돌리며 말했다.

"루디, 나를 좀 도와줘요. 당신도 보다시피 내가 의심을 받고 있어요."

그러자 상인이 K에게 말했다.

"선생이 왜 질투를 하는 건지 이유를 모르겠군요."

"실은 나도 모르겠소." K가 미소를 지으며 상인에게 말했다. 그러자 레니가 K의 팔에 매달리며 속삭였다.

"저 사람은 개의치 말아요. 어떤 사람인지 보셨잖아요. 변호사님의 중요한 고객이어서 좀 도와준 것뿐, 다른 건 없어요. 자, 우선 외투부터 벗어요. 변호사님께 당신이 오셨다는 말씀을 먼저 전할까요, 아니면 수프를 먼저 갖다 드릴까요?"

"내가 왔다는 말부터 전해줘."

레니는 그러겠다며 복도로 나갔다. 그러나 잠시 후 K가 레니를 뒤따라가며 말했다.

"아니, 수프 먼저 갖다 드려. 나와 상담을 하려면 기운을 좀 차리셔야 할 거야. 그럴 필요가 있어."

그러자 레니가 다시 안으로 들어와 수프 그릇을 들고 가며 K에게 속삭였다.

"변호사님이 수프를 드시자마자 당신이 오셨다는 말을 전할게요. 그래야 당신을 가능한 한 빨리 내가 독차지할 수 있잖아요."

레니가 밖으로 나가자 상인이 자리에서 일어나려고 했다.

"그대로 앉아 있어요." K가 말하며 의자 하나를 상인 곁으로 끌어들였다.

상인과 마주 앉으며 K가 물었다.

"변호사님의 오래된 고객이오?"

"전 곡물 도매상인데 소송을 의뢰한 지 5년 되었습니다. 하지만 소송 이전에도 약 20년 전부터 저의 법률문제를 대신 처리해주셨습니다."

"아, 변호사님이 일반 법률문제도 맡고 있군요."

"물론이지요." 이어서 상인은 K의 귀에 대고 속삭였다. "실은 이런 소송 건보다 일반 법률문제에 더 능통하다고들 한답니다."

하지만 그는 입 밖에 뱉은 말을 후회하는 눈치더니 K의 어깨에 손을 얹으며 계속 말했다.

"제발, 제가 한 말을 변호사님께 하지 말아주세요."

K는 상인의 허벅지를 가볍게 두드리며 말했다.

"걱정 말아요. 난 남의 말을 까발리는 사람이 아니오."

"변호사님은 보복을 잘 하거든요." 상인이 말했다.

"하지만 당신처럼 충실한 고객에게 무슨 해코지를 하겠어요?"K가 말했다.

"아니, 충분히 그럴 겁니다. 게다가 나는 별로 충실한 의뢰인이 아니거든요."

"그게 무슨 말이오?"

"당신께 털어놔도 될까요?" 상인이 미심쩍은 투로 말했다.

"그래도 될 것 같은데요."

"그렇다면," 상인이 말했다. "조금만 말씀드리지요. 대신 선생도 내게 비밀을 하나 털어놔야 합니다. 그래야 변호사를 상대로 우리가 한편이 될 수 있으니까요."

"정말 조심성이 많은 사람이로군. 좋아요. 약속하지요. 나도 당신이 마음을 놓을 만한 비밀을 하나 털어놓겠어요. 자, 이제 당신이 어떤 점에서 변호사에게 충실하지 못했는지 말해봐요."

"저는……." 상인이 주저하면서 뭔가 부끄러운 일을 고백하듯 말했다. "저는, 저분 말고 다른 변호사들을 고용하고 있어요."

K가 약간 실망한 투로 말했다.

"그게 뭐 그리 대단한 일인가요?"

"여기선 그래요." 상인이 말했다. "그런 게 허용되어 있지 않거든요. 정식 변호사가 있는데 하급 변호사를 두는 건 금지되어 있답니다. 그런데 제가 그 짓을 한 거예요. 저는 그런 변호사를 다섯 명 더 두고 있어요."

"다섯이나!" K는 놀라서 소리쳤다. "아니, 이 변호사 말고도 다섯이나 더 두고 있단 말입니까?"

"게다가 지금은 여섯 번째 변호사와 교섭 중입니다."

"아니, 왜 그렇게 많은 변호사가 필요한지 설명 좀 해주시겠소?"

"당연히 소송에 지고 싶지 않아서이지요. 도움이 될 만한 건 사소한 것이라도 놓치면 안 돼요. 저는 사업을 해야 하니 일일이 다 신경을 쓸 겨를이 없어요. 게다가 소송에서 정말 필요 없는 짓은 피고인 당사자가 개별적으로 직접 개입하는 일이거든요. 그렇다면 제가 모든 것을 변호사에게 맡기고 저의 일에만 몰두할 수 있느냐? 실은 그렇지 않습니다. 제가 변호사를 다섯이나 두고 있으니 선생께서는 모든 일을 그들에게 다 맡길 수 있으리라고 생각하시겠지요. 저도 처음에는 그렇게 생각했습니다. 그런데 아닙니다. 변호사가 한 명 있을 때보다 그들에게 일을 맡기기가 더 힘이 듭니다. 아마 이해가 안 되시겠지요?"

"그렇습니다." K가 대답했다. "좀 더 차분하게 말해줄 수 없습니까? 내게는 아주 중요한 일인데 당신 말을 따라갈 수가 없어요."

"그렇군요. 선생이 아직 초보자라는 생각을 못하고……. 아직 반년밖에 안 되었지요? 저도 선생의 소송 건에 대해 들었습니다. 아직 풋 냄새가 물씬 풍기는 사건이지요. 하고많은 시간 동안 온갖 일에 대해 수도 없이 머리를 굴리다 보니 그런 건 너무 빤한 게 되었지요."

"그동안 당신 소송이 그만큼 많이 진척이 되었을 테니 흡족하겠습니다."

"그렇습니다. 저는 5년 이상 소송을 해왔으니까요." 상인은 고개를 떨어뜨리면서 말했다. "적지 않은 성취가 있었다고 볼 수 있지요."

그는 잠시 말이 없었다. K는 레니가 오지 않는지 귀를 기울였다. 한편으로는 아직 상인의 말을 더 듣고 싶어 그녀가 오지 않기를 바랐지만 다른 한편으로는 그깟 수프 전해주는 일로 자신을 이렇게 오래 내팽개쳐 두고 있는 것에 화가 나기도 했다.

잠시 후 상인이 다시 입을 열었다.

"지금도 생생하게 기억하고 있습니다. 제 소송이 시작된 지 거의 지금의 선생 정도 되었을 때였지요. 당시 저는 소송을 전적으로 홀트 변호사에게 맡기고 있었는데 별로 만족스럽지 못했습니다."

K는 '이제 모든 걸 다 알게 되겠구나'라고 생각하며 마치 상인에게 알아야 할 필요가 있는 것을 모두 털어놓게 만들려는 듯 열심히 고개를 끄덕였다. 상인이 말을 이었다.

"제 소송은 미동도 없었습니다. 심리가 몇 번 열렸고 저는 그때마다 참석해서 자료도 모으고 모든 사업 장부를 법원에 제출했습니다.—그런 건 아무 소용없다는 것을 나중에야 알게 되었지요—또한 변호사에게 뻔질나게 드나들었고 변호사도 여러번 청원서를 제출했습니다."

"가만! 여러 청원서들이라고요?" K가 끼어들었다. "그건 내게 대단히 중요한 정보입니다. 변호사가 아직까지 첫 번째 청원서 작성에 매달려 있거든요. 그는 이제까지 아무것도 한 일이 없어요. 그러고 보니 나를 정말 창피할 정도로 무시하고 있다는 걸 알겠군요."

"아직 첫 번째 청원서를 작성하지 못한 데는 여러 가지 그럴 만한 이유가 있을 겁니다." 상인이 말했다. "아무튼 제 경우로 보자면 청원서라는 건 전혀 쓸모없다는 것이 밝혀졌습니다. 저는 어느 직원의 호의로 청원서 하나를 읽어볼 기회가 있었습니다. 아주 유식한 말투였지만 실제로는 아무 내용이 없었습니다. 우선 제가 도무지 이해할 수 없는 라틴어투성이였고 몇 쪽에 걸쳐 법원에 대한 일반적인 청원들이 이어지고 있었으며 누구나 알 만한 특정 관리들에 대한 아첨이 적혀 있었습니다. 그다음에는 변호사가 자신을 자화자찬하는 글, 그러면서도 법원에 대해서 자신을 비굴할 정도로 낮추는 글들이 이어졌으며 마지막으로 제 사건과 유사한 먼 옛날의 사례들에 대한 법률적 분석이 있었습니다. 제가 이해할 수 있는 한, 아주 세심하게 되어 있다는 것은 분명하긴 했지요. 물론 변호사가 하는 모든 일들을 비판하고자 하는 말이 아닙니다. 어쨌든 여러 청원서들 중에 하나만 읽은 것이니까요. 하지만 청원서를 제출했건 안 했건 제 소송은 아무런 진척이 없었다는 사실을 분명히 말씀드립니다."

"어떤 식의 진척을 기대한 겁니까?" K가 물었다.

"정말 분별 있는 질문입니다." 상인이 미소를 지으며 말했다. "사실 이런 식의 소송에서 일이 진척되는 것을 보는 일은 아주 드뭅니다. 당시 저는 그걸 몰랐지요. 게다가 저는 상인이니 손에 확실히 뭔가 잡히길 기대했습니다. 모든 것이 결말을 향해 가거나, 아니면 최소한 정해진 규칙에 따라 뭔가 움직임이 있기를 원했던 거지요. 그런데 움직임은커녕 이전처럼 심문만 계속 이어졌습니다. 매번 심문 절차나 내용도 똑같았고요. 미사 때의 기도문처럼 저는 답변할 말을 다 외울 수 있을 정도였습니다. 그리고 일주일에 몇 번씩 법원 사환들이 회사나 집, 기타 저를 만날 수 있는 곳이면 어디든 찾아왔습니다. 여간 성가신 일이 아니었지요.—물론 요즘은 전화로 처리하니 한결 나아진 셈이지요.—그러면서도 첫 번째 공판이 열릴 조짐은 조금도 보이지 않았습니다. 저는 당연히 변호사를 찾아가 하소연했습니다. 변호사는 장황하게 이런저런 설명을 해주긴 했지만 제가 나름대로 어떤 행동을 취하는 것은 단호히 금했습니다. 그리고 공판 기일을 정하는 데 영향력을 행사할 수 있는 변호사란 없다, 청원서를 통해 그런 것을 독촉하는 일은 전례가 없는 일로서 저뿐 아니라 변호사에게도 망조가 드는 길이라고 말했습니다. 저는 이 변호사가 능력이 없어서 그런다고 생각하고 다른 변호사를 구했습니다. 하지만 마찬가지였습니다. 그건 실제로 불가능한 일이었던 것입니다. 어쨌든 변호사는 저를 속인 것은 아니었습니다. 하지만 그렇다고 해서 다른 변호사들을 찾아간 것을 후회하지는 않습니다.

아마 선생께서도 홀트 박사가 하찮은 변호사들에 대해 하는 말을 들은 적이 있을 것입니다. 대단히 경멸스러운 존재들이라고 말했을 텐데 그분의 말이 틀린 것은 아닙니다. 정말 경멸스러운 존재들입니다. 하지만 홀트 박사가 그들에 대해 말하면서 그들을 자신, 혹은 자신의 동료들과 비교하는 말에는 분명 오류가 있습니다. 재미 삼아 말씀드리기로 하지요. 홀트 박사는 그들과 비교해서 자신과 동료들을 '대변호사'라고 구별해 부릅니다. 그건 잘못된 것입니다. 물론 누구든 자기 마음대로 자신에게 '대(大)' 자를 붙일 수 있습니다. 하지만 이번 경우에는 오로지 법원의 관용에 따라 그런 구분을 할 수 있을 뿐입니다. 법원에서는 아주 하찮은 변호사들 외에 '소변호사'와 '대변호사'를 엄격히 구분하고 있습니다. 우리의 변호사와 그의 동료들은 '소변호사' 그룹에 불과합니다. 저는 '대변호사'에 대해 듣기만 했을 뿐 본 적은 없습니다. 그들은 '소변호사'에 비해 어마어마하게 높습니다. 하찮은 변호사들과 소변호사들 간의 격차와는 비교할 수 없을 정도입니다."

"대변호사요?" K가 물었다. "그들이 대체 누구입니까? 그들과는 어떻게 해야 접촉할 수 있지요?"

"그렇다면 선생은 아직 그들에 대해 들어본 적이 없군요?" 상인이 말했다. "그들 이야기를 들으면 누구나 그들에 대한 꿈을 꾸면서 많은 시간을 낭비하지요. 선생께서는 그런 잘못을 저지르지 않기를 바랍니다. 저는 대변호사가 누구인지도 모릅니다. 아마 그들과 접촉할 수 있는 길은 없을 겁니다. 또한 그들이 직접 개입했다고 확실하게 말할 수 있는 사건도 본 적이 없습니다. 물론 그들도 변호를 합니다. 하지만 피고가 의뢰한다고 해서 변호를 맡아주는 게 아닙니다. 그들은 그들이 변호하고 싶은 사건만 변호합니다. 그들이 맡는 사건은 하급 법원을 통해서 올라온 것이 틀림없습니다. 어쨌든 그들 생각은 안 하는 게 좋습니다. 그들 생각에 젖어 있다 보면 다른 변호사들과의 상담이나 조언, 법률적 도움 등이 모두 역겹고 쓸모없이 보일 테니까요."

그들이 거기까지 이야기를 나누었을 때였다. 레니가 접시를 들고 부엌으로 들어오며 말했다.

"아니, 둘이 그렇게 붙어 앉아서 뭐 하는 거예요?" 그들은 실제로 너무 가까이 앉아 있어서 고개를 살짝만 돌려도 머리가 서로 부딪칠 정도였다. K는 다섯 명의 하찮은 변호사에 대해 더 듣고 싶었지만 상인이 레니 앞에서는 그 이야기를 더 이상 하고 싶지 않은 것 같아서 상인을 독촉하지 않았다.

"내가 왔다고 변호사님께 전했어?" K가 레니에게 물었다.

"당신을 기다리고 계세요. 이제 블로크 씨는 놔주세요."

K는 한시라도 빨리 변호사를 만나 해약을 통보하고 싶었다. 그가 서둘러 문가로 향하자 상인이 나지막한 목소리로 그에게 말했다.

"저, 선생, 저와 하신 약속을 잊으신 것 같네요. 제게 비밀을 하나 말씀해준다고 했지요?"

"아, 그렇군." K는 그를 빤히 쳐다보고 있는 레니에게 흘깃 눈길을 주면서 말했다. "자, 들어봐요. 이제 더 이상 비밀이랄 것도 없지만……. 나는 지금 변호사를 해고하려고 그에게 가는 거요."

"아니, 뭐요? 변호사를 해고한다고요?" 상인은 소리치며 의자에서 벌떡 뛰어 일어나더니 양팔을 쳐든 채 부엌을 서성이기 시작했다. 그는 계속 외쳤다. "변호사를 해고하다니! 변호사를!"

레니는 레니대로 놀라 이미 저만치 앞서 있는 K의 뒤를 황급히 따라가며 그를 저지하려 했다. 그러자 그녀의 앞을 상인이 가로막았다. 그녀는 상인을 주먹으로 한 대 후려친 후 K를 쫓아갔지만 레니가 그를 거의 따라잡았을 때 그는 이미 변호사의 방으로 들어서서 문을 닫고 있는 중이었다. 레니는 발로 문이 닫히는 것을 막으며 K의 팔을 잡고 끌어내리려 했다. 하지만 K가 그녀의 손목을 잡고 억세게 누르자 그녀는 한숨을 내쉬며 팔을 놓아주어야만 했다. K는 문을 닫은 후 문을 아예 잠가버렸다.

"너무 오래 기다리게 하는군요." 변호사가 침대에서 그에게 말을 건넸다. 그는 촛불 빛에 읽고 있던 문서를 침대 옆 탁자 위에 놓더니 안경을 끼고 K를 날카롭게 쳐다보았다. K는 사과를 하는 대신 "곧 떠날 겁니다"라고 말했다. K가 사과를 하지 않자 변호사는 K의 말을 못들은 척하고 말했다.

"다음번에는 이렇게 늦은 시각에는 만나주지 않을 거요."

"기꺼이 받아들이지요." K가 말했다.

변호사는 의아한 눈길로 그를 바라보았다.

"자, 앉으시오." 변호사가 말했다.

"그러겠습니다." K는 의자 하나를 침대 곁으로 끌고 와서 앉았다.

"들어오면서 문을 잠그는 것 같던데……." 변호사가 말했다.

"그렇습니다. 레니 때문입니다." K는 그 누구도 조금이나마 감싸주고 싶은 마음이 없었다. 그러자 변호사가 물었다.

"그 애가 또 추근거리던가요?"

"추근거려요?" K가 되물었다. 그러자 변호사가 웃음을 터뜨리더니 발작적으로 기침을 해댔고, 잠시 후 기침이 멈추자 다시 웃기 시작했다.

"그 애가 자주 추근거린다는 걸 당신이 이미 눈치채고 있는 줄 알았는데……." 변호사는 그 말을 하면서 탁자에 놓여 있던 K의 손을 건드리자 K는 얼른 손을 뒤로 뺐다. K가 아무 말이 없자 변호사가 말을 이었다.

"그 애가 추근거리는 걸 별로 대수롭지 않게 생각하는 모양이로군. 잘됐소. 그렇지 않다면 내가 사과를 해야 했을지도 모르니까. 그게 그 애 버릇이요. 나는 오래전부터 그 버릇을 묵인해 왔으니 당신이 문을 잠그지만 않았다면 그 이야기를 꺼내지도 않았을 거요. 어쨌든 그 애 버릇을 약간이나마 설명해줄 필요는 있겠군. 그 애 버릇이 뭐냐 하면, 레니는 모든 피고인들을 매력적으로 본다 이거요. 레니는 피고인들 누구에게나 매달리고 누구나 사랑한다 이거요. 심지어 그들 모두에게서 사랑을 받는 것 같소. 내가 허락하면 그 애는 가끔 그 이야기를 내게 들려주곤 한다오. 당신, 놀란 모양이로군요. 하지만 나는 별로 놀라지 않소. 실제로 피고들을 제대로 살펴본다면 매력적인 경우가 아주 많아요. 아주 주목할 만한 현상이고 때로는 과학적인 현상이기도 해요. 물론 고소를 당했다고 해서 그 사람의 외모에 뚜렷한 변화가 나타나는 것은 아닙니다. 평소 생활 방식도 그대로 유지할 수 있고 자신을 잘 돌봐줄 변호사만 만난다면 소송 때문에 일상생활에 지장을 초래하지도 않아요. 하지만 이 일에 경험이 많은 사람은 피고인들이 아무리 수많은 군중 속에 섞여 있다 할지라도 그 사람을 식별해낼 수 있어요. 아마 어떻게 그럴 수 있느냐고 묻고 싶겠지요. 별로 만족스러운 대답을 해줄 수는 없어요. 소송을 겪고 있는 사람이 아주 매력적이기 때문이라고 단순하게 대답해줄 수밖에 없거든요. 그들을 매력적으로 만드는 게 뭐냐? 아마 죄라고는 말하기 어려울 것입니다. 피고인이라고 해서 모두 죄가 있는 것은 아니니까요.—최소한 변호사 입장에서 나는 그렇게 말해야 할 겁니다.—또한 그들이 받게 될 처벌 때문에 그들이 매력적으로 보인다고 말할 수도 없어요. 그들이 모두 벌을 받는 건 아니니까. 따라서 그들을 겨누고 있는 소송이 영향을 미친다고 볼 수밖에 없어요. 이유야 어쨌든 그 매력 있는 사람들 중 일부는 정말 엄청나게 매력적입니다. 아무튼 그들은 모두 매력적입니다. 저 가련한 벌레 같은 블로크조차도 매력적입니다."

변호사가 이야기를 하는 동안 K는 완전히 평정을 되찾았다. K는 변호사가 말을 마치자 고개를 끄덕이며 자신이 이제까지 확신해 왔던 것을 다시 확인할 수 있었다. 즉 변호사는 늘 그렇듯 사건과는 무관한 일반적인 이야기를 늘어놓음으로써 K에게 혼란을 주고 이 소송 사건을 위해 자신이 무엇을 하고 있는가 하는 핵심적인 문제는 흐려버린다는 것이다.

변호사는 K가 평소와는 달리 저항의 뜻을 분명하게 보이는 것을 눈치챈 것이 분명했다. K에게 말할 기회를 주려고 입을 다물었던 것이다. 그래도 K가 아무 말이 없자 그가 물었다.

"오늘 내게 무슨 특별히 할 말이 있어서 온 거지요?"

"그렇습니다." K는 변호사의 모습을 좀 더 잘 보기 위해 손으로 촛불을 가리면서 말했다. "저는 지금 당장 제 변호 의뢰를 취소한다는 말씀을 드리려고 왔습니다."

"내가 제대로 알아들은 건가요?" 변호사가 반쯤 몸을 일으킨 채 베개에 한쪽 손을 짚으며 물었다.

"그런 것 같습니다." K가 마치 매복한 채 적을 기다리듯 앉은 채 몸을 꼿꼿이 세우고 말했다.

잠시 잠자코 있던 변호사가 말했다.

"자, 어디 당신 계획에 대해 들어봅시다."

"더 이상 계획이랄 게 없습니다."

"그럴지도 모르지요. 하지만 우리 너무 서두르지 맙시다."

변호사는 '우리'라는 표현을 통해 K를 놓아주고 싶지 않은 속마음을 드러냈다. 변호사 일은 맡지 않더라도 최소한 상담역은 맡고 싶었던 것이다.

"서두르는 게 아닙니다." K는 자리에서 일어나, 앉아 있던 의자 뒤에 서서 말했다. "충분히 심사숙고했습니다. 어쩌면 너무 질질 끈 것이 아닌가 하는 생각도 듭니다. 최종적인 결정입니다."

"그렇다면 몇 마디만 할 수 있게 해주시오." 변호사는 그 말과 함께 깃털 이불을 걷어치우더니 침대 가장자리에 걸터앉았다. 흰 털이 나 있는 그의 맨 다리가 추위에 달달 떨리고 있었다. 그는 K에게 담요를 좀 갖다달라고 말했다. K는 담요를 갖다주며 말했다.

"공연히 일어나셨군요. 감기라도 걸리면 어쩌시려고."

"그만큼 중대한 상황이니까요."

변호사는 이불로 상체를 덮고 담요로 다리를 감쌌다.

"당신 숙부는 내 친한 친구이고, 그런 만큼 그동안 당신을 더 좋아하게 되었소. 솔직하게 털어놓는 거요. 부끄러울 게 하나도 없으니 하는 말이오."

K로서는 듣고 싶지 않던 감상적인 말이었다. 그가 하고 싶지 않았던 장황한 설명을 할 수밖에 없도록 만든 때문이었다. 또한 그 때문에 그의 결심이 흔들리지는 않았지만 어쨌든 마음이

약간 약해지는 것은 어쩔 수 없었다.

"제게 그렇게 친근감을 느끼셨다니 감사합니다." K가 말했다. "저는 변호사님께서 제 사건에 얼마나 정성을 쏟으셨는지 잘 알고 있습니다. 가능한 한 제게 유리한 결과가 올 수 있도록 최선을 다 하셨지요. 하지만 저는 그것만으로는 충분하지 않다는 것을 최근에 깨달았습니다. 물론 저보다 연로하시고 경험도 많으신 변호사님을 설득하겠다는 생각은 없습니다. 혹시 본의 아니게 그런 식으로 말하고 행동했다면 용서해주시기 바랍니다. 하지만 방금 변호사님께서 말씀하셨듯이 제 상황이 아주 심각합니다. 따라서 이 소송에 대해 이제까지보다 더 강력하게 대처해야 할 필요가 있다고 저는 믿습니다."

"잘 알았소." 변호사가 말했다. "조급해진 것이로군."

"저는 절대로 조급한 게 아닙니다." K는 약간 역정을 내며 말했으며 자신이 내뱉는 단어에도 별로 신경을 쓰지 않았다. "제가 숙부님과 함께 변호사님을 처음 찾아뵈었을 때 변호사님은 제가 제 소송에 대해 별로 걱정하지 않고 있다는 것을 눈치채셨을 겁니다. 아마 누군가 억지로 상기시켜주지 않는 한 완전히 잊고 지냈을 것입니다. 그런데 숙부님이 제게 변호사를 선임하라고 주장하셨고 숙부님의 뜻을 따른 것입니다. 저는 당연히 변호사가 제 짐을 대신 맡아줄 테니 제 짐이 덜어질 것이라고 기대했습니다. 그런데 결과는 정반대였습니다. 변호사님께서 제 변호를 맡기 전까지 제 소송 건은 제게 별로 걱정거리가 아니었습니다. 저 혼자였을 때 저는 소송과 관련해서 아무것도 하지 않았고 별로 의식하지도 않았습니다. 그런데 변호를 맡기고 나서 모든 게 달라졌습니다. 이후 만사가 뭔가 새로운 일이 일어나야 하게끔 되어버렸습니다. 나는 끊임없이 변호사님께서 무언가 해주기를 기다려야 했고 점점 더 긴장해야 했습니다. 하지만 변호사님은 아무것도 하지 않으셨습니다. 물론 저는 변호사님으로부터 변호사님이 아니라면 그 누구에게서도 들을 수 없는 법원에 관한 소중한 정보들을 들을 수 있었습니다. 하지만 은밀하게 재판이 점점 더 가까워오는 마당에 그것만으로는 충분치 않았습니다."

K는 두 손을 프록코트 주머니에 찌른 채 허리를 꼿꼿이 세우고 서 있었다. 그의 말이 끝나자 변호사가 차분한 어조로 말했다.

"소송 절차의 어느 시점을 지나면 더 이상 새롭고 중요한 일은 일어나지 않는 법이오. 얼마나 많은 소송 당사자들이 당신과 비슷한 단계에서 당신과 비슷한 말을 했는지 모를 정도요."

"그렇다면," K가 말했다. "그 사람들은 모두 저처럼 올바른 행동을 한 것이로군요. 그건 제가 틀렸다는 증거가 못 됩니다.”

“당신이 틀렸다는 말을 하려는 게 아니오.” 변호사가 말했다. “하지만 내가 당신에게 다른 사람들보다 더 나은 판단을 기대했다는 말은 덧붙이고 싶소. 내가 당신에게 법원에서 하는 일 및 내 활동에 대해 다른 사람들에 비해 더 많은 것들을 알게 해 준 것은 그 때문이오. 하지만 나의 그런 모든 노력에도 불구하고 당신이 나를 별로 신뢰하지 않는다는 사실을 받아들여야만 하는 상황이로군요. 당신, 나를 불편하게 만드는군요.”

변호사는 어째서 K 앞에서 이다지 비굴한 모습을 보이는 것일까! 그는 어째서 지금 가장 민감한 문제일 수 있는 자기 지위에 대한 존엄성은 전혀 개의치 않는 것일까? 도대체 왜 그러는 것일까? 그는 변호사로서 일이 많고, 부자였다. 수입이 준다거나 의뢰인이 한 명 줄어드는 것쯤은 그에게 전혀 대수롭지 않은 일이었다. 게다가 건강도 좋지 않으니 자기가 맡은 일을 남에게 넘겨주려 애쓰는 것이 옳았다. 그럼에도 불구하고 그는 K를 꽉 잡고 놓아주려 하지 않고 있다. 왜일까? 숙부의 얼굴을 봐서일까? 혹은 실제로 K의 사건을 특별한 사건이라 여기고 K나 법원의 친구들에게 자신을 두드러지게 보이기 위해서일까?

K는 뻔뻔스러울 정도로 변호사를 면밀히 살펴보았지만 이

유를 알 수 없었다. 변호사는 K가 침묵을 지키자 그가 자기 말에 어느 정도 넘어온 것으로 생각하고 말을 이었다.

"나는 전에는 변호사도 여럿 거느리고 큰 변호사 사무실을 운영하고 있었소. 하지만 나는 점점 더 중대한 사건을 나 혼자 떠맡는 게 보람이 있고 중요하다는 것을 깨닫게 되었소. 나는 아무 사건이나 맡지 않아요. 많은 의뢰들을 거절하지요. 내가 맡은 일을 끝까지 책임지기 위해서였소. 하지만 그 결정이 정말 잘한 것인지 회의가 드는구려. 당신의 경우처럼 내 뜻과 노력이 오해를 받게 되면 후회를 할 수밖에 없소."

하지만 변호사가 말을 늘어놓으면 늘어놓을수록 K는 설득되기보다는 오히려 짜증이 났다. K는 이 지점에서 자신이 뒤로 물러난다면 어떤 말들이 이어질 것인지 능히 짐작할 수 있었다. 또 질질 끄는 이야기가 이어질 것이고 온갖 핑계들을 늘어놓을 것이며 탄원서가 진전을 보이고 있다는 둥, 법원 관리들의 분위기가 개선되었다는 둥, 하지만 이 소송 앞에는 여전히 큰 난관이 놓여 있다는 둥, 예컨대 K가 넌더리가 날 정도로 이미 알고 있는 이야기들을 반복하면서 K를 기만하고 위로하고 위협할 것이었다. 그것만은 무슨 수를 쓰더라도 막아야 했다.

K는 단호하게 말했다.

"앞으로도 변호사님은 이제까지 해오신 일들을 계속하시겠지요. 그런 것은 더 이상 필요 없습니다."

그러자 변호사가 황급히 말했다.

"마지막 시도 한 가지만 해봅시다. 나는 당신이 내가 당신에게 해준 법적 조력이 어떤 것인지 잘못 판단하고 있을 뿐 아니라, 바로 그 잘못된 판단 때문에 이런 그릇된 행동을 한다고 생각하오. 당신은 피고 신분임에도 불구하고 너무 좋은 대우를받고 있기 때문이오. 더 정확하게 표현한다면 너무 방임해 두었다고 말할 수 있을 거요. 자유롭게 두는 것보나 사슬에 묶어두는 게 좋은 경우가 종종 있는 법이오. 내 이제부터 다른 피고들이 어떤 대접을 받는지 보여주겠소. 아마 그걸 보고 뭔가 배울 수 있을 거요. 내가 블로크를 부를 테니 어서 잠긴 문을 열어준 다음 여기 침대 곁에 앉아서 보시오."

K는 언제고 새로운 것을 배울 태세가 되어 있었기에 변호사말대로 문을 열고 침대 곁으로 와서 앉았다. 하지만 무슨 일이있어도 확실한 다짐을 받아 놓기 위해 변호사에게 말했다.

"변호사님은 이제 더 이상 제 변호사가 아닙니다."

"물론이지요." 변호사가 대답했다. "하지만 원할 때면 언제고마음을 바꿔도 됩니다."

변호사는 다시 침대에 눕더니 이불을 턱 밑까지 끌어올려 덮으면서 얼굴을 벽 쪽으로 향하고 벨을 잡아당겼다.

그가 벨을 울리자마자 레니가 나타났다. 그녀는 무슨 일이 있었는지 궁금해서 황급히 K와 변호사의 얼굴을 번갈아 처다보았다. 그녀는 K가 편안한 자세로 변호사의 침대 곁에 앉아 있는 것을 보고 안심한 것 같았다. 그녀는 K를 보고 미소 지으며 고개를 끄덕였다. 하지만 K는 단호히 고개를 돌렸다.

"블로크를 불러와!" 변호사가 말했다. 그러자 레니가 그를 부르러 가는 대신 문가로 가서 "블로크 씨! 변호사님이 부르세요!"라고 큰소리로 외쳤다. 그러자 블로크가 즉시 달려왔다. 하지만 그는 문가에 서서 들어가야 할지 말아야 할지 망설이는 것 같았다. 그는 눈썹을 치켜올리고 고개를 떨군 채, 변호사가 보고 싶어 한다는 명령이 재차 떨어지기를 기다리고 있는 것 같았다. K는 그에게 뭐 그렇게 주저하느냐, 어서 들어오라고 말하고 싶었지만 변호사 뿐 아니라 이 집의 그 어떤 것과도 완전히 결별하리라 마음먹고 있었기에 꼼짝도 않고 있었다. 레니 역시 아무 말이 없었다. 블로크는 최소한 아무도 자신을 쫓아내지 않는다는 것을 알고 나서야 까치발로 조심조심 방 안에 들어섰다. 얼굴에는 긴장감이 역력했고 두 팔은 등짐을 지고 있었다. 심지어 곧바로 되돌아나가야만 하는 사태에 대비하듯 문까지 열어놓았다.

"블로크인가?" 변호사가 입을 열었다. 거의 기다시피 방 안으로 들어오던 블로크는 그 소리에 마치 누가 가슴과 등을 떠다민 듯 앞뒤로 휘청거리더니 깊숙이 허리를 숙이고 서서 말했다.

"예, 여기 대령했습니다."

"대체 무슨 일인가?" 변호사가 물었다. "이런 좋지 않을 때 나타나다니!"

"부르신 게 아니었나요?" 블로크가 변호사에게라기보다는 차라리 자기 자신을 책망하듯 말했다.

"불렀어." 변호사가 말했다. "하지만 좋지 않을 때 나타난 건 사실이야." 그는 잠시 뜸을 들이더니 다시 말했다. "자넨 항상 좋지 않을 때 나타난단 말이야."

변호사가 말을 하는 동안 블로크는 침대 쪽을 바라보지 못하고 방구석으로 시선을 향한 채 귀만 기울이고 있었다. 마치 변호사에게서 뿜어져 나오는 빛에 눈이 부셔서 제대로 바라보지도 못하는 것 같았다. 심지어 변호사의 말을 듣는 것조차 여의치 않았다. 변호사가 벽에 대고, 그것도 아주 낮고 빠르게 말한 때문이었다.

"그러면 도로 나갈까요, 변호사님?"

"아니, 거기 그대로 있어." 변호사가 말했다. "가만히 있으라니까!"

변호사는 마치 위협하듯 지팡이를 흔드는 것 같았고 실제로 블로크의 몸이 흔들거렸다. 변호사가 계속 말했다.

"어제 내 친구인 세 번째 판사를 만나고 왔어. 자네 사건에 대해 찬찬히 대화를 나누었지. 그가 무슨 말을 했는지 알고 싶지?"

"아, 예, 물론입니다." 블로크가 황송한 듯 말했다.

변호사는 즉각 대답하지 않았다. 그러자 블로크가 재차 말씀해달라고 청하면서 허리를 굽혔다. 마치 무릎이라도 꿇을 태세였다.

보다 못해 K가 소리쳤다.

"대체 지금 뭐하는 겁니까?"

하지만 폭발한 것은 K였는데 정작 변호사가 응징한 것은 블로크였다. 블로크에게 변호사가 말했다.

"누가 변호사지?"

"바로 박사님이시지요."

"나 말고 또 누가 있지?"

"변호사님 말고는 아무도 없습니다." 블로크가 재빨리 대답했다.

"나 외에 그 누가 있으면 안 돼!" 변호사가 말했다. 블로크는 변호사의 말뜻을 알아차렸다. 그는 고개를 격하게 흔들며 K를 노려보았다. 마치 상스러운 욕설을 몸짓으로 퍼붓는 것 같았다. 아니, 이런 자와 자신의 소송 건에 대해 사이좋게 의논을 하려 했단 말인가!

"더 이상 상관하지 않겠소." 그 말과 함께 K는 의자에 등을 기댔다. "무릎을 꿇건 네 발로 기건 마음대로 하시지. 더 이상 성가시게 하지 않을 테니."

그러자 블로크가 주먹을 휘두르며 K에게 다가오면서 변호사 면전임에도 불구하고 감히 큰 소리로 외쳤다. K에 대해서만은 여전히 자존심을 지니고 있음을 보여주려는 게 분명했다.

"그런 식으로 말하지 마시오. 그런 건 용납할 수 없어! 왜 나를 모욕하는 거지? 게다가 변호사님 면전에서! 변호사님은 당신이나 나나 측은해서 받아주시고 있는 거야. 당신도 나보다 나을 게 없어! 당신도 기소되었고 소송 중이잖아. 그럼에도 불구하고 당신이 여전히 신사라면 나도 마찬가지야. 그러니 나도 신사로서 대접받고 싶다 이거라고. 특히 당신에게서 말이야. 당신은 그곳에 얌전히 앉아 내가 네 발로 기는 걸 바라보아도 되는 사람이라고 생각하고 있고, 또 그걸로 나보다 나은 대접을 받고 있다고 생각한다면 내가 이 법률 세계의 오래된 격언을 하나 들려주지. 명심해야 할걸. '당신이 혐의를 받고 있다면 가만히 있는 것보다는 움직이는 것이 낫다. 당신이 가만히 있다가는 자신도 모르는 새 저울 받침에 올라가 죄와 함께 저울질을 당할 뿐이다.'"

K는 아무 말도 하지 않았다. 그는 지극히 평온한 눈길로 이 미친 것 같은 존재를 바라볼 뿐이었다. 단지 몇 분 만에 이렇게 완전히 변할 수 있다니! 소송 때문에 하도 이리 구르고 저리 구르는 바람에 친구가 누구고 적이 누구인지 모르게 된 것일까? 변호사가 오로지 자신의 힘을 K에게 과시하기 위하여, 또한 K를 굴복시키기 위하여 일부러 자신을 모욕하고 있음을 모른단 말인가? 그건 그렇다고 치자. 또한, 변호사가 너무 두려운 나머지 알고 있으면서도 저렇게 할 수밖에 없다고 치자. 그런 자가 어찌 교활하고 대담하게 변호사에게 거짓말을 할 수 있으며 다른 변호사들을 고용하고 있다는 사실을 감출 수 있단 말인가? 또한, 언제고 자신의 비밀을 폭로할지 모르는 K를 공격할 수 있단 말인가?

블로크는 K를 흘겨보며 침대 옆에 무릎을 꿇고 앉았다. 변호사는 아무 말이 없었다. 블로크는 한 손으로 조심스럽게 침대 커버를 더듬었다. 그때까지 K의 손을 잡고 있던 레니가 그 손을 놓으며 말했다.

"당신은 제게 상처를 입혔어요. 저를 놔주세요. 블로크에게 가겠어요."

그녀는 블로크 쪽으로 가더니 침대가에 앉았다. 블로크는 매우 반가워하며 어서 변호사와 자기 사이를 중재해달라는 몸짓을 했다. 그는 변호사에게 무슨 이야기라도 듣기를 필사적으로 원하고 있음이 분명했다.

레니는 블로크에게 변호사의 손을 가리키며 어서 키스를 하라는 듯 입을 뾰족하게 내밀었다. 블로크는 재빨리 입을 맞추었고 레니의 지시에 따라 두 번 더 반복했다. 하지만 변호사는 여전히 묵묵부답이었다. 그러자 레니는 변호사에게로 몸을 기울이더니 그의 긴 백발을 쓰다듬었다. 그러자 드디어 변호사가 입을 열었다.

"저 친구에게 말해주기에는 좀 조심스런 이야기인데……."

블로크는 고개를 숙인 채 얌전히 귀를 기울였다.

"뭐가 그렇게 조심스러워요?" 레니가 말했다.

"그래, 저 친구 오늘 행동이 어땠어?" 변호사가 물었다.

"오늘 아주 얌전하고 부지런했어요."

턱수염을 길게 기른, 나이 지긋한 이 사내가 자기에 대해 좋은 말을 해달라고 젊은 여자에게 간청하고 있었다. 곁에서 보고 있는 K에게는 역겨울 뿐이었다. 블로크는 더 이상 변호사의 고객이 아니었다. 그는 변호사의 개였다. 만일 변호사가 마치 개집인 양 침대 밑으로 기어들어가서 개처럼 짖으라고 명령한다면 열심히 시키는 대로 했을 것이다.

"그래, 오늘 하루 종일 뭘 했는데?" 변호사가 물었다.

"하루 종일 가정부 방에 가둬 뒀었어요. 제 일을 방해하지 못하게요. 가끔 구멍으로 들여다보니 내내 침대에 무릎을 꿇고 앉아 변호사님이 주신 서류를 창문턱에 놓고 보고 있었어요. 방 안이 어두웠거든요. 그런 데서도 변호사님 서류를 읽으려 애쓰고 있다니 정말 얌전하게 말을 잘 듣는다고 생각했어요."

"음, 그 말을 들으니 기쁘구나." 변호사가 말했다 "하지만 읽은 걸 이해했을까?"

"그건 저도 잘 모르겠어요. 하지만 전부 다 읽은 건 틀림없어요. 손가락으로 열심히 줄을 그으며 하루 종일 읽던데요. 가끔 무슨 말인지 모르는 것처럼 한숨을 내쉬는 걸로 보아 변호사님이 주신 서류 내용이 어려웠나 봐요."

"맞아." 변호사가 말했다. "분명 어려웠을 거야. 아마 한 줄도 이해하지 못했을걸. 하지만 최소한 내가 얼마나 힘든 싸움을 하고 있는지, 저 친구를 변호하기 위해 내가 얼마나 노력하는 지는 알았겠지. 그런데 내가 누굴 위해서 그 힘든 일을 다 하고 있는 거지? 나는 그걸, 정말 우스운 일이지만, 그걸 저 블로크 를 위해서 하고 있는 거야. 저 친구도 그걸 알아야 해. 그래, 정 말 쉬지 않고 공부하더냐?"

"거의 쉬지 않고 했어요." 레니가 대답했다. "딱 한 번 마실 물을 달라고 해서 창문을 통해 준 것뿐이에요. 8시가 되어서야 밖으로 나오게 해서 먹을 것을 주었어요."

블로크는 마치 칭찬이라도 받은 것을 과시하듯 K를 흘낏 쳐 다보았다. 그는 이제 좀 더 낙관적이 된 듯 무릎을 꿇은 채 자 유롭게 앞뒤로 왔다 갔다 했다.

"너는 저 친구에 대해 좋게 이야기하는구나." 변호사가 말했 다. "그래서 내게는 일이 더 어려워. 판사가 저 친구를 조금도 좋게 보고 있지 않단 말이야. 물론 사건 자체에도 호의를 품고 있지 않고."

"좋지 않게 본다고요?" 레니가 물었다. "어떻게 그런 거지 요?"

블로크는 긴장된 눈길로 레니를 바라보았다. 마치 판사의 그 말을 자기에게 유리하게 레니가 바꾸어 놓을 수 있다고 생각하는 것 같았다.

"정말이야." 변호사가 말했다. "내가 블로크 이야기를 시작하자마자, 판사가 잔뜩 얼굴을 찌푸리더군. '블로크 이야기는 꺼내지도 마시오'라고 그가 말했어. '내 고객이오'라고 내가 말했지만 '당신을 악용하고 있는 거요'라고 말하더군. 아직 사건이 끝난 게 아니라고 말해도 같은 말만 되풀이했을 뿐이야. 블로크가 정말 열심이다, 자기 사건에 대해 잘 알고 있다, 열정적이다, 비록 기분 좋은 친구가 아니며 매너도 좋지 않고 지저분하지만 재판에 관한 한 흠잡을 데가 없다고 말해주니까 '블로크는 교활한 놈일 뿐이오'라고 대답하더군. 그리고 이어서 재판은 아직 시작되지도 않았다고, 재판 개시를 알리는 벨이 아직 울리지도 않았다고 말했어."

변호사의 말에 블로크는 무릎을 떨며 일어났다. 자세한 설명을 간청하는 모습이었다. 변호사가 블로크에게 직접적으로 그런 분명한 말을 한 것은 처음 있는 일이었다. 변호사는 피곤한 눈으로 막연히 아무 곳이나 바라보듯 블로크를 바라보았다. 블로크는 그의 눈길을 받고 다시 무릎을 꿇었다.

"판사가 한 말은 자네에게는 아무 의미가 없어." 변호사가 말을 이었다. "말 한 마디, 한 마디에 놀랄 필요가 없다니까. 다시 또 그렇게 놀란다면 한마디도 안 해줄 거야. 마치 최종 판결이라도 받은 것처럼 나를 그렇게 바라본다면 한마디도 해줄 수 없다니까. 내 고객 앞에서 부끄럽지도 않은가! 자네는 저 고객이 나에 대해 지닌 신뢰를 망가뜨리고 있어! 대체 자네가 원하는 게 뭔가? 자네는 아직 살아 있고 내 보호를 받고 있지 않은가? 걱정할 이유가 하나도 없잖아. 최종 판결이 아무런 경고도 없이 온다는 걸 언제, 어디선가 누구에겐가 들은 모양이로군. 정당한 환경에서라면 기본적으로 맞는 이야기야. 하지만 그렇다고 해서 자네가 걱정하고 두려워하는 모습은 보고 싶지 않아. 의당 신뢰해야 할 나를 신뢰하지 않는 듯한 행동이잖아. 방금 내가 한 말이 뭐였지? 나는 어떤 판사의 말을 그대로 반복한 것일 뿐이야. 소송 절차는 아주 다양하고 그에 관한 엄청난 양의 파일이 있다는 건 알고 있겠지? 그 누구도 그 전체를 알 수는 없어. 예를 들어 그 판사는 소송이 내가 생각하는 것과는 전혀 다르게 시작한다는 의견을 갖고 있을 뿐이야. 의견의 차이일 뿐 그 이상도 그 이하도 아니야. 소송 과정 중 어떤 단계에서는 벨을 울려서 신호를 보내는 전통도 있어. 그 판사는 그것을 소송 절차가 시작되는 시점으로 보고 그런 표현을 한 거야. 그와 반대되는 견해들을 여기서 모두 펼쳐놓을 수도 없고 그래봤자 자네는 이해할 수도 없을 거야. 어쨌든 그에게 동의하지 않을 수 있는 수많은 논리들이 있다는 것만 아는 것으로 충분해."

블로크는 당황해서 손가락으로 카펫을 더듬었다. 판사가 한 말에 대한 걱정 때문에 그는 잠시 자신이 변호사에 비해 열등한 존재라는 사실을 잊고 오로지 자신에 대해서만 생각하면서 판사의 말을 다각도로 검토해보기 시작했다.

"블로크 씨," 레니가 마치 그를 꾸짖듯이 말하더니 그의 코트 깃을 잡고 가볍게 그를 잡아 올렸다.

"카펫 좀 얌전히 놔두고 변호사님 말씀에 귀를 기울여요."

*이 장(章)은 미완으로 끝났음(옮긴이)

제8장 성당에서

　　은행의 아주 중요한 이탈리아인 고객 한 명이 처음으로 이
도시를 방문했기에 K는 그에게 이 도시의 문화 유적 관광을 안
내해주라는 지시를 받았다. 다른 때였으면 그는 이 일을 영광
으로 알았을 것이다. 하지만 은행에서 자신의 자리 보전조차
어려운 요즘 처지에서 그는 마지못해 이 일을 받아들였다.

　　최근 들어 그가 전처럼 일에 집중할 수 없는 것은 당연했다.
그저 뭔가 중요한 일을 하는 시늉만 하면서 시간을 보낼 뿐이
었다. 사무실에 앉아 있는 것이 불편하기 짝이 없었지만 그렇
다고 밖에 있을 때도 마음이 편치 않기는 마찬가지였다. 그의
머릿속에는 부행장이 자신의 사무실로 들어와 그의 책상에 앉
아 서류들을 훑어보고 K의 단골 고객을 자기 방으로 유혹하는

모습이 자주 떠올랐다. 아마도 그는 K에게 위협이 될 만한 실수를 찾아냈을지도 모른다. 따라서 외근 지시를 받거나 며칠간의 출장 업무 지시를 받으면— K의 생각에 요즘 들어 그런 지시가 잦은 것 같았다—K는 그들이 자신을 사무실 밖으로 잠시 몰아내어 자신의 서류를 뒤져서 그에게 위협이 될 만한 약점을 찾아내거나 최소한 자신이 필요 없는 사람이라는 근거를 찾으려 한다는 의심을 거둘 수 없었다. 그는 그런 지시들을 어렵지 않게 거부할 수도 있었다. 하지만 그는 거부하지 않았다. 그들의 의심을 인정하고 자신의 불편한 마음을 드러내는 꼴이 될 것 같아서였다.

어느 비 내리는 가을날 K가 이틀간의 출장을 마치고 심한 감기에 걸려 돌아왔을 때 K는 바로 그다음 날 이탈리아인 고객을 안내하라는 지시를 받았다. 자신의 업무와는 별 상관없는 일이었기에 그는 거부하고 싶다는 강한 유혹을 느꼈다. 하지만 사업상의 고객에 대해 사교적인 의무를 행하는 것이 그 자체로 중요하다는 것은 부정할 도리가 없었다. 게다가 이번 경우에는 그럴듯한 거절 이유를 내세우기도 힘들었다. 그의 이탈리아어 실력이 훌륭하다고는 할 수 없어도 그런대로 괜찮은 편이었던 것이다. 게다가 결정적인 요인이 하나 더 있었다. K는 예술사에 어느 정도 지식을 갖추고 있었으며 그 사실이 은행 내에서 엄청나게 과장되어 퍼져 있었고, 게다가 그는 시 문화 유적 보존 위원회 위원—비록 오로지 업무상의 목적에서였지만—이기도 했다. 이 이탈리아인이 예술 애호가로 알려져 있었으니 K가 안내자로 선정된 것은 너무나 당연했다.

그날은 아침부터 폭우가 쏟아지고 바람이 세차게 불어왔다. K는 이른 아침 7시에 그날 자신이 해야 할 일 생각에 불쾌한 심성으로 사무실에 들어섰다. 이탈리아인 고객을 만나기 전에 최소한 몇 가지 일이라도 처리해 놓기 위해서였다. 그는 지난밤의 절반 정도를 이탈리어 문법 익히는 데 써버렸기에 무척 피곤했다. 그는 창가에 앉고 싶은 유혹—요즘 들어 새로 생긴 버릇이었다—을 뿌리치고 책상 앞에 앉았다. 그런데 미처 일을 시작하기도 전에 사환이 들어오더니 은행장이 부른다는 전갈을 전했다. 이탈리아인 신사가 벌써 와 있으니 K가 출근했으면 응접실로 와줄 수 없겠느냐는 것이었다.

"곧바로 간다고 전해."

K는 사환이 방에서 나가자 작은 이탈리아어 사전을 주머니에 넣고 시내 관광 명소 앨범을 옆구리에 낀 채 부행장의 방을

지나 은행장실로 갔다. 그는 사무실에 그토록 일찍 나와서 즉각 은행장의 부름에 응할 수 있어서 천만다행이라고 생각했다. 사실 아무도 기대할 수 없는 일이었을 것이다. 부행장실은 텅 비어 있었다. 사환은 분명 부행장도 출근했다면 불러오라는 지시를 받았을 것이지만 그 지시는 이뤄지지 못했다.

K가 응접실로 들어가자 안락의자에 앉아 있던 두 남자가 자리에서 일어났다. 은행장은 K가 출근한 사실이 흡족해서 친근한 미소를 지으며 K를 이탈리아인에게 소개했다. 이탈리아인은 힘차게 K와 악수하고는 이탈리아어로 뭔가 농담 비슷한 말을 했다. 하지만 표현이 특이해서 K는 얼마 지난 다음에야 그 뜻을 짐작할 수 있었다. K는 몇 마디 침착하게 응수했다.

이윽고 세 사람이 소파에 앉아 대화를 시작하자 K는 당황했다. 이탈리아인이 하는 말을 거의 알아들을 수 없었던 것이다. 아주 천천히 말을 하면 거의 다 이해할 수 있었지만 그런 경우는 매우 드물었다. 게다가 그는 심한 사투리를 사용했는데 K의 귀에는 전혀 이탈리아어처럼 들리지 않았다. 하지만 은행장은 그의 말을 충분히 알아듣고 대화도 했다. K는 이탈리아인이 이탈리아의 남부 출신임을 미루어 알 수 있었다. 은행장이 그곳에서 몇 년간 지낸 적이 있었던 것이다. 처음에 K는 이탈리아인의 입 모양을 보고 뜻을 파악하려 애썼다. 하지만 콧수염이 입 모양을 가리고 있어서 그 또한 힘들었다. 그는 그의 말을 이해하려는 노력을 포기하고 은행장에게 모든 것을 맡기기로 했다.

K는 모든 것을 포기한 채 두 사람 사이에 오가는 대화를 거의 기계적으로 바라보고만 있었다. 그는 너무 따분해서 벌떡 일어나 밖으로 나가버리고 싶은 유혹을 느꼈다. 그런데 바로 그 순간 다행히 이탈리아인이 시계를 보더니 자리에서 벌떡 일어났다. 그는 은행장에게 가봐야겠다고 말한 후 K에게 말을 건넸다. 은행장은 K가 이탈리아인의 사투리를 알아듣지 못해 힘들어하는 것을 눈치채고는 아주 자연스럽게 대화에 끼어들었다. 겉보기에는 몇 마디 자신의 사소한 의견을 말하는 것 같았지만 사실은 이탈리아인이 한 말을 K에게 슬쩍 통역해준 것이었다. 그런 식으로 K는 이탈리아인이 업무상 볼 일이 몇 가지 있다는 것, 따라서 시간이 별로 없기에 도시 전체 관광을 할 수는 없고 K가 동의한다면 대성당을 한 바퀴 돌아보는 것으로 만족하겠다는 뜻을 이해할 수 있었다. 이어서 이탈리아인은 그토록 박식하고 유쾌한 분과 동행하게 되어서 기쁘다는 뜻을 전하면서―물론 K가 직접 알아들을 것은 아니었고 은행장의 통역을 통해서였다―10시쯤이면 성당에 도착할 수 있을 테니 K만

괜찮다면 그 시각에 성당에서 만나 두 시간쯤 함께 보낼 수 있겠느냐고 말했다. K가 물론 가능하다고 말하자 이탈리아인은 먼저 은행장과, 이어서 K와 악수한 후 문 쪽으로 향했다. 이탈리아인은 문 쪽을 향해 가면서도 옆에서 따라오는 두 사람에게 쉬지 않고 무슨 말인가 떠들어댔다.

그가 나가고 K와 단둘이 남게 되자 은행장은 처음에는 자신이 직접 안내를 맡을 작정이었지만 K가 더 적격이라고 생각하고 마음을 바꾸었다.—그는 그렇게 한 이유를 정확히 밝히지는 않았다—그 사람 말을 잘 알아듣지 못하더라도 신경 쓸 필요 없다, 이탈리아인은 자신의 말을 상대방이 알아듣거나 말거나 별로 개의치 않는다, 라고 말했다. 그리고 K의 이탈리아어 실력이 상당하니 곧 알아듣게 될 것이라고 덧붙였다.

자신의 방으로 돌아온 K는 사전을 뒤적거리며 이탈리아인에게 성당을 안내할 때 필요할 수도 있을 모호한 표현들을 몽땅 베꼈다. 너무 짜증나는 일이라서 그는 사전을 팽개쳐버리고 싶었다. 그사이 사환이 우편물들을 가져왔고 직원들이 질문거리들을 갖고 그의 방으로 들어오려다가 그가 바쁜 일에 몰두해 있는 것을 보고 문 앞에서 망설이며 서 있었다.

정확히 9시 반에 K가 사무실을 떠나려 할 때 전화벨이 울렸다. 레니였다. 안부를 묻는 레니에게 K는 지금 길게 이야기 나눌 시간이 없다며 빨리 성당으로 가봐야 한다고 말했다.

"성당이요?" 레니가 물었다.

"응, 성당."

"성당에는 뭐 하러 가는 거예요?"

K는 간략하게 설명하려 했다. 그런데 그가 이야기를 꺼내기도 전에 레니가 갑자기 말했다.

"그들이 당신을 괴롭히고 있네요."

K가 참아낼 수 없는 것이 한 가지 있다면 그가 기대하지도 않는 동정을 받는 것이었다. 그는 한두 마디 인사말을 건넨 후 전화를 끊으려 했다. 하지만 수화기를 내려놓으면서 그는 반은 혼잣말로, 반은 그의 말이 이미 들리지 않게 된 전화기 저 끝의 레니가 들으라는 듯 중얼거렸다.

"그래, 그들이 나를 괴롭히고 있어."

이미 시간이 지체되었고 제 시각에 도착하지 못할 우려가 있었다. 그는 택시를 잡아타고 성당으로 향했다. 그는 아침에 깜빡 잊고 이탈리아인에게 전하지 못한 관광 앨범을 챙겼다. 빗줄기는 가늘어졌지만 여전히 춥고 음산했다.

대성당 광장은 비어 있었다. 어렸을 때 K는 이 광장 주변 집들의 창문에 거의 다 커튼이 처져 있는 것을 보고 이상하다고 생각했었는데, 지금 문득 그때가 떠올랐다. 성당 안에도 사람이 없었다. 이런 날씨에 이곳에 올 생각을 하는 사람이 없는 것은 당연했다. K는 본당 안 양쪽을 모두 급히 살펴보았다. 하지만 두터운 숄을 감싼 채 성모마리아 상 앞에서 무릎을 꿇고 앉아 있는 노파 외에는 아무도 없었다.

K는 제 시각에 도착했다. 그가 성당 안으로 들어갈 때 시계가 정확히 10시를 친 것이다. 하지만 이탈리아인은 그곳에 없었다. K는 다시 성당 입구로 가서 잠시 동안 엉거주춤한 채 기다렸다. 그래도 이탈리아인이 나타나지 않자 혹시 그가 다른 입구에서 기다리고 있는 것이나 아닌지 바깥을 한 바퀴 둘러보았다. 하지만 이탈리아인은 보이지 않았다. 혹시 은행장이 약속 시간을 착각한 것이 아닐까? 그런 식으로 빠르게 주워 넘기는 말을 누가 정확히 알아들을 수 있단 말인가? 어찌 되었건 K는 30분 정도는 기다려볼 작정이었다. 그는 피곤해서 어딘가 앉고 싶었다. 그는 다시 성당 안으로 들어가서 코트 깃을 세운 채 신도석에 앉았다. 그는 심심풀이로 관광 앨범이라도 뒤적여보려고 페이지를 넘겼다. 그러나 갑자기 실내가 어두워지는 바람에

포기했다. 그는 고개를 들어 주위를 살펴보았다. 실내가 칠흑처럼 어두워서 바로 옆에 있는 자리조차 보이지 않았다.

멀리 주 설교단 위에서 촛불 세 개가 삼각형을 이루어 밝혀져 있었다. 좀 전에 본 기억이 없는 것으로 보아 방금 전에 밝혀진 것 같았다. 성당 일꾼들은 직업상 살금살금 걷는 법이니 눈치를 챌 수 없었을 것이다. K가 고개를 돌려보니 멀지 않은 곳 기둥에 크고 통통한 촛불이 밝혀져 있는 것이 보였다. 매우 아름다운 촛불이었지만 어두운 양편 제단에 걸려 있는 그림들을 비추기에는 적당하지 않아 보였으며 오히려 성당 안의 어둠을 더욱 깊게 만들어주는 것 같았다.

이탈리아인이 오지 않은 것은 무례한 짓이긴 했지만 잘한 일이기도 했다. 이런 상태에서는 아무것도 제대로 보지 못할 것이고, 고작해야 K가 가지고 온 손전등 불빛에 그림 몇 점을 비춰 보는 것으로 만족해야 할 것이다. 이제 더 이상 이탈리아인이 오기를 기다릴 필요는 없는 것 같았다. 하지만 밖에는 여전히 비가 오고 있고 성당 안은 춥지 않아서 K는 당분간 성당 안에 머물러 있으리라 마음먹었다. K와 가까운 곳에는 거대한 설교단이 있었고 설교단의 원형 지붕에는 두 개의 황금 십자가가 끝부분을 맞댄 채 비스듬히 걸려 있었다. K는 호기심에 설교단 위로 올라가 설교단 난간과 기둥의 조각들을 만지면서 자세히 살펴보았다.

그때였다. K는 누군가가 신도석 앞줄에 서서 자신을 바라보고 있음을 눈치 챘다. 아마 아까 촛불을 밝힌 성당 일꾼 같았다. 주름지고 축 늘어진 검은색 옷을 입은 그 사내는 왼손에 코담배 갑을 든 채 K를 바라보고 있었다.

'도대체 왜 저러고 있는 거지?' K는 생각했다. '혹시 내가 수상해 보이는 걸까? 혹시 팁이라도 달라는 걸까?'

그런데 K가 자신을 알아보았음을 깨닫자 그는 두 손가락 사이에 코담배를 한 줌 쥔 채 오른손을 들더니 어딘가 애매하게 가리켰다. 도무지 무슨 뜻인지 알 수 없어 K는 잠시 기다렸다. 하지만 그 사람은 여전히 손가락질을 멈추지 않았고 심지어 고개를 끄덕이며 K를 재촉하기까지 했다.

"왜 그러십니까?" K가 차분하게 물었다. 이곳에서 감히 큰 소리를 낼 엄두가 나지 않았던 것이다. 이어서 그는 지갑을 꺼내어 신도석을 지나 그 사내 가까이 갔다. 하지만 그 사내는 손짓으로 즉각 거부 의사를 밝히더니 어깨를 한번 으쓱하고는 느릿느릿 어디론가 절뚝거리며 달아났다. 어렸을 때 K는 말을 타고 달려가는 모습을 흉내 내며 저렇게 절뚝거리는 걸음걸이와 비슷하게 걸어본 적이 있었다.

K는 생각했다. '유치한 노인네로군. 그러니 성당에서 잡일이나 하고 있지. 내가 멈추면 자기도 멈춰 서서 내가 따라오는지 바라보잖아.' 그는 웃음을 띤 채 그 노인을 따라 측랑을 지나 높은 중앙 제단 가까이까지 갔다. 걸어가는 내내 노인은 손가락으로 계속 어딘가를 가리켰다. 하지만 자신을 따돌리기 위한 행동이려니 생각하고 K는 눈길을 돌리지 않았다. K는 결국 따라가는 것을 포기했다. 노인을 너무 불안하게 하고 싶지 않아서였다.

K가 관광 앨범을 놓고 온 자리로 돌아가기 위해 성당 중앙 통로로 다시 들어섰을 때 성가대석 옆 기둥에 작은 부(副)설교단이 붙어 있는 것이 눈에 들어왔다. 설교 직전에 불을 밝혀두는 램프가 켜져 있지 않았다면 K는 분명 그것을 알아보지 못했을 것이다.

'그렇다면 지금 설교가 있을 예정이란 말인가? 이 텅 빈 성당에서?'

K는 설교단까지 이어져 있는 계단을 눈길로 위에서부터 밑으로 훑어보았다. 기둥과 찰싹 붙어 있는 데다 너무 좁은 계단이라서 사람이 오르내리기 위한 것이 아니라 단지 기둥의 장식

처럼 보였다.

그런데 설교단 아래를 바라보고 K는 놀랐다. 신부 한 명이 난간을 붙잡고 계단을 오르며 K를 바라보고 있었던 것이다. 신부가 K를 향하여 가볍게 고개를 끄덕였고 K는 성호를 그으며 한쪽 무릎을 구부렸다. 신부는 몸을 가볍게 흔들면서 빠른 걸음으로 설교단으로 올라갔다.

'정말 설교가 시작되려는 것일까?'

검은 옷을 입은 사람은 터무니없는 짓을 한 것이 아니었다. 그는 K를 신부에게 인도할 의도를 지니고 있었던 것이다. 하지만 정 그렇다면 아직 성모마리아 상 앞에 앉아 있는 노파도 인도했어야 하지 않는가? 게다가 설교가 있을 예정이라면 왜 오르간 소리가 울리지 않는 것일까? 오르간은 정적을 지킨 채 어둠 속에서 희미한 금속성 빛을 발하고 있을 뿐이었다.

K는 가능한 한 빨리 이곳에서 빠져나가야 하리라고 생각했다. 지금 바로 나가지 않으면 설교가 계속되는 동안 밖으로 나가지 못할 것이고, 사무실에서 일을 해야 할 시간을 이곳에 빼앗기게 될 것이 틀림없었다. 이제 이탈리아인을 더 이상 기다릴 필요는 없었다. 그는 시계를 바라보았다. 11시였다.

그런데 정말 설교가 있긴 있는 것일까? 달랑 K 혼자 신도인 채 예배가 거행된단 말인가? 만일 그가 성당을 구경하려고 온 이방인에 불과하다면—실제로 그는 그런 셈이었다—어쩌란 말인가? 게다가 평일 11시, 이렇게 험한 날씨에 설교가 있다는 것 자체가 말이 안 되지 않는가? 신부는—매끄럽고 가무잡잡한 얼굴의 저 젊은 사내가 신부라는 사실은 추호도 의심의 여지가 없었다—누군가 실수로 밝혀놓은 불을 끄려 설교단으로 올라가는 것이 분명했다.

그러나 신부는 불이 제대로 밝혀져 있는지 점검하고는 오히려 심지를 높였다. 신부는 천천히 봄을 앞쪽으로 돌리더니 양손으로 각진 난간을 잡고 그곳에 몸을 기대었다. 그는 한동안 그 자세로 주위를 천천히 둘러보았다.

K는 멀찌감치 뒤로 물러나 맨 앞줄 좌석에 팔꿈치를 기댄 채서 있었다. K는 성당 어딘가에—어디인지는 정확히 알 수 없었다—검은 옷을 입은 사람이 임무를 완수했다는 듯 평온하게 웅크리고 앉아 있는 모습을 불안하게 바라보았다. 성당 안에는 정적만이 흐르고 있었다. 하지만 K는 그 정적을 깨지 않을 수 없었다. 그는 그곳에 머물 의사가 없었다. 상황이야 어떻든 정해진 시간에 설교를 하는 것이 신부의 임무라면 그는 K가 참여하지 않더라도 그 임무를 수행할 수 있으며 K가 참석한다고 해

서 그 설교 효과가 커질 것도 없었다.

K는 천천히 몸을 움직였다. 그는 발끝으로 신도석을 더듬어 나가 넓은 중앙 통로에 이르렀다. 그리고 자신의 발소리 외에는 아무런 방해도 받지 않고 걸어 나갔다. 아무리 조용하게 걸음을 옮겨도 돌로 된 바닥에서 소리가 났으며 둥근 천장은 규칙적인 간격으로 그 소리를 메아리치게 했다. 신부는 분명 그 모습을 보고 있을 것이었다. K는 비어 있는 신도석 사이를 지나면서 뭔가 버림받은 것 같다는 느낌을 받았다. 그리고 성당의 크기가 마치 인간이 견뎌낼 수 있는 한계를 넘어설 정도로 넓은 것처럼 느껴졌다. 그는 관광 앨범을 놓아두었던 자리로 돌아오자 재빨리 앨범을 집어 들었다. 그런데 그가 신도석을 지나 거의 입구 가까이 이르렀을 때였다. 처음으로 신부의 목소리가 들려왔다. 우렁차면서도 원숙한 목소리였다. 그 목소리는 마치 그 소리를 받아들일 준비가 되어 있는 것 같은 성당 곳곳으로 뚫고 들어갔다. 그러나 신부는 일반 회중들을 향하여 외친 것이 아니었다. 그의 외침은 너무나 명확했기에 거기서 빠져나갈 도리가 없었다. 그는 "요제프 K"라고 분명히 K를 부른 것이었다.

K는 꼼짝 않고 서서 바닥을 내려다보았다. 원칙적으로 그는

아직 자유로웠다. 계속 걸어 나가 저 앞 멀지 않은 곳에 있는 검은색의 작은 나무 문 셋 중 하나를 통해 밖으로 나가버리면 그만이었다. 그것은 그가 알아듣지 못했음을 뜻하는 것일 수도 있었고, 혹은 그가 알아들었으면서도 괘념치 않기로 한 것을 뜻할 수도 있었다. 하지만 만일 그가 일단 고개를 돌린다면 그는 덫에 걸린 셈이 된다. 그렇게 된다면 그가 완벽하게 알아들었음을, 신부가 부른 사람이 실제로 요제프 K임을 인정하고 그의 말에 따르겠다는 것을 뜻하게 된다. 만일 신부가 한 번 더 K의 이름을 불렀다면 그는 분명 밖으로 나갔을 것이다. 하지만 K가 기다리는 동안 정적만이 흐를 뿐이었다. K는 신부가 지금 어떻게 하고 있는지 궁금해서 천천히 고개를 돌렸다. 신부는 좀 전처럼 설교단 앞에 서 있었지만 K가 고개를 돌린 것을 보았음에 틀림없었다. K가 완전히 몸을 돌리지 않았다면 마치 아이들이 숨바꼭질 놀이를 하는 것 같았을 것이다. K가 몸을 완전히 돌리자 신부가 손가락으로 가까이 다가오라는 신호를 했다.

이제 사태가 명백해졌으므로 K는 설교단을 향하여 성큼성큼 걸어갔다. 호기심 반, 이 이상한 일을 끝내버리고 싶은 마음 반이었다. 그는 맨 앞줄 신도석에서 걸음을 멈추었다. 신부와는 아직 거리가 있었다. 그러자 신부가 손을 뻗더니 설교단 바로 앞에 있는 자리를 분명히 가리켰다. K는 신부가 시키는 대로 그 자리에 앉았다. 그 자리에서 신부를 바라보려면 고개를 뒤로 확 젖혀야만 했다.

"당신이 요제프 K로군요." 신부가 입을 열더니 난간에 놓았던 손을 들어 올리면서 그 의미가 불분명한 동작을 취했다.

"그렇습니다." K가 대답했다. 그에게, 이전에는 언제든 자신이 자신의 이름을 얼마나 떳떳하게 말할 수 있었는가, 라는 생각이 떠올랐다. 그런데 이제는 그 이름이 자신에게 가끔 부담스럽게 여겨지게 되었으며 심지어는 생전 처음 만나는 사람조차 그의 이름을 알고 있었으니! 먼저 자신의 이름을 소개해야 사람들이 자신이 누구인지 알 수 있었던 때는 그 얼마나 좋은 시절이었던가!

"당신은 고소를 당했지요." 신부가 매우 상냥하게 말했다.

"그렇습니다. 그렇다는 통보를 받았습니다."

"그렇다면 당신이 바로 내가 찾던 사람입니다. 나는 교도소 신부입니다."

"그러시군요." K가 대답했다.

"내가 당신을 이곳으로 소환했습니다. 당신에게 해줄 말이 있어서입니다."

"저는 전혀 몰랐습니다." K가 대답했다. "저는 이탈리아인 신사에게 대성당을 구경시켜주려고 이곳에 온 것입니다."

"그건 중요한 게 아닙니다." 신부가 말했다. "당신 손에 들고 있는 게 뭡니까? 기도서인가요?"

"아닙니다. 시내 관광 명소 사진 앨범입니다."

"그건 옆에 내려놓아요."

K는 앨범을 바닥에 냅다 팽개쳤다. 그 때문에 앨범이 확 펼쳐졌고 바닥을 구르면서 몇 장이 찢어졌다.

"당신 소송이 나쁘게 돌아가고 있다는 것을 알고 있나요?" 신부가 물었다.

"제가 보기에도 그런 것 같습니다." K가 대답했다. "그동안 수많은 노력을 했지만 지금까지 아무런 성과가 없습니다. 그렇지만 열심히 청원서를 작성하고 있습니다."

"이 소송의 결말이 어떻게 될 것 같은가요?" 신부가 물었다.

"처음에는 잘될 것이라고 생각했습니다만 지금은 회의적입니다. 어떤 식으로 끝이 날 것인지 모르겠습니다. 신부님께서는 아십니까?"

"나도 모릅니다." 신부가 대답했다. "하지만 좋지 않게 끝날까 봐 걱정입니다. 저들은 당신을 죄인으로 간주하고 있어요. 당신 소송은 아마 하급 법원을 벗어나지 못할 것입니다. 최소한 현재로서는 당신의 죄가 입증된 것으로 간주하고 있습니다."

"하지만 저는 죄가 없습니다." K가 말했다. "뭔가 잘못된 겁니다. 어떻게 누군가가 죄인이 될 수 있겠습니까? 이 땅에서 우리는 너나없이 모두 '인간 존재'입니다."

"사실입니다." 신부가 말했다. "하지만 죄가 있는 사람은 그런 말을 하기 마련이지요."

"신부님은 제게 죄가 있다는 편견을 갖고 계십니까?"

"나는 당신에 대해 그 어떤 편견도 갖고 있지 않습니다."

"그렇다면 감사합니다. 하지만 소송과 관련된 사람들은 모두 저에 대해 제게 불리한 생각을 하고 있고 제가 유죄라고 미리 추정하고 있습니다. 그들이 이 일과 무관한 사람들에게 그 편견을 심어주어 제 입장은 점점 더 어려워지고 있습니다."

"당신은 사태를 잘못 이해하고 있군요." 신부가 말했다. "평결은 어느 시점에 갑자기 내려지는 게 아닙니다. 서서히 소송 절차가 이어지면서 평결로 넘어가는 겁니다."

"알겠습니다." K가 고개를 떨구며 말했다.

"이제 소송과 관련해 어떻게 할 작정입니까?" 신부가 물었다.

"저는 여전히 도움이 필요합니다." K는 자신의 말을 신부가 어떻게 받아들이는지 확인하려는 듯 고개를 들었다. "아직 제가 써먹지 않은 몇 가지 수단이 남아 있을 것입니다."

"당신은 당신이 알지 못하는 사람들에게서 너무 많은 도움을 구하고 있어요." 신부가 말했다. "특히 여자들에게서 말입니다. 그런 방법으로는 당신이 진정으로 바라는 도움을 받을 수 없다는 것을 모른단 말입니까?"

"어떤 경우에는, 아니 많은 경우 신부님 말씀이 옳다고 생각합니다." K가 말했다. "하지만 늘 그런 것은 아닙니다. 여자들은 대단한 힘을 지니고 있습니다. 제가 아는 여자들 몇몇의 마음을 움직여 함께 일을 도모할 수 있다면 저는 성공을 거둘 수 있을 것입니다. 특히 여자 꽁무니만 쫓아다니는 사람들로 이루어져 있는 이 법원에서는 더욱 그렇습니다. 예심판사에게 멀리서 여자 모습만 보여주어도 그는 그 여자를 놓치지 않으려고 법원 탁자고 피고인이고 죄다 밀치면서 허겁지겁 달려올 것입니다."

신부는 난간 쪽으로 고개를 기울였다. 날씨가 점점 더 고약해져서 우중충한 낮이 아니라 차라리 한밤중 같았고 대형 유리창의 스테인드글라스를 통해서는 한 점 빛도 들어오지 않았다. 그때 하필이면 검은 옷을 입은 노인이 중앙 제단 위의 촛불을 하나씩 끄기 시작했다.

"제 말이 언짢으십니까?" K가 물었다. "신부님께서는 아마 신부님이 속해 있는 법원이라는 것이 어떤 것인지 모르실 겁니다."

신부는 대답이 없었다. 그러자 K가 재차 말했다.

"좋습니다. 제 경험일 뿐이겠지요."

하지만 여전히 대답이 없었다. K가 다시 덧붙였다.

"신부님 기분을 상하게 해드리고 싶은 생각은 없었습니다."

그때였다. 신부가 K에게 고함을 질렀다.

"당신은 그래, 당신 두 발자국 앞도 못 본단 말이요?"

분노의 외침 같기도 했지만 누군가 넘어지는 것을 보고 충격을 받아 무심코 자신도 모르게 내지른 외침 같기도 했다.

이후 두 사람은 꽤 오랫동안 아무 말이 없었다. K가 서 있는 아래쪽은 어두웠기에 신부는 K의 모습을 똑똑히 볼 수 없었지만 K는 작은 램프 덕분에 신부의 모습을 또렷이 알아볼 수 있었다. 신부는 왜 이 아래로 내려오지 않는 것일까? 그는 설교를 하지 않았다. 단지 몇 마디 말, 그것도 K에게 도움이 되기는 커녕 해가 될 말을 몇 마디 했을 뿐이었다. 하지만 신부는 호의를 지니고 이곳에 온 것이 분명했다. 만일 신부가 이 아래로 내려와서 함께 이야기를 나눈다면 K에게 아주 중요한 몇 마디 충고를 해줄 수도 있으리라. 예컨대 그는 소송에 영향을 미칠 수 있는 방법까지는 아니더라도 어떻게 소송으로부터 자유로워질 수 있는지, 어떻게 그로부터 탈출할 수 있는지, 어떻게 그로부터 벗어나 살아갈 수 있는지 충고를 해줄 수도 있으리라.

K는 최근에 그런 가능성에 대해 몇 번이나 생각했었다. 만일 신부가 그런 가능성에 대해 알고 있다면 그가 비록 법원에 속해 있다 할지라도, 또한 법원을 모욕하는 K의 말에 온화한 성품에도 불구하고 고함을 쳤다 할지라도, K의 요청에 조언을 해줄 수도 있으리라.

"신부님, 이곳으로 내려오지 않으시겠습니까?" K가 신부에게 물었다. "설교를 하실 것이 아니라면 이곳 제 곁으로 내려오시지요."

"좋소, 내려가겠소." 신부가 말했다. 아마도 K에게 소리 지른 것을 후회하는 것 같았다. 신부는 벽에 걸린 램프를 빼어 들면서 말을 이었다.

"처음에는 당신과 거리를 두고 이야기를 시작해야 했소. 그렇게 하지 않는다면 당신의 영향을 받아 내 직분을 잊을 우려가 있었소."

이윽고 신부가 밑으로 내려오자 K가 신부에게 물었다.

"신부님, 시간 좀 내주실 수 있겠습니까?"

"당신이 원하는 만큼 얼마든지 내줄 수 있소." 말을 하면서 신부는 램프를 K에게 건네주었다. 가까이서도 신부에게서는 여전히 근엄함이 뿜어져 나오고 있었다.

"정말 친절하십니다." K는 신부와 함께 어둠 속에서 회중석 사이를 왔다 갔다 하며 말했다. "법원에 속한 사람치고는 아주 예외적입니다. 신부님은 이제까지 제가 만난 그 누구보다 신뢰가 갑니다. 신부님께라면 터놓고 말씀을 드릴 수 있겠습니다."

그러자 신부가 말했다.

"자기 자신을 속이지 마시오."

"제가 어떤 식으로 저를 속인다는 거지요?" K가 물었다.

"당신은 법정에서 당신 스스로를 속였소. 법조문 서문에는 그런 자기기만에 대한 이야기가 나와 있소. 자, 지금부터 내가 이야기를 하나 해주겠소."

이어서 신부는 이야기를 시작했다.

***

법 앞에 문지기가 한 사람 서 있다. 그런데 시골에서 올라온 사람이 문 앞에 와서 입구를 묻는다. 하지만 문지기는 그를 곧

바로 법 안으로 들여보낼 수 없다고 대답한다. 그 사람은 잠시 생각한 후 나중에 들어갈 수 있겠느냐고 묻는다. 그러자 문지기는 "그럴 수도 있지. 하지만 지금은 아니야"라고 대답한다. 법 안으로 들어가는 문은 언제나 열려 있고 문지기가 한 발 옆으로 비켜서자 그 사람은 허리를 굽혀 안을 들여다보려 한다. 그 모습을 보고 문지기가 웃으며 말한다.

"정 그렇게 들어가 보고 싶은 유혹을 느낀다면 내 금지를 어기고 한번 들어가려 해보시지. 하지만 조심해야 해. 나는 무척 힘이 세니까. 그리고 나는 모든 문지기들 중에서 가장 말단일 뿐이야. 모든 방마다 문지기들이 서 있는데 가면 갈수록 더 힘이 센 문지기들이 지키고 있거든. 세 번째 문의 문지기만 해도 나는 무서워서 바라보지도 못할 정도야."

시골에서 온 사람은 이런 식의 어려움이 있으리라고는 미처 예상도 못 했다. 법은 언제나 누구에게든 개방되어 있다고 생각했던 것이다. 그는 문지기가 입고 있는 털외투와 그의 커다란 매부리코, 긴 타타르 턱수염을 바라보고는 들어가도 좋다는 허락이 떨어질 때까지 기다리기로 작정한다. 문지기는 그에게 걸상을 내주며 문 옆에 앉아 기다리라고 말한다. 그 사람은 거기 그렇게 앉아 몇 날 몇 해를 기다린다. 그는 시도 때도 없이 언제 들어갈 수 있느냐고 문지기에게 묻고 들여보내 달라고 간청해서 문지기를 지치게 한다. 문지기는 때때로 그를 상대로 간단한 질문을 한다. 하지만 그의 고향에 대한 질문 등, 별 의미 없는 질문들일 뿐이다. 그런 후 문지기는 아직 들여보낼 수 없다는 말만 되풀이한다.

여행 준비를 위해 많은 것들을 장만해온 시골 사람은 문지기를 매수하기 위해 아무리 값나가는 물건이라도 개의치 않고 모든 것을 다 써버린다. 문지기는 매번 주는 대로 다 받아들이면서 같은 이야기만 반복할 뿐이다.

"내가 이것을 받는 것은 당신이 최선을 다했다는 생각을 갖게 하기 위해서야."

결국 몇 년에 걸쳐 그 사내는 줄기차게 그 문지기를 관찰한다. 그리고 다른 문지기들에 대해서는 까맣게 잊은 채 오로지 이 문지기만이 자신이 법에 접근하는 것을 막고 있는 유일한 장애물이라고 생각하게 된다. 처음 몇 년 동안은 큰 소리로 자신의 불행한 처지에 대해 저주를 퍼붓기도 하지만 나중에 나이가 먹어감에 따라 자기 자신을 향해 툴툴거리게 된다. 이어서 점점 더 나이가 들어가면서 하도 오랫동안 문지기의 털외투를 살펴보았기에 외투 깃 속의 벼룩과도 알고 지내게 되고 어떻게 문지기의 마음을 바꿔볼 방법이 없느냐고 그 벼룩에게 물어보고 부탁까지 하게 된다. 마침내 그의 눈이 침침해지고, 진짜 날이 어두워졌는지 혹은 자신의 눈이 자신을 속이고 있는지도 알아차리지도 못하게 된다. 그런데 그때 저 문 안쪽 어둠 속에서 꺼질 줄 모르는 불빛이 반짝이는 것을 알아본다.

이제 살아갈 날이 얼마 남지 않았다. 이윽고 그 사내는 죽기 바로 직전에, 지금까지의 온갖 경험을 집약한 한 가지 질문을 문지기에게 던진다. 이제까지 던진 적이 없는 질문이다. 그는 문지기에게 손짓을 한다. 뻣뻣한 몸을 일으킬 기운조차 없었던 것이다. 사내의 말을 듣기 위해 문지기는 몸을 깊숙이 숙일 수밖에 없다. 그사이 사내의 몸 크기가 줄어들어 둘의 키 차이가 엄청나게 커진 때문이다.

"대체 뭘 알고 싶은 거지?" 문지기가 물은 뒤 덧붙인다. "정말 집요한 사람이로군."

그러자 사내가 말한다.

"모든 사람이 법에 이르기를 원해요. 그런데 이 긴 세월 동안 나를 빼놓고는 아무도 들여보내 달라는 사람이 없으니 어찌 된 거지요?"

문지기는 사내에게 최후가 왔음을 알아차리고는 그의 귀가 나빠져 잘 듣지 못하리라는 생각에 큰소리로 외친다.

"아무도 이 길로는 들어갈 수 없어. 이 입구는 오로지 당신만을 위한 것이니까. 자, 이제 가서 문을 닫아야겠군."

"그렇다면 그 문지기가 그 사내를 속인 거로군요." 신부의 이야기에 사로잡혀 있던 K가 즉각 말했다.

"너무 속단하지 말아요." 신부가 말했다. "다른 사람들의 의견을 제대로 살펴보지도 않고 결론 내리면 안 돼요. 나는 이 이야기를 쓰인 그대로 당신에게 말해줬을 뿐입니다. 거기에는 속임수에 관한 이야기는 없어요."

"분명히 그렇군요." K가 말했다. "신부님의 첫 번째 해석도 정확하고요. 하지만 문지기가 그 사내를 자유롭게 해주었을 수도 있을 충고를, 그 충고가 아무 소용이 없을 때가 되어서야 들려준 것은 명백한 사실 아닌가요?"

"그 전에 그 사내는 문지기에게 그런 질문을 하지 않았어요." 신부가 말했다. "게다가 그는 단지 문지기에 불과하다는 것을 잊지 말아야 해요. 그는 문지기로서의 임무를 다한 것뿐입니다."

"어째서 임무를 다했다는 것입니까?" K가 물었다. "그는 임무를 수행하지 않았습니다. 다른 사람들을 막아내는 것이 그의 임무일 수는 있겠지요. 하지만 그 문은 바로 그 사람을 위한 문이었으니 그를 들여보냈어야 하지 않나요?"

"당신은 적혀 있는 것 자체에는 별로 주의를 기울이지 않은 채 이야기를 바꿔놓고 있어요." 신부가 말했다. "이야기에 따르면 법에 이르는 길에 대해 문지기는 아주 중요한 두 가지를 설명해주고 있어요. 하나는 처음에 해준 설명이고 다른 하나는 마지막에 해준 설명입니다. 처음에 문지기는 사내에게 지금은 들여보낼 때가 아니라고 말했어요. 그리고 나중에는 이 문은 오로지 그 사내만을 위한 문이라고 말했어요. 만일 두 말이 모순이라면 당신 말이 옳고, 문지기는 그 사내를 속인 것이 되겠지요. 하지만 그 두 말에 모순은 없어요. 그와는 반대로 첫 번째 말은 두 번째 말을 암시까지 하고 있어요. 당신은 아마 문지기가 그 사내에게 언젠가는 그 안에 들어갈 수도 있으리라는 암시를 함으로써 자신의 임무를 저버렸다고 말하고 싶을 겁니다. 이야기 전체를 통해서 보면 문지기의 임무는 그 사내를 되돌려 보내는 데 있는 것처럼 보이기도 하니까요. 이 이야기에 대한 많은 주석가들이 문지기가 그런 모호한 암시를 한 것에 대해 놀라워합니다. 그는 무엇보다 정확한 것을 좋아하고 자신의 위치를 엄격하게 지키고 있는 사람이니까요. 그는 그 오랜 세월 자기 자리를 지키고 마지막이 되어서야 문을 닫아요. 그는 자신이 맡은 일의 중요성을 잘 알고 있어요. 그렇기에 '나는 무척 강하니까'라는 말을 하는 거지요. 그리고 '나는 모든 문지기들 중에서 가장 말단일 뿐이야'라는 말을 하는 것으로 보아 상사(上司)들을 존경하고 있어요. 시골 남자가 질문과 간청으로 그를 지치게 만든다는 것으로 보아 문지기는 동정을 하거나 화를 내지 않고 묵묵하게 임무를 수행하고 있어요. 또한, 그 오랜 세월 동안 별 의미 없는 질문만 간단하게 던지는 것으로 보아 수다스럽지도 않아요. 그는 또한 시골 사람이 주는 선물에 대해 '내가 이것을 받는 것은 당신이 최선을 다했다는 생각을 갖게 하기 위해서야'라고 말하는 것으로 보아 부패하지도 않았어요. 게다가 커다란 매부리코에, 긴 타타르 턱수염을 기른 그의 외모는 그가 현학적인 성격을 지녔음을 보여주고 있어요. 이토록 자기 임무에 충실한 문지기가 과연 있을까요?

그런데 이 문지기의 성격에는 다른 모습이 있어요. 법에 들어가려는 사람에게는 아주 쓸모가 있는 특성이며, 그가 시골 사람을 나중에 들여보내줄 수도 있을 것이라고 암시하면서 자신의 의무를 어길 수도 있는 사람이로구나, 수긍할 수 있게 해주는 특성입니다. 즉 그가 다소 단순한 심성의 소유자이고 다소간 우쭐하기도 하는 인물이라는 겁니다. 그가 다소 단순한 심성의 소유자라는 것은 부정할 수 없어요. 그것 때문에 얼마간 우쭐하기도 하는 겁니다. 그가 자신의 힘과 다른 문지기들의 힘, 심지어 자기 자신도 너무 무서워서 똑바로 바라보기 힘들다고 말한 세 번째 문지기에 대해 한 말들을 한번 생각해봅시다. 그가 한 주장들이 모두 옳다고 할지라도 그 말들을 하는 방식은 그가 너무 단순하고 오만해서 그의 이해력을 흐려 놓았다고 할 수 있어요.

이 이야기의 주석자들은 이에 대해 '한 가지 일에 대한 올바른 이해와 오해는 이율배반적이 아니다'라고 말합니다. 그들이 옳건 그르건 간에 문지기가 지닌 단순성과 오만함이—뭐 그렇게 두드러지게 나타나는 것은 아니지만—이 입구를 지키는 그의 임무를 다소 약화시키고 있다는 것은 인정해야 합니다. 그런 것은 문지기로서는 결함에 속하는 것이니까요. 또한 당신은 문지기가 친절한 성격의 소유자라는 것, 늘 관료적이지만은 않다는 사실도 염두에 두어야 합니다. 처음에 그는 시골 사람에게 농담을 하지요. 법 안으로 들어가는 것이 금지되어 있다고 말하면서 동시에 어디 한번 들어가 보라고 말하잖아요. 그리고 그를 쫓아버리는 대신 그에게 걸상을 내주고 문 옆에 머물러 있게 해줍니다. 그는 그 수많은 세월 동안 그의 사소한 질문들을 견디고 선물을 받아들이며, 그 사내가 마치 자신의 이런 운명을 야기한 것이 문지기 자신인 것처럼 저주를 퍼부어도 묵묵히 견딥니다. 이 모든 것들이 그를 향한 우리의 공감을 불러일으킵니다. 모든 문지기들이 그와 같이 행동할 리는 없습니다. 마지막으로 그는 그 사내가 자신을 손짓으로 부르는 것을 받아들이고 그의 질문에 귀를 기울이기 위해 고개를 깊숙이 숙입니다. '정말 집요하군'이라는 그의 말에는 약간의 초조함이 들어 있습니다. 문지기는 모든 것이 끝장났다는 것을 알고 있으니까요. 심지어 한 걸음 더 나가 그의 그 말은 친근한 감탄의 표현이며 동시에 겸손함의 표현이라고 해석하는 주석자들도 있습니다. 당신이 어떤 식으로 문지기의 모습을 보든, 그 인물은 당신이 생각할 수 있는 것과는 상당히 다르다고 볼 수 있어요."

"신부님은 저보다 그 이야기에 대해 더 정확하게, 더 오래전부터 잘 알고 계셨으니까요." K가 말했다. 둘은 잠시 침묵을 지켰다.

이윽고 K가 입을 열었다.

"그렇다면 신부님 생각에는 그 사내가 속은 게 아니라는 거로군요."

그러자 신부가 대답했다.

"내 말을 오해하지 말아요. 나는 단지 그 이야기에 대한 다양한 의견을 들려준 것일 뿐이니까요. 하지만 그런 의견들에 너무 귀를 기울일 필요는 없어요. 텍스트 자체는 변할 수 없는 것이고, 다양한 의견들이란 종종 그 글에 대한 절망의 표현인 경우가 많으니까요. 심지어 속은 것은 바로 문지기라는 의견도 있습니다."

"그건 너무 지나친 의견인 것 같군요." K가 말했다. "어떻게 문지기가 속았다는 의견을 내세울 수 있는 거지요?"

"그들의 논리는 이렇습니다." 신부가 대답했다. "문지기가 단순한 성격의 소유자라는 데 토대를 두고 있는 의견이지요. 그들은 문지기가 법 내부를 모른다고 말합니다. 늘 반복해서 왔다 갔다 하는 입구에 대해서만 알고 있을 뿐이라는 것이지요. 법 내부에 대해 그가 갖고 있는 생각도 어린애처럼 유치한 것이어서 시골 남자에게 겁을 주려고 언급했던 대상에 대해 그 사내와 똑같이 두려워하고 있다는 것이지요. 그래요. 실제로는 그 사내보다 더 두려워할지도 모릅니다. 그 사내는 그 안에 무시무시한 문지기들이 있다는 말을 듣고도 그 안으로 들어가려 하는 데 반해 문지기는 아예 그 안으로 들어가려 하지 않기 때문입니다. 어쨌든 텍스트에는 그에 대한 이야기는 한마디도 없습니다.

어떤 이들은 그가 그런 임무를 맡고 있는 것으로 보아 그가 이미 법 내부에 들어가 봤다고 말하기도 합니다. 안에 들어가 본 사람만이 그 임무를 부여받을 수 있으니까요. 하지만 결코 깊이 들어가지는 못했을 것이라는 반론이 따릅니다. 문지기 임무를 부여받기 위해 안으로 들어오라는 부름을 받았더라도 세 번째 문의 문지기 모습이 너무 무서워서 깊이 들어가지도 못했으리라는 것입니다. 그리고 그 수년 동안 문지기가 그 사내에게 법 내부에 대해 무슨 말인가 했다는 이야기는 없습니다. 그저 다른 문지기에 대해 몇 마디 했을 뿐이지요. 아마 안에 대해서 말하는 것이 금지되어 있었는지도 모르지만 문지기는 그에 대해서도 한마디 말이 없습니다. 이 모든 것으로 보아 그는 법 안이 어떻게 생겼는지 전혀 모르고 있음을 보여주고 있고, 바로 그 때문에 그가 속고 있다는 것입니다.

그런데 그들은 한 걸음 더 나갑니다. 문지기는 시골에서 온 사람에게도 속고 있다고 말합니다. 문지기가 바로 그 시골 사내보다 하위직이고, 자신은 그것을 모르고 있다는 것입니다. 물론 당신도 기억하겠지만 문지기가 시골 사람을 아랫사람 대하듯 하는 부분은 여럿 나옵니다. 하지만 바로 그 장면들이 문지기가 시골 사람보다 아랫사람임을 확실하게 보여준다고 그들은 말합니다. 무엇보다 시골 사람은 자유인입니다. 하지만 문지기는 누군가를 위해 봉사하는 사람입니다. 자유인이 종속되어 있는 사람보다 우월한 것은 당연한 거지요. 보세요, 그 사람은 실제로 자유롭습니다. 그는 자신이 원하는 곳이라면 어디든 갈 수 있습니다. 단 한 가지, 법 안으로 들어가는 것만이 금지되어 있을 뿐이며 더욱이 그것을 막는 사람은 문지기 단 한 사람밖에 없습니다. 그가 문 옆 걸상에 앉아 평생 그곳에 머문 것도 그의 자유의지에 의한 행동입니다. 이 이야기 어디를 살펴보아도 그에게 그렇게 하라고 강요한 사람은 아무도 없습니다. 반대로 문지기는 그를 고용한 사람에 의해 그 자리에 못 박혀 있습니다. 그는 그 자리를 떠날 수 없으며 그가 원하더라도 안으로 들어갈 수 없습니다. 또한, 그가 법에 종사하고 있더라도 그는 오로지 그 사내만을 위한 그 입구만을 지키고 있을 뿐입니다. 즉 그는 오로지 그 사내만을 위해서 종사하고 있는 것이지요. 바로 그 때문에 문지기는 그 사내의 상급자가 아니라 하급자라는 것입니다. 우리는 그 사실로부터 그 문지기가 어떤 의미로는 오랫동안 헛된 일을 하면서 시간을 허비했다고 말할 수도 있습니다. 그는 한 남자가 올 때까지 평생을 기다립니다. 달리 말한다면 한 사람이 성인이 될 때까지 기다려야 했다는 뜻입니다. 그것은 말하자면 문지기는 자신의 임무가 완수될 때까지 오래 기다려야 한다는 것, 그곳에 자유의지로 온 사내의 마음 내키는 바에 따라 무작정 기다려야 한다는 것을 뜻합니다. 심지어 문지기의 임무는 그 사내의 목숨이 다해야 끝나는 것으로 되어 있습니다. 즉, 문지기는 끝까지 그 사내의 충실한 수하(手下)로 존재해야 한다는 것이지요.

게다가 이 모든 것에 대해 문지기는 아무것도 모르고 있다는 사실을 그들은 강조합니다. 문지기는 바로 자신의 직무와 관련해 훨씬 더 크게 속고 있다는 것입니다. 이야기 말미에서 문지기는 '자, 이제 가서 문을 닫아야겠군'이라고 말합니다. 이야기 처음에는 법을 향한 문이 언제나 열려 있는 것처럼 말했는데 말입니다. 말하자면 그 사내의 수명과 상관없이 언제나 열려 있으며 문지기조차 닫을 수 없다는 것이지요. 이에 대해서는 다양한 의견들이 있습니다. 어떤 이는, 문지기는 그냥 질문에 대답했을 뿐이라는 의견, 그가 직무에 얼마나 충실한 사람인가를 보여준다는 의견, 생의 마지막에 이른 시골 남자에게 후회와 슬픔을 안기려 한 것이라는 의견들을 내세웁니다. 그 의견에 동의하는 사람들은 문지기가 문을 닫을 수 없으리라고 말합니다. 심지어 그들은 마지막에 가서는 문지기가 자신이 그 사내의 수하에 불과하다는 것을 알게 되었다고 믿습니다. 그 사내가 안에서 나오는 불빛을 본 데 반해 문지기는 분명 등을 지고 있었기에 보지 못했을 것이며 거기 무슨 변화가 일어나고 있는지에 대해 한마디도 할 수 없었을 것이기 때문입니다."

"아주 구체적인 논증이로군요." K가 나지막하게 신부의 설명을 되뇌면서 말했다. "그래요. 아주 훌륭한 논증이라서 저 역시 문지기가 속았다고 생각할 수 있습니다. 하지만 그렇다고 해서 상이한 두 의견이 동시에 있을 수 있다는 생각을 버릴 수가 없습니다. 문지기가 모든 것을 정확히 알고 있었는지 속고 있었는지도 분명하지 않습니다. 저는 시골 남자가 속았다고 말씀드렸지요. 문지기가 모든 것을 정확하게 이해하고 있었다면 그런 생각에 대해서는 의심의 여지가 있을 수 있습니다. 하지만 만일 문지기가 속은 것이라 할지라도 분명 시골 사내도 그와 똑같이 속게 되었을 것입니다. 그의 착각이 그대로 시골 사내에게로 옮아갔을 테니까요. 만일 그렇다면 문지기는 속인 사람이라서가 아니라 너무 단순한 사람이라서 즉각 해고되었을 것입니다. 만일 문지기가 잘못한 것이라면 자신은 아무 해도 입지 않게 될 것이고 그 사람만 엄청난 피해를 보게 될 것이니까요."

"당신 나름대로 또 다른 의견을 내놓은 셈이로군요." 신부가 말했다. "이 이야기에 대해 그 누구도 문지기를 심판할 권리는 없다고 말하는 사람들도 많이 있습니다. 그가 우리 눈에 어떻게 보이건, 그는 여전히 법에 종사하고 있고 법에 속해 있다는 것입니다. 따라서 그는 사람들이 심판할 수 있는 권리 너머에 존재한다는 것이지요. 그렇게 되면 우리는 문지기가 그 시골 사내보다 낮은 지위에 있다고 믿을 수 없습니다. 그가 법으로 들어가는 입구를 지키고 서 있는 한, 바로 그 임무 덕분에 그는 그가 이 세상에서 자유롭게 살아가는 사람과는 비교할 수 없을 정도로 대단한 사람이 되는 셈이니까요. 그 시골 사내는 법에 들어가려고 비로소 처음으로 법 앞에 왔는데 문지기는 이미 그곳에 있었으니까요. 그는 법에 의해 지위를 부여받은 것이고 그를 의심하는 것은 법을 의심하는 것이니까요."

"그 의견에는 완전히 동의한다고 말하기 어렵습니다." K가 고개를 흔들며 말했다. "만일 그 의견을 받아들인다면 문지기가 말한 것은 모두 진실로 받아들여야 합니다. 하지만 신부님은 그것은 불가능하다고 이미 충분히 설명하셨습니다."

"그렇습니다." 신부가 말했다. "모든 것을 진실로 받아들일 필요는 없습니다. 다만 필연적일 뿐이라고 받아들이면 됩니다."

"우울한 견해로군요." K가 말했다. "거짓으로 이 세상의 법칙을 만들어내는 셈이니까요."

K는 마치 마지막 말인 듯 말했지만 그것이 그의 결론은 아니었다. 그는 이 이야기에서 파급되는 여러 생각의 갈래들을 펼치기에는 너무 지쳐 있었다. 그리고 그를 이끌어가는 생각들은 그에게 익숙한 것들도 아니었고 비현실적이었으며 법정의 관리들이 토론하기에 알맞은 것들이었지 그에게 어울리는 것들이 아니었다.

그 단순한 이야기는 그 형상을 잃었으며 그는 그것들을 떨쳐내고 싶었다. 한결 너그러워진 신부는 자신의 견해가 K의 견해와는 사뭇 달랐음에도 불구하고 K의 말을 별 이견 없이 받아들였다.

둘은 한동안 말없이 걸음을 옮겼다. K는 자신이 지금 어디 있는지도 모르는 채 신부 곁에 바싹 붙어 있었다. 그가 들고 있던 램프는 이미 오래전에 꺼져 있었다. 한번인가 K의 바로 앞쪽에서 어느 성인의 은색 입상이 잠깐 반짝이는 것 같더니 이내 어둠 속으로 사라졌다. 언제까지나 신부에게 매달려 있을 수 없었기에 K가 신부에게 물었다.

"우리, 이제 중앙 출입구 가까이 온 건가요?"

"아닙니다. 정문에서 아주 멀리 떨어져 있습니다. 벌써 가려고요?"

그때까지 K는 가봐야겠다는 생각은 없었다. 하지만 그는 즉각 대답했다.

"네, 그래야 합니다. 저는 은행에서 부장 일을 하고 있고 많은 사람들이 저를 기다리고 있습니다. 저는 외국인 고객에게 대성당을 보여주려고 온 것일 뿐입니다."

"좋습니다." 신부가 손을 내밀며 말했다. "그렇다면 가보세요."

"하지만 어두워서 어느 쪽으로 가야 할지 모르겠습니다."

"벽을 따라 왼쪽으로 죽 걸어가세요. 벽에서 떨어지지 않고 걸어가다 보면 출구가 나올 겁니다."

그 말을 마치고 신부가 K로부터 몇 발자국 떨어지자마자 K가 큰소리로 외쳤다.

"잠깐만요, 신부님! 잠깐 기다려주세요!

"기다리고 있습니다." 신부가 대답했다.

"제게 더 원하는 게 있으신지요?" K가 물었다.

"없습니다." 신부가 대답했다.

"신부님은 그동안 내내 제게 친절하셨습니다. 그리고 모든 것을 설명해주셨지요. 그런데 이렇게 제게 아무 관심도 없는 듯 내팽개치시는군요."

"가야 한다면서요?" 신부가 말했다.

"그래요. 맞아요." K가 말했다. "그럴 수밖에 없다는 것을 이해해주세요."

그러자 신부가 다시 말했다.

"당신은 우선 내가 누구인지 알아야 합니다."

"당신은 교도소 신부님이시지요." K는 말을 하면서 신부에게 다가갔다. 이제 그에게 은행으로 곧장 돌아가는 일은 그에게 하등 중요하지 않다는 것을 그는 깨달았다. 그는 지금 그곳에 그대로 있어도 괜찮았다.

"그 말은 내가 법원에 속해 있다는 것을 의미합니다." 신부가 말했다. "그러니 내가 당신에게 더 무언가를 바라겠습니까? 법원은 당신에게 아무것도 원하지 않습니다. 당신이 오면 받아들이고 당신이 떠나면 그냥 내버려둘 뿐입니다."

제9장 종말

    K의 서른한 번째 생일이 되기 전날 저녁이었다. 거리가 조용해진 9시 무렵 두 명의 사내가 그의 집으로 찾아왔다. 창백하고 살이 통통한 그들은 프록코트를 입고 있었으며 머리에는 결코 벗겨낼 수 없을 것처럼 단단하게 실크 모자를 눌러쓰고 있었다. 그들은 현관문 앞에서 짧게 서로 먼저 들어가라는 의례적인 말을 주고받더니 K의 방문 앞에서 좀 더 길게 그런 의례적인 말을 주고받았다. K는 그들이 온다는 통고를 미리 받지 않았음에도 불구하고 그들처럼 검은 옷을 입고 문 가까이 있는 의자에 앉아 있었다. 그는 마치 방문객을 기다리고 있었다는 듯 손가락에 꽉 끼는 새 장갑을 천천히 끼고 있었다. 그는 즉각 자리에서 일어나 두 신사를 호기심이 어린 눈으로 바라보았다.

"저 때문에 오셨나요?" 그가 물었다.

두 신사는 고개를 끄덕이더니 벗어 들고 있는 모자로 서로 상대방을 가리켰다. K는 그들에게 이런 모습의 방문객들이 올 줄은 몰랐다고 말했다. 그는 창가로 가서 다시 한번 어두운 거리를 내려다보았다. 길 건너편 창문들에는 이미 대부분 불이 꺼져 있었으며 많은 창문들에 커튼이 드리워져 있었다. 아직 불이 켜져 있는 같은 층 창문으로 갓난아이 둘이 안전 놀이 틀 안에서 장난치고 있는 모습이 보였다. 아이들은 아직 움직일 수 없는 나이라서 고사리 같은 손을 서로를 향해 뻗고 버둥거릴 뿐이었다.

K는 '늙은 단역들을 내게 보냈군'이라고 생각하며 확인차 다시 한번 등을 돌렸다. '가능한 한 나를 헐값에 처분하려는 거야.'

K는 갑자기 몸을 돌려 두 신사의 얼굴을 바라보며 물었다.

"어느 극단 소속이요?"

"극단?" 한 남자가 입술을 씰룩거리며 도움이라도 청하는 듯 다른 사내 쪽으로 고개를 돌렸다. 그러자 그 사내는 마치 발성 기관에 이상이라도 생긴 듯 벙어리 같은 흉내를 냈다.

"대답할 준비가 안 돼 있군." K는 모자를 가지러 가며 말했다.

계단에 이르자마자 두 신사는 K의 팔짱을 끼려 했다. 그러자 K가 말했다.

"거리에 나서면 합시다. 나는 환자가 아니니까."

하지만 현관에 이르자 그들은 K의 팔짱을 꼈다. K로서는 처음 당해보는 경험이었다. 그들은 그들의 어깨를 K의 어깨 뒤에 밀착시킨 다음, 팔을 안쪽으로 굽히는 대신 쫙 펴서 K의 팔 전체를 휘감아 그의 손을 꽉 잡았다. 도저히 저항할 수 없을 만큼 치밀하고 숙달된 솜씨였다. K는 그들 사이에서 뻣뻣한 자세로 몸을 똑바로 세운 채 걸어갈 수밖에 없었다. 셋은 한 덩어리가 되어, 누군가 그들 중 한 명을 쓰러뜨린다면 모두 함께 무너져 내릴 것만 같았다. 그들은 무생물들만이 만들어낼 수 있는 그런 형체를 이루고 있었다.

그들이 가로등 불빛 아래를 지날 때마다 K는 옆에 있는 동반자들을 가능한 한 자세히 살펴보려고 애를 썼다. 그의 방 안에서는 어두워서 그들의 모습을 제대로 보지 못했던 것이다.

'아마 테너 가수인 모양이로군.' K는 그들의 큰 이중 턱을 바라보며 생각했다. 그들의 얼굴이 너무나 말쑥해서 오히려 역겨웠다. 그는 얼굴을 말쑥하게 단장하느라 눈가를 비비고 윗입술을 문지르고 턱 주름을 긁고 있는 그들의 손 모습이 눈앞에 보이는 것 같았다.

K는 그런 생각을 하면서 걸음을 멈췄다. 다른 두 명도 멈출 수밖에 없다는 것을 뜻했다. 그들은 화단으로 장식된, 인적 없는 광장가에 와 있었다.

"왜, 하고많은 사람 중에 하필이면 당신들을 보낸 거지?" K의 말은 질문이라기보다는 고함에 가까웠다. 두 사람은 대답해줄 말이 없는 것이 분명했다. 그들은 팔을 늘어뜨린 채 잠자코 기다렸다.

"더 이상 가지 않겠소." K가 마치 다음에 어떤 일이 벌어질 것인지 궁금해하듯 말했다.

두 신사는 대꾸해줄 필요가 없었다. 다만 팔짱을 느슨하게 하지 않은 채 그를 끌고 가기만 하면 되었다. 하지만 K가 저항했다.

'이제 앞으로 힘을 쓸 일도 없을 거야. 그러니 여기서 다 써버려야지.' K가 생각했다. 끈끈이에서 벗어나려고 버둥거리다가 자신의 다리를 잘라버리는 파리의 모습이 갑자기 그에게 떠올랐다.

'이 자들이 이제 좀 애를 먹게 될걸.'

그때였다. 광장으로부터 아래쪽 길로 이어지는 계단에 뷔르스트너 양의 모습이 나타났다. 정말 그녀인지 분명하지는 않았지만 비슷한 점이 많았다. 하지만 그녀가 정말 뷔르스트너 양인지 아닌지는 K에게 아무 상관이 없었다. 순간 그는 저항해봤자 아무 소용이 없다는 사실을 깨달았다. 저항해본들, 이 사내들에게 애를 먹인들, 생의 마지막 희미한 빛을 즐기려고 애써본들 하등 영웅적이랄 것이 없는 행동일 뿐이었다.

그가 걷기 시작하자 두 사람은 기뻐했고, 그 기쁨이 K에게도 전해졌다. 그들은 K가 마음대로 갈 방향을 정하게 내버려두었고 그는 앞쪽에서 걷고 있는 아가씨가 가는 쪽으로 방향을 잡았다. 그녀를 따라잡기 위해서도 아니었으며 가능한 한 오래 그녀를 보고 싶어서도 아니었다. 다만 그녀가 그를 위하여 보여주고 있는 비난의 모습을 잊지 않기 위해서였다.

'지금 할 수 있는 건 이것뿐이야'라고 그는 생각했다. 그는 자신의 발걸음과 보조를 맞추는 두 사람의 발걸음이 자신의 생각이 옳다는 것을 확인시켜준다고 생각했다.

'내가 지금 할 수 있는 일은 상식을 지키는 것이고 끝까지 필요한 것을 제대로 해내는 거야. 나는 늘 세상에 뛰어들려 했고 많은 것을 이루려 했으며 그러기 위해 결코 헐하지 않은 값을 치렀어. 그건 잘못된 것이었어. 이제 1년간 소송과 맞서면서 내가 아무것도 배운 게 없다는 걸 그들에게 보여줘야 하나? 정말 아둔한 한 인간으로서 사라져야 하나? 내가 사라진 뒤, 내가 소송이 시작됐을 때는 그것을 끝내려 했으며 이렇게 끝이 나는 마당에는 다시 그것을 시작하려 했던 자라고 사람들이 입방 아를 찧게 만들어야만 하나? 나는 사람들이 그런 말을 하는 걸 원치 않아. 이 여행길에 이토록 과묵하고 아무것도 모르는 작자들을 동반자로 붙여준 것, 내가 필요로 하는 말을 스스로에 게 할 수 있게 해준 것은 고마운 일이야.'

그사이 젊은 여자는 옆길로 접어들었다. 하지만 K는 이제 그녀가 없어도 괜찮았다. 그는 동행자들에게 자신을 내맡겼다. 이제 세 사람은 완전히 하나가 되어 달빛을 받으며 다리를 건넜다. 두 사람은 K가 조금만 몸을 움직여도 기꺼이 따라주었다. 다리 위에서 K가 다리 난간 쪽으로 몸을 약간 돌리자 그들은 모두 한 덩어리인 양 함께 몸을 돌렸다. 달빛이 강물에 반짝이며 흔들렸다. 강물은 수북이 쌓여 있는 나뭇잎들과 나무들, 관목들로 덮여 있는 작은 섬을 가운데 두고 둘로 갈라졌다. 지금은 보이지 않지만 저 섬에는 자갈길이 나 있고 길가에는 K가 여름날이면 자주 찾아가 앉아 몸을 쭉 펴곤 하던 벤치가 있다.

"결코 여기서 멈추려던 게 아니었습니다." K는 동행인들이 자신이 원하는 것을 고분고분 들어준 것이 약간 쑥스러워서 말했다. 그들 중 한 명이 다른 사람에게 K가 멈춰 선 이유를 오해한 것에 대해 조용히 책망을 하고 있는 것 같았다. 그들은 다시 걷기 시작했다.

그들은 경찰들이 오가거나 이곳저곳에 서 있는 길들을 걸어 올라갔다. 경찰들은 때로는 멀리 떨어져 있기도 했고 때로는 가까이 있기도 했다. 그런데 턱수염을 덥수룩하게 기른 경찰 한 명이 허리에 차고 있는 칼에 손을 댄 채 다가왔다. 일행이 수상해 보인 모양이었다. 두 사내가 멈춰 섰고 경찰이 입을 열려는 순간 K가 두 사람을 억지로 앞쪽으로 끌어당겼다. K는 혹시 경찰이 뒤따라오지나 않나 몇 번 뒤를 돌아보았다. 그들이 모퉁이에 이르자 K는 길을 꺾은 뒤 달리기 시작했고 두 사내는 숨을 헐떡거리며 그와 함께 달려야만 했다.

그리하여 그들은 곧 건물 지역을 벗어나 들판에 있게 되었다. 이 지역에는 중간 지대가 없이 건물이 있는 지역을 벗어나면 곧바로 들판이었다. 도시의 건물과 비슷한 한 건물 가까운 곳에 황량한 채석장이 하나 있었다. 그곳이 애초부터 그들의 목적지였는지 아니면 너무 지쳐서 더 멀리 갈 수 없었는지 그들은 그곳에서 발걸음을 멈추었다. 이곳에 와서야 그들은 K를 뉘주었다. K는 말없이 기다렸고 그들은 모자를 벗고 채석장을 둘러보며 손수건으로 이마의 땀을 닦았다. 달빛이 다른 빛에서는 느낄 수 없는 자연의 평화를 머금고 사방을 비추고 있었다.

두 남자는 다음번 일을 누가 할 것인지에 대해 몇 차례 사양하는 말을 주고받은 뒤에—아마도 그들은 역할 분담에 대해서는 지시를 받은 것 같지 않았다—그들 중 한 명이 K에게 다가와 외투를 벗긴 다음 조끼와 셔츠까지 벗겼다. K가 자신도 모르게 몸을 부르르 떨자 그는 K를 진정시키려는 듯 어깨를 툭 쳤다. 이어서 그는 마치 당장은 아니더라도 언젠가는 다시 필요하게 되리라는 듯 옷들을 조심스럽게 개켜놓았다. 남자는 K를 이 차가운 밤공기 속에 꼼짝 못하게 내버려두는 것이 안쓰러웠는지 K의 겨드랑이를 붙잡고 잠시 이리저리 거닐었다. 그사이 다른 남자는 적당한 곳을 찾는 듯 채석장 안을 둘러보았다.

이윽고 마땅한 곳을 찾았는지 그가 손짓을 하자 그의 동료가 K를 그곳으로 데려갔다. 암벽 근처였는데, 깨진 돌덩이 하나가 그곳에 놓여 있었다. 두 사내는 K를 땅에 주저앉힌 다음 그를 돌덩이에 기대게 하고 그의 머리를 돌덩이 꼭대기에 눕혀 놓았다. 그들이 온갖 노력을 다했음에도 불구하고, 또한 K가 순순히 그들이 하자는 대로 협력했음에도 불구하고 K의 자세는 부자연스럽고 어색하기만 했다. 그들 중 한 명이 잠시 자기 혼자 K 가 편한 자세를 취하게 해보겠다고 말하며 열심히 노력했지만 사정은 나아지지 않았다. 마침내 그들은 K에게 자세를 취하게 할 수 있었지만 결코 이제까지 시도했던 자세 중에서 제일 나은 자세라고는 할 수 없었다.

이윽고 한 남자가 자신의 프록코트를 벌리더니 조끼를 두르고 있는 혁대에 매달려 있던 칼집에서 길고 얇은 양날 정육점 칼을 빼내어 높이 쳐들었다. 그는 달빛에 칼날이 충분히 날카로운 지 살펴보았다.

이어서 서로 양보하는 의례적인 다툼이 이어졌다. 한 사람이 K의 머리 위로 칼을 다른 사람에게 건네주면 다른 사람이 K의 머리 위로 다른 사람에게 돌려주는 것이었다. K는 자기 머리 위에서 칼날이 오가는 것을 바라보면서 자신이 그 칼을 받아 자신의 몸에 스스로 깊숙이 찔러 넣는 것이 자신의 의무이리라고 생각했다. 하지만 그는 그렇게 하지 않았다. 그 대신 그는 아직 자유로운 목을 비틀어 주변을 둘러보았다.

그는 자신의 진정한 가치를 보여줄 수도 없었고 관료 조직이 해야 할 일을 그가 떠맡을 수도 없었다. 그에게는 그가 필요로 하는 마지막 힘이 남아 있지 않았던 것이다. 그리고 그가 이렇게 마지막 힘이 없게 된 것은 그에게 그런 힘을 주기를 거부한 그 누군가의 잘못이었다.

주변을 돌아보던 그의 시선이 채석장 가까이 있는 건물 꼭대기에 머물렀다. 그는 그곳에서 불빛이 반짝이는 것을 보았고, 창문이 양쪽으로 활짝 열리더니 너무 높이, 또 너무 멀리 있어서 흐릿하고 홀쭉하게 말라 보이는 어떤 사람이 몸을 앞으로 쑥 내밀고 팔을 쭉 뻗치는 것을 볼 수 있었다.

저 사람이 누구일까? 친구일까? 좋은 사람일까? 관련이 있는 사람일까? 도움을 주려는 사람일까? 혼자일까? 아니면 모든 사람일까? 도울 수나 있는 것일까? 뭔가 이의(異意)를 제기할 수 있었는데 잊고 있던 것일까? 틀림없이 무언가가 있을 것이다. 논리를 논박할 수는 없다. 하지만 살기를 원하는 자라면 그 사실을 견딜 수 없는 법이다. 그가 한 번도 보지 못한 재판관은 어디 있는 것일까? 그가 도저히 가 닿을 수 없었던 상급 법원은 어디에 있는 것일까? 그는 두 손을 들고 손가락들을 모두 쫙 펼쳤다.

그런데 두 사내 중 한 명의 양손이 K의 목 위에 놓이더니 다른 사내가 칼을 그의 심장에 깊숙이 찔러 넣고 두 번 돌렸다. K는 흐려져 가는 눈으로 두 남자가 바로 자기 면전에서 뺨을 맞대고 이 종말을 지켜보는 모습을 보았다.

　"개 같아!" 그가 말했다. 마치 그 치욕이 그가 죽은 후에도 살아남을 것처럼…….

『변신』·『소송』을 찾아서

카프카(Franz Kafka, 1883~1924)의 『변신』의 첫 대목은 누가, 언제 읽어도 충격적이다. 젊은 시절 나도 충격을 받았었다.

어느 날 아침, 뒤숭숭한 꿈에서 깨어난 그레고르 잠자는 자신이 침대 안에서 흉측한 벌레로 변해 있는 것을 발견했다. 그는 갑옷처럼 딱딱한 등을 바닥에 대고 누워 있었으며 고개를 조금 들자 활 모양의 각질의 선들에 의해 나누어진 약간 불룩한 배가 보였다. 이불은 언제고 흘러내릴 것처럼 간신히 걸쳐져 있었다. 몸뚱이에 비해 형편없이 가느다란 수많은 다리가 그의 눈앞에서 하릴없이 물결치고 있었다. (10쪽)

변신술은 일종의 도술이다. 자신이 원하는 대로 자신의 모습을 바꿀 수 있는 도술이 바로 변신술이다. 『변신』의 주인공 '그레고르 잠자'도 사람에서 벌레로 변신했으니 일종의 도술을 부린 셈이다. 그런데 문제는 본인의 의지로 그 도술을 부리지 않았다는 데 있다. 어느 날 아침 잠자리에서 일어나보니 갑자기 자신이 벌레로 변해버린 것이다! '그레고르 잠자'는 왜 어느 날 갑자기 벌레로 변한 것일까? 한마디로 간단하게 대답하기로 하자. 사람의 모습을 하고 있던 '그레고르 잠자'의 내부에 벌레가 살고 있었기 때문이다.

변신술은 본래 그런 것이다. 자신의 필요에 따라 사자도 되고 독수리도 되고 토끼도 될 수 있는 것은 내 안에 그 짐승들의 속성이 들어 있던 때문이다. 따라서 언제나 똑같은 한 가지 모습과 마음가짐으로 사는 사람은 변신술을 터득하지 못한 사람이다. 웃어야 할 때 울고 울어야 할 때 웃는 사람이 변신술에 능한 사람이다. 우주 삼라만상이 내 안에 들어와 있으면 자유자재로 변신이 가능하고 그 경지가 바로 득도의 경지이며 공자가 '종심소욕 불유구(從心所欲 不踰矩)'라고 말한 경지도 그런 경지이다. 비록 그런 경지까지 이를 수는 없다 하더라도 우리가 인간인 한 우리는 모두 조금씩 변신술을 익히고 산다. 시인과 촌

장의 「가시나무」라는 노래에 나오듯 인간이란 누구나 '내 속엔 내가 너무도 많아'라고 느끼는 존재이기 때문이다.

변신술이 그런 도술이라고 해서 변신술이 모두 긍정적인 것은 아니다. 때로는 가면을 쓰고 본래의 모습을 감추는 데 사용되기도 한다. 그것을 우리는 위선이라고 말한다. 겉으로 보이는 모습, 가면을 쓰고 변신한 모습이 가짜이고 진짜 모습은 감추고 있다는 뜻이다. 하긴 위선이라고 해서 모두 부정적인 것은 아니다. 세상에 위선자가 존재한다는 것은 아직 세상이 그렇게 뻔뻔하지 않다는 반증이 될 수도 있기 때문이다. 비록 남들을 속이기 위해 겉으로 위장을 하긴 했지만 적어도 그 위선자가 겉으로 내보이는 가치를 사람들이 존중하고 있다는 뜻이기 때문이다. 속이고 속는 게 문제이긴 하지만 속이는 자나 속는 자나 어느 것이 바람직한 인간으로서의 태도이며 행동인지는 동의하고 있는 세상이라는 뜻이기도 하다. 문제는 위선조차 필요 없는 세상이다. 날(生) 욕망을 훤히 드러내고도 부끄러운 줄 모르는 세상이다. 그런 세상은 참으로 뻔뻔한 짐승 같은 세상이다. 아무런 가책도 없이 거짓말을 하고 거짓말인 것이 빤히 드러나도 부끄러운 줄 모른다. 그리고 그 거짓말하는 모습을 보고도 아무도 개탄하지 않는 세상이 진짜로 무서운 세상이다. '어찌 사람의 탈을 쓰고 그런 짓을!'이라고 개탄하는 사람이 별로 없는 세상, 그런 세상이 진짜로 무서운 세상이다.

그런데 카프카의 『변신』은 그런 무서운 세상보다 더 절망적인 모습을 보여주고 있다. 아예 인간과 벌레가 뒤집힌 세상을 보여주고 있기 때문이다. 일단 벌레로 변신한 '그레고르 잠자'는 다시 인간으로 돌아오지 못한다. 벌레로 짧게 살다가 벌레인 채 죽는다. 도술을 해서 변신했던 사람도 죽을 때는 제 모습으로 돌아온다. 그러니 벌레로서 죽은 그 모습이 그레고르 잠자의 본모습이라는 뜻이다. 오히려 그동안 인간으로 변신해서 거짓 가면을 쓰고 산 셈이다. 달리 말한다면 이미 벌레가 되었으면서, 혹은 벌레 같은 존재로 살아가고 있으면서 그것을 인정하지 않은 채 인간의 탈을 쓰고 살았다는 뜻이 된다.

그렇다면 왜 하필 '그레고르 잠자'만 벌레로 변한 것일까? 남들은 인간의 탈을 쓰고 잘 살아가건만 유독 그만 그러지 못한 것일까? 남들은 인간으로서의 삶을 살아가고 있는 데 반해 그만 정말로 벌레로서의 삶을 살았던 것일까? 아무리 보아도 그렇지 않다. 그는 척 보기에도 정말로 인간적인 삶을 산 사람이다. 가족들의 생계를 위해 새벽부터 열심히 일하는 훌륭한

아들이고 오빠이며, 회사에서는 모범 사원이다. 오히려 그의 희생에 기생해서 살아가는 그의 가족들이 벌레라면 벌레이다. 그런데 왜 하필 그가 벌레로 변신한 것일까? 그만 벌을 받은 희생자일까? 그렇다. 분명히 그는 희생자이다. 남들은 인간의 탈을 쓰고 버젓이 잘 살아가는데 자신만 그러지 못했으니 분명 희생자이다.

하지만 바로 이 대목에서 우리는 진지하게 희생의 의미에 대해 물어야 한다. 희생의 의미는 본질적으로는 과거를 잊거나 묻어버리고 다시 태어나기 위하여 죽음을 경험하는 것을 의미한다. 희생의 본래 의미는 재탄생에 있다. 하지만 희생에는 보다 적극적인 의미도 들어 있다. 희생 제의(祭儀)에서의 희생의 의미가 바로 그것이다. 그때 희생은 대속(代贖)의 의미를 띤다. 남들이 지은 죄를 대신해서 스스로 목숨을 바치는 것도 희생이고(예수 그리스도), 수많은 사람들의 안녕을 위하여 자신의 목숨을 바치는 것(전쟁터에서의 영웅의 죽음)도 희생이다. 보다 많은 곡식을 거두게 하려고 한 알의 밀알이 썩는 것, 그것이 바로 희생 제의의 의미이다. 바로 그 점에서 희생자는 덧없이 사라지는 자가 아니라 남과는 달리 보다 적극적으로 삶의 의미를 묻고 추구하는 자가 되며 그 의미를 어느 정도 성취한 자가 된다. 희생 제의에서 제물이 되는 자는 피해자가 아니라 영웅이 된다.

그렇다면 '그레고르 잠자'가 벌레로 변신하는 장면을 우리는 자신이 벌레로 살아가고 있음을 자각하는 장면으로, 벌레로 살아가고 있음을 인정하는 장면으로, 이제껏 열심히 살아왔지만 실은 자신의 진정한 모습을 잃고 살았을 뿐이며 이제부터 그런 거짓 인간의 탈을 쓰고 살아갈 수 없다고 결심하는 장면으로 해석할 수 있다. 그리고, 보다 적극적인 의미는 후자에 있다. 우리가 변신의 첫 장면을 읽으면서 전율하는 것은 우리가 모두 벌레 같은 삶을 살아가고 있다는 것을 자각하게 해주기 때문만은 아니다. 벌레 같은 내 인생을 돌아보고 벌레 같지 않은 삶이 어떤 것인지 스스로 성찰하게 만들기에 충격을 느끼는 것이다. "야, 이 벌레야!"라고 우리에게 손가락질 하는 것이 아니라, "이렇게 벌레처럼 살다가 죽을 수는 없잖아"라고 강력하게 호소하기에 우리는 전율하는 것이다. 거기서 우리는 마치 "이건 인간다운 삶이 아니야. 이건 벌레 같은 삶이야. 내 삶은 아무 의미도 없어. 나를 인간이라고 부르는 것이 오히려 기만이야!"라는 목소리를 듣는 것 같다.

그 소리에는 아주 절실한 질문이 들어 있다. "과연 인간다운 삶이란 무엇일까? 우리는 인간으로 태어났다는 자체로 의미가 있는 존재일까? 인간으로서의 나의 삶의 의미는 어디에 있을까?"

카프카의 『변신』은 그런 절실한 질문이 다시 필요해진 시대에 그 질문을 진지하고 통렬하게 던진 작품으로서 그 의미가 있다.

여기서 한번 묻자. 왜 20세기 초엽에 활동했던 카프카가 그런 절실한 질문을 던진 것일까? 그 질문이 왜 통렬할 수밖에 없었던 것일까? 그에 대한 견해는 물론 여럿 있을 수 있다. 가장 간단하게 대답한다면 20세기에 접어들면서 그동안 자명하게 여겨왔던 인간 존재의 의미에 대한 인간 스스로의 확신이 뿌리째 흔들렸기 때문이다.

인간 존재에 대해, 인간 존재의 의미에 대해 확신이 있었던 시대가 있었다. 인간이 종교적 삶을 살던 시절, 인간 곁에는 신이 존재했다. 어렵게 생각할 것 없이 호메로스의 『일리아스』와 『오디세우스』 등의 그리스 비극들을 읽어보면 된다. 심지어 인간과 신이 혼인까지 했다. 인간은 그 자체 신과 비슷한 존재가 되는 셈이니 그 자체 고결한 존재가 된다. 『일리아스』와 『오디세이아』에 나오는 영웅들은 고결한 존재로서의 인간의 명예를 무엇보다 소중히 여긴 존재들이다. 그런 세상에서는 어떻게 사는 것이 인간답게 사는 것인가 라는 질문에 대한 답은 너무 자명하게 나와 있었다. 따라서 그 질문 때문에 고뇌할 필요가 없었다.

한편 기독교 성서에는 창조주가 자신의 형상을 본 따서 인간을 만들었다고 나와 있다. 인간은 창조주와 한 핏줄인 셈이다. 게다가 이 세상을 하느님이 주재하시니, 이 세상은 하느님 주재하에 잘 돌아가게(합리적으로?) 되어 있는 셈이다. 인간이 세상에 존재한다는 것 자체가 고결한 하느님의 뜻에 의한 것이니 그 의미가 저절로 주어져 있다. 게다가 어떻게 사는 것이 올바로 사는 것이냐 하는 질문도 인간 스스로 고뇌하며 던질 필요가 없다. 하느님의 뜻에 의해 그 길이 이미 주어져 있기 때문이다. 어쩌다 잘못 사는 것 같다는 생각이 들어도 하느님의 뜻을 거스른 자신을 책망하기만 하면 된다.

그런데 르네상스에 접어들면서 사정이 바뀐다. 신이 차지했던 자리를 인간의 이성이 차지하기 시작한 것, 그것이 바로 르네상스라고 보면 된다. 길게 말할 것 없이, 인간의 존재 이유, 인간의 존재 가치를 바로 인간의 이성에 두게 된 것이며 인간을 우주의 중심에 놓게 된 것이다. 급기야 19세기에 이르자 천상에서나 가능하다고 꿈꾸었던 유토피아를 인간의 이성의 힘으로 지상에 이룩할 수 있다는 엄청난 믿음을 사람들이 갖게 되었다. 그것이 바로 19세기 유럽의 실증주의요, 과학주의이다. 신의 자리를 인간의 이성이 대신했으니 인간으로 존재한다는 것 자체가 엄청난 축복이요, 의미가 되었던 시대이다.

하지만 20세기에 접어들자 여러 가지 사정에 의해 그 믿음이 붕괴해버린다. 대표적인 예가 있다. 인간의 이성의 힘에 의해 사랑과 평화가 넘치는 유토피아를 향해 나아가는 것 같았던 인간 사회가 사상 유래 없는 참혹한 세계 대전을 치르는 것이다. 그 참혹한 현실 앞에서 사람들은 당혹한 채 질문을 던질 수밖에 없었다.

'어쩌다 이렇게 된 거지? 어디부터 잘못 된 거지?'

바로 그 연장선상에서 인간이 어떤 존재인지에 대해 사람들이 새롭게 묻게 된다. 이전에 자명하게 주어져 있는 줄 알았던 답을 팽개친 자리, 달리 말하면 인간이라는 존재에 미리 주어졌던 의미가 사라진 자리에서 '인간이란 무엇인가? 인간의 존재 의미란 무엇인가? 인간이 지구상의 다른 동물과 어떻게 다른가?'라는 질문을 새롭게 제기하게 된 것이다.

20세기 초엽의 유럽 지식인들은 거의 다 그 질문에 매달렸다고 보면 된다. 갑자기 폐허에 의미 없이 내동댕이쳐진 것 같은 인간 존재의 의미를 모색하려 했다고 보면 된다. 그리고 카프카의『변신』도 그 질문을 던지는 바로 그 자리에 있다.

그렇다면 다시 묻자. 인간은 과연 그냥 의미 없이 왔다가 사라지는 존재인가? 그냥 하루하루 견디며 사는 것이 과연 인간다운 삶인가? 열심히 일해서 돈 벌고, 가족 생계 부양하고, 적당히 출세하고, 적당히 사람들과 알고 지내다가 사라지는 삶이 인간다운 삶인가? 그렇다면 벌레로 태어나 그냥 벌레로 죽어가는 삶과 무엇이 다른가? 도대체 어쩌다 그렇게 된 것인가?

『소송』은 그 힘든 질문에 더 끔찍한 상황을 덧붙인다. 인간이 그런 벌레보다 더 비참한 존재라는 것, 그것이 바로『소송』이 우리에게 보여주는 세계이다.『소송』의 K는 느닷없이 체포되어 형사 소송에 말려든다. 그리고 제대로 재판도 받아보지 못하고 형장의 이슬로 사라진다(사실은 공[公]적인 형장이 아니다. 완전히 K 개인만 처형당하는 자리이다). 더 중요한 것은 자신이 도대체 무슨 죄를 지었는지도 모르는 채 죽어간다는 것이다. 죄가 있다면 K가 인간이라는 사실밖에 없다. 그렇다면 인간이라는 존재는 그 존재의 의미가 없는 정도가 아니라 존재 자체가 죄일 수밖에 없는, 벌레만도 못한 존재란 말인가? 겨우 '나는 죄가 없어요. 내가 무슨 죄를 지었는지 도무지 모르겠어요'라고, 벌레 같은 존재에게는 필요도 없는 항변이나 변명을 하며 죽어가야만 하는 존재란 말인가? 인간이란 존재가 그렇게 끔찍한 존재란 말인가? 기독교 성서에 분명히 나와 있듯, 분명히 원죄를 지은 존재이면서 동시에 아무 의미도 없는 삶을 살아가야만 하는 존재, 돌아갈 곳조차 없이 무의미한 죽음 앞에 놓여 있는 그런 가련한 존재가 인간이란 말인가? 마치 형장의 이슬처럼 사라질 수밖에 없는 존재가 인간이란 말인가?

물론 『변신』과 마찬가지로 『소송』에도 그런 질문만 있을 뿐 답은 없다. 어렴풋한 답조차 더듬어 찾을 수 없는 암울한 상황이 더 짙게 드리워져 있을 뿐이다.

그렇다면 카프카의 『변신』과 『소송』은 우리를 오로지 절망에만 빠지게 만드는가? 그렇지 않다. 무엇보다 카프카가 그런 절망에 빠져 있지 않았다. 만일 그가 그런 절망에 빠져 있었다면 그는 결코 작품을 쓰지 않았을 것이다. 그가 이 세상을 온통 암울하게만 본다는 것은 무엇을 뜻하는가? 밝은 곳을 향한 열망이 그만큼 드높고 크다는 것을 뜻하지 않는가? 그 열망이 그만큼 크고 드높기에 쉽사리 답을 줄 수 없다는 것을 뜻하지 않는가?

다시 말하자. 카프카의 작품에 그 답이 나와 있을 리 없다. 그는 소설가이지 사상가가 아니기 때문이다. 하지만 더 적극적으로 말하자면 정답이 없기 때문이다. 혹시 그 답이 있다면 그 질문 속에, 그 절망 속에 있기 때문이다.

그렇다면 다시 묻자. 우리는 과연 벌레 같은 삶을 살고 있는가? 왜 우리는 벌레 같은 삶을 살 수밖에 없는가? 나는 진정한 인간으로서의 삶을 살고 있는데 세상이 나를 벌레로 만드는가? 그렇다면 벌레가 아닌 인간으로서의 삶은 어떻게 가능한가? 우리는 왜 주체성을 지닌 개인으로 살아가지 못하고 기계의 부품처럼 살아가야만 하는가? 인간은 과연 원죄를 지었는가? 그렇다면 누구에게 어떤 죄를 지었는가? 무엇을 향한 죄를 지었는가?

앞서 말했듯 서구 지식인들은 방금 우리가 던진 질문에 나름대로 답을 제시하려 애를 썼다. 지나는 길에 지적하자면 그런 질문과 모색의 과정에서 마치 정답인 양 사람들을 가장 크게 현혹시켰던 사상 중의 하나가 바로 마르크스주의이다. 그리고 어떤 의미에서 마르크스주의는 이 세상에 유토피아가 도래하는 것이 가능하다고 믿었던 실증주의, 과학주의의 연장선상에 있다. 마르크스주의는 신과 이성 대신 역사를 절대 진리로 내세운 사상이다. 유물론적 변증법에 의해 프롤레타리아가 지배하는 유토피아, 모든 사람들이 평등한 그런 사회가 지상에

도래하게끔 되어 있다, 역사는 필연적으로, 또한 객관적으로 그렇게 흘러가게 되어 있다고 주장한 것이 바로 마르크스주의이다. 그러나 마르크스주의에는 딱 두 가지 중요한 것이 결여되어 있다. 바로 인간과 현실이다. 역사가 필연적으로 만인 평등의 세상을 향해 나아가게 되어 있다고 했으니 인간이 그 절대적인 역사에서 발휘할 기능이 없다. 오로지 그 역사의 흐름에 발을 맞추는 부품이 되거나 아니면 역사의 흐름에 역행하는 반동이 되는 길밖에 없다. 인간 앞에 오로지 선택의 길이 둘밖에 없다는 것은 이미 인간에게 인간이기를 포기하라고 강요하는 것과 같다. 또 한 가지, 만일 인간의 삶 전체가 마르크시즘이 목표로 하고 있는 유토피아를 향해 가는 과정에 불과하다면 우리는 모두 릴레이 주자로서 다음 세대에 바통 터치만 해주고 물러나는 삶을 사는 것에 불과한 존재가 된다. 우리가 실제로 누리는 삶은 그 자체 아무 의미가 없게 되는 것이다. 그 거대한 역사의 흐름 속에 우리의 구체적 삶, 우리의 현실은 끼어들 틈이 없다.

카프카가 그의 작품들을 통하여 던진 질문들은 그런 거대한 답변과도 맞닿아 있는 질문이다. 하지만 그의 작품의 의미는 그런 답변에 들어 있지 않다. 그의 작품의 의미는 그런 거대한 답변에서 놓친 우리의 구체적인 삶, 우리의 현실을 돌아보게 만드는 데 있다. 그 의미는 왜 사는지 질문할 시간도 여유도 없이 하루하루 살아가는 우리에게 문득 그 질문을 던지게 하는 데 있다.

'나는 내가 벌레인 줄 모르고 사는 걸까? 아니면 그런 줄 알면서도 그것을 당연하다고 여기고 사는 걸까? 그렇다면 벌레인 것이 이상한 게 아니라 사람인 게 이상한 세상에 내가 살고 있는 걸까?'

우리는 그에 대한 답은 없다고 말했지만 실제로 카프카의 변신에는 '그레고르 잠자'의 간절한 소망을 통해 그 답이 어렴풋이 나와 있기도 하다.

그녀는 소파 위, 그의 옆에 앉아 그를 향해 고개를 숙인 채, 그가 늘 그녀를 음악 학교에 보내겠다는 마음을 품고 있었다는, 이런 불행한 일만 벌어지지 않았다면 지난 크리스마스에 모두에게 그 이야기를 할 참이었다는,—그런데 정말 크리스마스는 벌써 지나간 건가?—그 어떤 반대도 무릅쓸 생각이었다는 그의 이야기에 귀를 기울일 것이다. 그 모든 이야기를 듣고 나면 누이동생은 감동해서

눈물을 쏟으리라. 그러면 그레고르는 그녀의 어깨까지
몸을 일으켜 그녀의 목덜미, 그녀가 가게에 나가고부터
목걸이나 칼라를 하지 않은 그 맨 목덜미에 입을 맞추리
라. (93쪽)

그가 간절히 바란 것은 대단한 것이 아니다. 사람과 사람 간
의 소통이고 이해이다. 다시 사람이 되는 것! 그래서 정을 나누
는 것! 얼마나 소박한 꿈인가? 하지만 얼마나 어려운 꿈인가?
　사람과 소통하지 못하고 인간다운 관계가 끊긴 세상에 살고
있다면 우리는 모두 벌레 같은 삶을 살고 있는 것인지 모른다.
남에게 보이기 부끄러운 모습만 간직한 채 익명으로 살아간다
면 우리는 모두 벌레가 된 것인지도 모른다. 우리의 보다 나은
본성을 저버린 채, 물신 숭배, 우상 숭배에 빠져 있다면 우리는
벌레가 된 것인지도 모른다. 그러면서도 자의식 속에서 '나는
인간이야! 나는 인간이야!'라고 우기고 있는지도 모른다. '나는
과연 인간다운 삶을 살고 있는 것일까?'라고 처절하게 물었을
때라야 우리는 '나는 벌레와 다름없어'라고 인정하게 되고, 다
른 식의 삶을 도모하게 될지 모른다.
　우리가 큰 틀에서 삶의 의미를 물을 때 우리는 문득 자신이

왜소하게 느껴진다. '모래야, 나는 얼마나 작으냐!'라고 노래한 시인이 있다. 자신의 무력함을 토로한 것도 아니고 삶의 무의미함을 토로한 것도 아니다. 우리가 잊고 있는, 혹은 우리가 잃어버린 더 큰 의미, 진정한 의미에 비추어 볼 때 나는 얼마나 무의미한 삶을 살고 있느냐는 외침이다. 프랑스 철학자 파스칼은 '인간은 비참한 존재이다. 그러나 자신이 비참한 존재라는 것을 아는 데 바로 인간의 위대함이 있다'라고 말했다. 그것을 모르는 채 내가 대단하다고 생각하는 순간 인간은 정말로 왜소한 존재가 된다.

머리만 좋다고 우쭐대는 순간, 돈이 많다고 자랑하는 순간, 출세 좀 했다고 거들먹거리는 순간 그 사람은 왜소한 벌레가 되고 모래가 된다. 그 순간 그는 스스로 가치 있는 인간이 되는 길을 포기한 사람이 된다. 인간은 수단이 아니라 목적이다. 인간은 가격으로 값을 매길 수 있는 존재가 아니라 그 질적인 가치에 의해 판단할 수 있는 존재이다. 인간의 삶에는 돈으로 사고팔 수 없는 것들이 있다. 대표적으로 사랑, 그것은 팔 수 없다. 누군가를 사랑하면 채워지는 것은 우리의 욕구가 아니다. 우리의 존재 자체이다. 남에게 베푸는 미덕은 우리의 욕망을 채워주는 것이 아니라 우리의 존재를 만족시킨다. 배불리 먹을 때는 우리의 욕망이 충족되지만 남을 도울 때 충족되는 것은 우리의 인간으로서의 존재 자체이다. 그것들은 물건을, 돈을, 지위를 탐하는 것과는 다르다. 그런 것들은 결코 우리 인간이라는 존재를 대체할 수 없다.

마지막으로 묻자. 여러분은 벌레로 살고 싶은가? 벌레가 되고 싶은가? 아닐 것이다. 결코 벌레로 살 수는 없다고 강하게 느끼는 순간, 자신이 이제까지 벌레로 살아왔음을, 지금 자신이 벌레로 변신했음을 알게 된다. 그러니 벌레가 되라. 벌레임을 느껴라. 그래야 벌레의 삶에서 벗어날 수 있다.

프란츠 카프카는 1883년 지금 체코의 수도인 프라하에서 유대인 중산층 가정의 장남으로 태어났다. 당시 프라하는 오스트리아-헝가리 이중 제국에 속한 보헤미아의 수도였다.

그는 부모님의 뜻에 의해 프라하 구시가지에 있는 독일계 초등학교에 다녔다. 그는 독문학을 전공하고 싶었지만 가족의 기대를 저버릴 수 없어 프라하에서 법학을 전공했다. 1905년 그는 그의 첫 작품인 「어느 투쟁의 기록」 집필을 시작했고 1908년에 8편의 산문 소품을 발표했다. 같은 해 그는 프라하소재 '보헤미아 왕국 노동자 재해 보험 공사'에서 1922년 퇴직

할 때까지 법률가로서 근무했다. 1912년 그를 유명하게 만든 『변신』 집필을 시작했으며 1914년부터 『소송』 집필에 몰두했다. 제1차 세계 대전 중 그는 직장의 요청으로 징집이 면제된 채 소설 집필을 계속하고 1915년 『변신』을 발표했다. 그리고 1917년에는 우리나라에서 고 추송웅 씨의 모노드라마로 유명해진 「빨간 피터의 고백」(원제 : 학술원에 보내는 보고서)을 오스트리아 조간신문에 게재했다. 1918년 오스트리아-헝가리 이중 제국이 해체되면서 체코공화국이 탄생했고 1917년부터 폐결핵 증세를 보이던 카프카는 프라하 북쪽에 있는 셀레젠에서 4개월간 요양 생활을 했다.

이후 병으로 은퇴할 때까지 직장에서 장기 휴가를 얻은 카프카는 1922년부터 마지막 장편소설 『성』을 집필하기 시작해서 같은 해 완료해서 체코 출신의 여기자 밀레나 예젠스카에게 넘겨주었다. 그는 1924년 6월 3일 호프만 요양소에서 마흔 살의 나이로 사망해 6월 11일에 프라하의 신유대인 공동묘지에 안장되었다.

『변신』은 모두 네 차례 텔레비전 단막극으로 각색되어 방영되었으며 몇 차례 만화로 각색되어 출간되었다.

또한 『소송』은 1962년에 오손 웰스 감독이 영화화했으며

1994년에는 파리에서 연극으로 상연되었고, 2014년에는 오페라로 상연되기도 했다.

변신·소송

생각하는 힘: 진형준 교수의 세계문학컬렉션 86

펴낸날	초판 1쇄 2023년 6월 14일

지은이	프란츠 카프카
옮긴이	진형준
펴낸이	심만수
펴낸곳	(주)살림출판사
출판등록	1989년 11월 1일 제9-210호

주소	경기도 파주시 광인사길 30
전화	031-955-1350 팩스 031-624-1356
홈페이지	http://www.sallimbooks.com
이메일	book@sallimbooks.com

ISBN	978-89-522-4725-4 04800
	978-89-522-3984-6 04800 (세트)